中等职业教育“十二五”规划教材

中职中专旅游服务类专业系列教材

旅游美文欣赏

包信肖　主编

科学出版社

北京

内 容 简 介

本书遴选现代、当代中外名家以旅游见闻与感悟为题材的优秀作品，通过对作品赏析性的导读，帮助学生加强对旅游景点知识的深入了解和掌握，加深对旅游资源的深刻理解和感悟，从而全面提高旅游服务类专业学生的专业知识技能和综合文化素质。

本书首次尝试“知”、“职”相结合的原则，不论在选文还是导读文本，都能始终结合学生专业特点，通过三大导读赏析板块的划分，引导学生对文章所表现的风景之美，意蕴之美和文字之美进行理解，又从专业角度进行知识拓展与能力训练，力求将知识传授，素质培养与能力训练有机结合。不论是对教师授课，还是学生自读，都有具体而条理的实用性。

本教材适用于中职、中专旅游服务专业的基础课程。

图书在版编目(CIP)数据

旅游美文欣赏 / 包信肖主编．—北京：科学出版社，2011
（中等职业教育“十二五”规划教材·中职中专旅游服务类专业系列教材）
ISBN 978-7-03-032041-4

Ⅰ．①旅…　Ⅱ．①包…　Ⅲ．①旅游－文学欣赏－世界－中等专业学校－教材　Ⅳ．① I106

中国版本图书馆 CIP 数据核字（2011）第162980号

责任编辑：熊远超 / 责任校对：刘玉靖
责任印制：吕春珉 / 封面设计：艺和天下设计
排版设计：金舵手

科学出版社 出版
北京东黄城根北街 16 号
邮政编码：100717
http://www.sciencep.com

北京市京宇印刷厂 印刷

科学出版社发行　各地新华书店经销

*

2011 年 11 月第 一 版　开本：787×1092 1/16
2020 年 3 月第四次印刷　印张：11 1/2
字数：255 000

定价：40.00 元

（如有印装质量问题，我社负责调换〈北京京宇〉）

销售部电话 010-62134988　编辑部电话 010-62135120-2021（SF02）

中等职业教育“十二五”规划教材
中职中专旅游服务类专业系列教材编写指导委员会

本书编写人员

主　编：包信肖

副主编：熊颂君　张超俊　王利民

编　委：汪　霞　王春英　张　丽　刘丽君　左　岩

序

Foreword

随着社会的发展，旅游业已成为全球经济中发展势头最强劲和规模最大的产业之一。它增长速度快，资源消耗低，带动系数大，就业机会多，综合效益好，因此，产业规模不断扩大，产业体系日趋完善。在我国，2009 年 12 月国务院出台了《关于加快发展旅游业的意见》（国发〔2009〕41 号文件），将旅游业定位为国民经济的战略性支柱产业和人民群众更加满意的现代服务业。2010 年，我国跃居全球第四大入境旅游接待国和亚洲第一大出境旅游客源国，世界旅游业 2010 年度报告认为中国是拉动全球旅游业走出低谷的重要力量。旅游已经成为中国居民生活消费的重要组成部分，服务人员的素质如何，对旅游业的长远发展是至关重要的。

中等职业学校作为向旅游行业输送合格一线从业人员的重要基地，迫切需要有针对性的、可操作性强的系列教材。2010 年年底，科学出版社邀请江西省旅游职业中等专业学校、青岛旅游学校、北京市外事学校、山东省济南商贸学校、包头机电工业职业学校、天津市旅游育才职业中等专业学校、四川省档案学校、重庆市旅游学校、武汉市交通学校等全国著名中等职业旅游学校主管教学的领导、专业课教师在北京共同研商中等职业学校旅游类专业的教学与教材建设等问题，确定系列教材的书目、主编人选及编写要求等，而后由各书主编组织相关学校的教师共同编写。

本系列教材面向中等职业学校的学生，以培养德智体美等方面全面发展、具有综合职业能力、能胜任旅游行业第一线工作的高素质劳动者和中高级实用型人才为目标。力求渗透职业道德、服务意识教育，体现就业导向。教材注重实践技能的学习和掌握，难度适中，取材得当，符合中等职业教育学生的现状，以“做中教，做中学”为基本的编写原则，强调、突出教材的实用性。

本系列教材在编写过程中，得到了各职业学校、有关行业、企业的大力支持与帮助，在此表示衷心的感谢。希望各地各校在使用本系列教材的过程中，及时提出修改建议，我们将不断改进，使其更加完善。

刘宇虹

2011 年 8 月于青岛

前 言

Preface

西方哲学家说：世界就像一本书，不去旅行的人，只读到了其中一页。

也有人说，熟悉的地方没有风景，所以我们更倾向于去别处寻找。在物质生活日益改善，人们的精神需求日益丰富的时代，旅游，已成为一种被竞相追逐的时尚，全球旅游业也因此而蓬勃繁荣，一个巨大的市场空间正在形成。

但究竟什么才是真正的旅游呢？并不是每个人都能深刻地理解其内涵。很多人仅仅把旅游看作是一种心情的释放或者对履历的弥补，认为去看一看名山大川，逛一逛名胜古迹，尝一尝各地的小吃，带回点不同地方的土特产品，再拍些“到此一游”的照片，就算完成了一次完美的旅游。而其实，这样的旅游，不过是交出一笔钱之后，被交通机构规定了观察路线，被导游的讲解束缚了视野与思维的普通消费行为，是现代商业对旅游内涵的异化和歪曲。

纵览古今中外的文人墨客，他们善于用敏锐的眼光和睿智的头脑，让每一次出行都成为对自然的探索，对文化的穿越，对历史的追寻，对心灵的历练，有的还将这些感受与体悟化成精美不朽的文字，成为又一道别有风味的旅游文化的景观。品读这些美文，好似跟随着作者的脚步，行走在大自然和人类文化的美景中，不仅可以领略大自然的奇妙与伟大之美，更能领略人类文化的博大与浩瀚之美。

随着旅游业的日益繁荣和旅游文化的日益完善，社会对旅游服务的要求越来越高，对旅游服务人员文化素质的要求也越来越高。一名高层次的旅游服务人员，应该是旅游资源的首要解读人，是旅游文化的重要传播者，完善的知识结构以及对旅游资源的敏锐洞察力与深刻领悟力，都是必不可少的专业素质。

为了便于中职学校旅游专业的同学们通过中外旅游文学名品的阅读与欣赏，获取更多的专业知识，综合提高专业素质和文化素养，本书本着求新求精的原则，尝试从中外大量优秀的旅游文学作品中，遴选出文质兼美的佳作。根据游记内容的不同，分成自然风光类、名胜古迹类、城乡风景类、美食文化类、地方风情类和旅游感悟类六章，对每篇文章主要从风景之美、情致之美和文采之美三个方面进行导读性赏析。期望同学们能够在这些精美文字中，进一步加深对大自然，对灿烂的人类文明的了解和热爱，并且让自然之美、人文之美经由名家的智慧眼光和精美文字，渗透进我们生命的血液里，以润物无声的气势，增进我们的智慧，涤荡我们的灵魂。

在本书的编写过程中，得到了山东省济南商贸学校领导的大力支持，尤其是王翠玉老师给予了悉心指导，我们在此表示感谢。

由于水平所限，对一些作品的导读难免肤浅和偏颇，敬请广大读者提出宝贵意见，以备以后对本书进行修改和完善。

包信肖

2011 年 5 月

目 录

Contents

第1章

会当凌绝顶，一览众山小

——自然风光类

大自然，是世间最伟大的魔术师。它魔杖一点，便创造出一番“造化钟神秀”：巍巍高山，滔滔江河，浩瀚大海，苍茫沙漠，幽密森林，辽阔草原；还有那日月星汉的灿烂，春夏秋冬的多彩，雾霁云岚的飘渺，风雨雷电的壮阔……大自然，以其多姿多彩的万千景象，震撼着我们的感官，又涤荡着我们的心灵。

大自然，是人类共同拥有的最为宝贵的财富。古今中外的无数文人雅士，怀着对大自然的敬重和热爱，用他们的生花妙笔，充满诗意地描绘了大自然的神奇、秀丽与壮美，抒发了人与自然和谐美好的情感，并将自己的生命感悟与人生智慧也融入到山水中，创作出无数脍炙人口的美文佳作，将我们带入一个交织着大自然造化之美和人类情感与智慧之美的和谐世界。在这里，我们不仅可以饱览大自然的万千美景，领略其神奇魅力，还可透过作者智慧的眼光，体悟大自然所给予我们的种种深邃启示。

尼亚加拉大瀑布是世界上最大的瀑布之一，是北美最壮丽的奇景。它那宏伟的气势，低沉雄浑的水声，层层泛起的水雾，让前来观光的游人，无不为之惊叹和震撼！

致尼亚加拉大瀑布

（英）查尔斯·狄更斯[①]

那一天的天气寒冷潮湿，着实苦人；凄雾浓重，几欲成滴，树木在这个北国里还枝柯赤裸，完全冬意。不论多会儿，只要车一停下来，我就侧耳静听，看是否能听到瀑布的吼声，同时还不断地往我认为是瀑布所在那方面死乞白赖地看；我所以知道瀑布就在那一方，因为我看见河水滚滚朝着那儿流去；每一分钟都盼望有飞溅的浪花出现。恰恰在我们停车以前几分钟内，我看见了前面两片嵯峨的白云，从地心深处巍巍而出，冉冉而上。当时所见，仅止于此。后来我们到底下车了；于是我头一回听到洪流的砰訇，同时觉得大地都在我的脚下颤动。

崖岸陡峭，又因为有刚刚下过的雨和化了一半的冰，地上滑溜溜的，所以我自己也不知道我是怎么下去的，不过我却一会儿就站在山根那儿，同两个英国军官（他们也正走过那儿，现在和我在一块）攀登到一片嶙峋的乱石上了；那时澥渤大作，震耳欲聋，玉花飞溅，蒙目如眯，我全身濡湿，衣履俱透。原来我们正站在美国瀑布的下面。我只能看到巨浸滔天，劈空而下，但是对于这片巨浸的形状和地位，却毫无概念，只渺渺茫茫，感到泉飞水立，浩瀚汪洋而已。

我们坐在小渡船上，从在这两个大瀑布前面那条汹涌奔腾的河里过的时候，我才开始感到是怎么回事；不过我却有些目眩神摇，因为领会不到这副光景到底有多博大。一直到我来到平顶岩[②]上看去的时候——哎呀天哪，那样一片飞立倒悬的晶莹碧波！——它的巍巍凛凛，浩瀚峻伟，才在我的眼前整个呈现。

于是我感到，我站的地方和造物者多么近了，那时候，那副宏伟的景象，一时之间给我的印象，同时也就是永永无尽所给我的印象——一瞬的感觉，而又是永久的感觉——是一片和平之感：是心的宁静，是灵的恬适，是对于死者淡泊安详的回忆，是对于永久的安息和永久的幸福恢廓的展望[③]，不掺杂一丁点暗淡之情，不掺杂一丁点恐怖之心。尼亚加拉一下就在我心里留下了深刻印象——留下一副美丽的形象；这副形象，一直永世不尽留在我的心头，永远不改变，永远不磨灭，一直到我的心房停止了搏动的时候。

我们在那个神工鬼斧、天魔帝力所创造出来的地方上待了十天，在那永久令人不忘的十天里，日常生活中的龃龉和烦恼，如何离我而去，越去越远啊！巨浸的砰訇对于我如何振聋发聩啊！绝迹于尘世之上而却出现于晶莹垂波之中的，是何等的面目[④]啊！在变幻无常、横亘半空的灿烂虹霓四围上下，天使的泪如何玉圆珠明，异彩缤纭，纷飞乱洒，纵翻横出啊！在这种眼泪里，天心帝意，又如何透露而出啊！

我一起始，就跑到了加拿大那一边儿，在那十天里就一直在那儿没动。我从来没再过过河；因为我知道，河那边，也有人！而在这种地方，当然不能和不相干的闲杂人掺合。整天往

来徘徊，从一切角度，来看这个垂瀑；站在马蹄铁大瀑布的边缘上，看着奔腾的水。在快到崖头的时候，力充劲足，然而却又好像在驰下崖头、投入深渊之前，先停顿一下似的；从河面上往上看，巨涛下涌；攀上邻岭，从树杪[⑤]间瞭望，看激湍盘旋而前，翻下万丈悬崖；站在下游三英里的巨石森岩下面，看着河水，波涌漩涡，砰訇应答，表面上看不出来它所以这样的原因，实在在河水深处，却受到巨瀑奔腾的骚扰；永远有尼亚加拉当前，看他受日光的蒸腾，受月华的逌逗，夕阳西下中一片红，暮色苍茫中一片灰；白天整天眼里看它，夜里枕上醒来耳里听它：这样的福就够我享的了。

我现在每到平静之时都要想：那片浩瀚汹涌的水，仍旧尽日横冲直滚，飞悬倒洒，砰訇[illegible]渤，雷鸣山崩；那些霓虹仍旧在它下面一百尺的空中弯亘横跨。太阳照在它上面的时候，它仍旧像玉液金波，晶莹明澈。天色暗淡的时候，它仍旧像玉霰琼雪，纷纷飞洒；像轻屑细末，从白垩质的悬崖峭壁上阵阵剥落[⑥]；像如絮如棉的浓烟，从山腹幽岫里蒸腾喷涌。但是这个滔天的巨浸，在他要往下流去的时候，永远老像要先死去一番似的，从它那深不可测、以水为国的坟里，永远有浪花和迷雾的鬼魂，其大无物可与伦比，其强永远不受降伏，在宇宙还是一片混沌、黑暗还复掩渊面的时候，在匝地的巨浸——水——以前，另一个漫天的巨浸——光——还没经上帝吩咐而一下弥漫宇宙[⑦]的时候，就在这儿森然庄严地呈异显灵。

（资料来源：丁建元．2007．外国精美散文读本．济南：山东友谊出版社，57.）

注释

① 查尔斯·狄更斯（Charles Dickens）（1812—1870年）：19世纪的批判现实主义作家。1835年开始小说创作，以幽默讽刺见长。最著名的作品有《大卫·科波菲尔》、《艰难时世》、《双城记》等。《旅美札记》是作者应美国友人的邀请，于1842年访美期间的主要成果。本文节选的是游览尼亚加拉大瀑布的部分，也是全书最精彩的一段。

② 平顶岩：巨岩，从前方突起而临尼亚加拉大瀑布。1959年下陷，现只存一小部分。

③ 这是狄更斯追念其妻妹玛丽·霍格思（Mary Hogarth）的话。有一时期，她住在狄更斯家里，为其管理家务，17岁即夭亡。

④ “面目”也是指玛丽而言。

⑤ 杪（miǎo）：树梢。

⑥ 英国南部和东南沿海的悬崖峭壁，地质部分是白垩质，远看一片白色，最著名的是七姊妹，七个白垩质悬崖罗列。

⑦《旧约·创世纪》里说，起初上帝创造天地，宇宙是“空虚混沌，渊面黑暗，上帝在渊面行动。上帝说，要有光，于是就有了光。”同书第六章说，上帝降洪水，淹没全世界。

美点品悟

景之美

尼亚加拉大瀑布被称为世界七大奇景之一，以其雄伟的气势，丰沛浩瀚的水汽而著称于世，其壮观景色震撼着所有到过这里的游人。为了饱览这里的奇景美色，狄更斯在这里盘桓流连了十天之久，对其进行了全面细致的观察。然后，以一个世界顶级作家的笔触，绘声绘色地描绘出大瀑布的绝色美景。

作者主要从视觉和听觉两个方面展示了大瀑布那举世罕见、气势不凡的美。

首先，在视觉方面，作者分别描绘出大瀑布气势磅礴、宏伟壮阔和绚烂缤纷、奇幻绮丽等不同风格的美。从大处着眼，尼亚加拉大瀑布，是“滚滚激流”、“劈空而下”、“巨浸滔天”。这宏阔壮观的场面让我们每一个人不能不跟随作者一起为之“目眩心摇”，对其感到震撼陶醉的同时又心生敬畏；从细处着眼，瀑布又是美妙奇幻、绚烂旖旎的：太阳照在上面的时候，瀑布就像“玉液金波，晶莹明澈”，“天色暗淡的时候”，又像“玉霰琼雪”、“轻屑细末”，像“如棉如絮的浓烟”，是“夕阳西下中的一片红”，是“暮色苍茫中一片灰”。在作者笔下，大瀑布在不同时段里，不同背景下，呈现出不同色彩的美，散发出不同风格的魅力。

其次，作者又着力在听觉方面，表现了大瀑布奔腾汹涌、振聋发聩的巨大声势。在还没有见到瀑布的时候，远远地就听到“洪流的砰訇”，“觉得大地都在脚下颤动”、“澎渤大作”、“震耳欲聋”、”横冲直撞”、“雷鸣山崩”、“巨浸的砰訇”……作者调用了太多这类富有气势的词语，让读者仿佛身临其境，感受到那磅礴气势所带来的巨大的感官冲击和心灵震撼。

意之美

一位有思想的作家，从来不会只把眼光停留在单纯欣赏景色的层面上，而是在所描绘的景色中，寄寓诸多对自然，对人生的美好感情和深沉感悟，能够从广博的自然风景中找到与心灵的契合点，从而展开心灵与自然的对话，甚至会把自然当成可以皈依的精神家园。

当作者欣赏尼亚加拉大瀑布的胜景时，他惊叹于造物主的神奇并对此萌发出强烈的赞叹、敬畏乃至渴望依偎的亲近之情。那“宏伟的景象”，“一时之间给我的印象”，“是永久的感觉”，“是一片和平之感：是心的宁静，是灵的恬适，是对于死者淡泊安详的回忆，是对于永久的安息和永久的幸福轮廓的展望，不掺杂一丁点暗淡之情，不掺杂一丁点恐怖之心”。有这样的美景当前，“白天整天眼里看它，夜里枕上醒来耳里听它，这样的福就够我享的了”。

在作者笔下，这样宏伟壮阔的自然奇观，不仅可以荡涤人的心胸，让人忘掉尘世的喧嚣，让“生活的龃龉和烦恼，离我而去，越去越远”，还能启迪作者展开对生命的思索：生命仅一瞬，而大自然的胜景却能超越生死，穿越时空；生命在自然面前，是那么渺小而卑微，如果能握住大自

然伟力的神秘所在，就能从大自然中获得无穷的力量、激情和一种奋勇向前的精神，在短暂的生命中焕发出耀眼的光彩。

文章最后，作者又由对生命的思索深入到对宇宙原初这个神秘博大的领域的探索：这个“滔天的巨浸”，“在宇宙还是一片混沌，黑暗还复掩渊面的时候”，“就在这儿森然庄严地呈异显灵”。壮美的景色，博大的气魄，向人们昭示着宇宙万物的源头和力量所在。而生命的生死轮回也尽藏其中，不知什么时候开始，也不知什么时候结束。这些玄思冥想，不仅将作品引向一个穿越时空，超越生死的博大空间，还给人们留下了诸多悬而未决的思考……

文之美

狄更斯以世界顶级小说家的形象被大家熟知。作为大文豪，他在抒情散文的创作上自然也出手不凡，从这篇游记散文中可窥一斑。

首先，对景物的多角度描写是本文最为突出的表现手法。对大瀑布的描写，作者采用了由远及近、由概貌至细部、由仰视至俯瞰的多角度表现手法，声貌并举，情景交融，全方位地描绘出大瀑布的壮美奇观，引导读者全面领略了这大自然的神奇魅力。

其次，情景交融，双线并行，也是本文突出的写作特点。作者在移步换景地写景状物的同时，有一条感情发展的线索一直绵延始终，一条对瀑布的“盼望——惊见——震撼——敬畏——相融”的线索构成本文的抒情主轴，在步步展示瀑布景色变化的同时，也娓娓叙说着自己的心灵之旅。

第三，对词汇的运用精妙得当、繁复多彩，也是本文的夺目之处。作者像一位高明的画家，对景色的描写时而浓墨重彩，大加渲染；时而笔法简洁，轻灵舒展，给读者带来身临其境般的视觉享受和心灵愉悦。

最后，层层铺垫，虚实相生也是值得读者欣赏和学习的高超手法。动人心魄的景观描写和轻灵飘逸的遐思与幻想间杂错落，使行文跌宕起伏，摇曳生姿；在表达方式上，描写、抒情和议论运用得当，切换自如，读来令人荡气回肠，回味隽永。

学而有得

① 从百度百科（baike.baidu.com/view/9728.htm）查阅尼亚加拉大瀑布的相关介绍，争取更为详尽、全面地了解这一世界奇观。

② 仔细阅读本文第二和第六自然段，讨论品赏，这两个段落作者分别从哪些不同的角度描绘出了大瀑布怎样的景色特点。

③ 诵读文章最后一个自然段，仔细品味作者在此表达了怎样的生命感悟。

④ 比较阅读梁实秋的《尼加拉瀑布》，体会两位作家描绘的瀑布景色有什么异同，对瀑布的观感又有何不同，你由此得到哪些启发。

行知天下

尼亚加拉大瀑布

尼亚加拉大瀑布位于加拿大安大略省和美国纽约州的交界处，是北美东北部尼亚加拉河上的大瀑布，也是美洲大陆最著名的奇景之一。平均流量5720立方米/秒，与伊瓜苏瀑布、维多利亚瀑布并称为世界三大跨国瀑布。它以宏伟的气势，丰沛而浩瀚的水汽，震撼了所有的游人。从伊利湖滚滚而来的尼亚加拉河水流经此地，突然垂直跌落51米，巨大的水流以银河倾倒之势冲下断崖，声及数里之外，场面震人心魄，形成了气势磅礴的大瀑布。

马蹄铁瀑布

尼亚加拉大瀑布中有山羊岛，将瀑布分为两部分，在美国境内的部分为美国瀑布，在加拿大境内的部分为加拿大瀑布，以其形似，也叫马蹄铁瀑布。美国瀑布高达55米，宽328米；马蹄瀑布宽高达56米，宽675米。马蹄铁瀑布由于水量大，水从50多米的高处直而冲下，气势有如雷霆万钧，溅起的浪花和水汽，有时高达100多米，当阳光灿烂时，便会营造出一座七色彩虹。人稍微站得近些，便会被浪花溅得全身是水。若有大风吹过，水花可及很远，如同下雨；冬天时，瀑布表面会结一层薄薄的冰，呈现别具风格的美景。

“五岳归来不看山，黄山归来不看岳。”黄山，几乎汇聚了大自然所有的美景——山峰，溪流，奇松，怪石，云海，日出，温泉，瀑布，还有数不胜数的珍奇动物和植物。它所给予我们的，不仅是视觉上的享受和心灵的震撼，还有关于生命的感悟。

黄山小记

菡　子[①]

黄山在影片和山水画中是静静的，仿佛天上仙境，好像总在什么辽远而悬空的地方；可是身历其境，你可以看到这里其实是生气蓬勃的，万物在这里发展，是最现实而活跃的童话诞生的地方。

从每一条小径走进去，阳光仅在树叶的空隙中投射过来星星点点的光彩，两旁的小花小草却都挤到路边来了；每一棵嫩芽和幼苗都在生长，无处不在使你注意：生命！生命！生命！就在这些小路上，我相信许多人都观看过香榧[②]的萌芽，它伸展翡翠色的扇形，摸触得到它是“活”的。新竹是幼辈中的强者，静立一时，看着它往外钻，撑开根上的笋衣，周身蓝云云的，还罩着一层白绒，出落在人间，多么清新！这里的奇花都开在高高的树上，望春花、木莲花，都能与罕见的玉兰媲美，只是她们的寿命要长得多；最近发现的仙女花，生长在高峰流水的地方，她涓洁、清雅，穿着白纱似的晨装，正像喷泉的姐妹。她早晨醒来，晚上睡着，如果你一天窥视着她，她是仙辈中最娇弱的幼年了。还有嫩黄的“兰香灯笼”——这是我们替她起的名字，先在低处看见她眼瞳似的小花，登高却看到她放苞了，成了一串串的灯笼，在一片雾气中，她亮晶晶的，在山谷里散发着一阵阵的兰香味，仿佛真是在喜庆之中；杜鹃花和高山玫瑰个儿矮些，但她们五光十色，异香扑鼻，人们也不难发现她们的存在。紫蓝色的青春花，暗红的灯笼花，也能攀山越岭，四处丛生，她们是行人登高热烈的鼓舞者。在这些植物的大家庭里，我认为还是叶子耐看而富有生气，它们形状各异，大小不一，有的纤巧，有的壮丽，有的是花是叶巧不能辨；叶子兼有红黄紫绿各种不同颜色，就是通称的绿叶，颜色也有深浅，万绿丛中一层层地深或一层层地浅，深的葱葱郁郁，油绿欲滴、浅的仿佛玻璃似的透明，深浅相同，正构成林中幻丽的世界。这里的草也是有特色的，悬岩上挂着长须（龙须草），沸水烫过三遍的幼草还能复活（还魂草），有一种草，一百斤中可以炼出三斤铜来，还有仙雅的灵芝草，既然也长在这儿，不知可肯屈居为它们的同类？黄山树木中最有特色的要算松树了，奇美挺秀，蔚然可观，日没中的万松林，映在纸上是世上少有的奇妙的剪影。松树大都长在石头缝里，只要有一层尘土就能立脚，往往在断崖绝壁的地方伸展着它们的枝翼，塑造了坚强不屈的形象。“迎客松”、“异萝松”、“麒麟松”、“凤凰松”、“黑虎松”，都是松中之奇，莲花峰前的“蒲团松”顶上，可围坐七人对饮，这是多么有趣的事。

鸟儿是这个山林的主人，无论我登多高（据估计有两万石级），总听见它们在头顶的树林中歌唱，我不觉把它们当作我的引路人了。在这三四十里的山途中，我常常想起不知谁先在这奇峰峻岭中种的树，有一次偶尔得到了答复，原来就是这些小鸟的祖先，它们衔了种子飞来，又靠风儿作媒，就造成了林，这个传说不会完全没有道理吧。玉屏楼和散花精舍的招待员都是听“神鸦”

的报信为客人备茶的，相距头十里，聪明的鸦儿却能在一小时之内在这边传送了客来的消息，又飞到另一个地方去。夏天的黎明，我发现有一种鸟儿是能歌善舞的，它像银燕似的自由飞翔，忽上忽下，忽左忽右，我难以捉摸它灵活的舞姿，它的歌声清脆嘹亮委婉动听，是一支最亲切的晨歌，从古人的黄山游记中我猜出它准是八音鸟或山乐鸟。在这里居住的动物最聪明的还是猴子，它们在细心观察人们的生活，据说新四军游击队在这山区活动的时候，看见它们抬过担架，它们当中也有"医生"。一个猴子躺下，就去找一个猴医来，由它找些药草给病猴吃。在深壑绿林之中，也有人看见过老虎、蟒蛇、野牛、羚羊出没，有人明明看见过美丽的鹿群，至今还能描叙它们机警的眼睛。我们还在从始信峰回温泉途上的小溪中捉到过十三条娃娃鱼，它们古装打扮，有些像《梁山伯与祝英台》中的书童，头上一面一个圆髻。一定还有许多我不知道的动物，古来号称五百里的黄山，实在还有许多我们不能到达的地方，最好有个黄山勘探队，去找一找猴子的王国和鹿群的家乡以及各种动物的老窠。

从黄山发出最高音的是瀑布流泉。有名的"人字瀑"、"九龙瀑"、"百丈瀑"并非常常可以看到，但是急雨过后，水自天上来，白龙骤下，风声瀑声，响彻天地之间，"带得风声入浙川"，正是它一路豪爽之气。平时从密林里观流泉，如丝如带，缭绕林间，往往和漂泊的烟云结伴同行。路边的溪流淙淙作响，有人随口念道："人在泉上过，水在脚边流。"悠闲自得可以想见。可是它绝非静物，有时如一斛珍珠迸发，有时如两丈白缎飘舞，声貌动人，乐于与行人对歌。温泉出自朱砂，有时可以从水中捧出它的本色，但它汇聚成潭，特别在游泳池里，却好像是翠玉色的，蓝得发亮，像晴明的天空。

在狮子林清凉台两次看东方日出，第一次去迟了些，我只能为一片雄浑瑰丽的景色欢呼，内心漾溢着燃烧般的感情，第二次我才虔诚地默察它的出现。先是看到乌云镶边的衣裙，姗姗移动，然后太阳突然上升了，半圆形的，我不知道它有多大，它的光辉立即四射开来，随着它的上升，它的颜色倏忽千变，朱红、橙黄、淡紫……它是如此灿烂、透明，在它的照耀下万物为之增色，大地的一切也都苏醒了，可是它自己却在统体的光亮中逐渐隐着身子，和宇宙溶成一体。如果我不认识太阳，此时此景也会用这个称号去称赞它。云彩在这山区也是天然的景色，住在山上，清晨，白云常来作客，它在窗外徘徊，伸手可取，出外散步，就踏着云朵走来走去。有时它们迷漫一片使整个山区形成茫茫的海面，只留最高的峰尖，像大海中的点点岛屿，这就是黄山著名的云海奇景。我爱在傍晚看五彩的游云，它们扮成侠士仕女，骑龙跨凤，有盛装的车舆，随行的乐队，当他们列队缓缓行进时，隔山望去，有时像海面行舟一般。在我脑子里许多美丽的童话，都是由这些游云想起来的。黄山号称七十二峰，各有自己的名称，什么莲花峰、始信峰、天都峰、石笋峰……或象形或寓意各有其肖似之处。峰上由怪石奇树形成的"采莲船"、"五女牧羊"、"猴子观桃"、"喜鹊登梅"、"梦笔生花"等，胜过匠人巧手的安排。对那连绵不绝的峰部，我愿意远远地从低处看去，它们与松树相接，映在天际，黑白分明，真有锦绣的感觉。

漫游黄山，随处可以歇脚，解放以后不仅"云谷寺"、"半山寺"面目一新，同时保留了古刹的风貌，但是比起前后山崭新的建筑如"观瀑楼"、"黄山宾馆"、"黄山疗养院"、"岩音小筑"、"玉屏楼"、"北海宾馆"管理处大楼和游泳池等，又都是小巫见大巫了，上山的路，休息的亭子，跨溪的小桥，更今非昔比，过去使人视为畏途和冷落荒芜的地方，现在却像你的朋友似的在前面频频招手。这些建筑都有自己的光彩，它新颖雄伟，使黄山的每一个角落都显得生动起来。这里

原是避暑圣地，酷暑时外面热得难受，这里还是春天气候。但也不妨春来冬去，那里四季都是最清新而丰美的公园。

古今多少诗人画家描写过黄山的异峰奇景，我是不敢媲美的，旅行家徐霞客说过：“五岳归来不看山，黄山归来不看岳”，我阅历不深，只略能领会他豪迈的总评，登在这里的照片，我也只能证明它的真实而无法形容它的诗情画意，看来我的小记仅是为了补充我所见闻而画中看不到的东西。

（资料来源：菡子．1994．中外录恒主题精美散文．北京：中国广播电视大学出版社，377.）

注 释

① 菡子，原名方晓，1921年生，江苏溧阳人。20世纪40年代开始发表作品，已出版散文集《和平博物馆》、《幼雏集》、《前线的颂歌》、《初晴集》、《素花集》、《乡村集》等，小说集《纠纷》、《前方》等。作品具有画面恬淡素雅、诗意浓郁、文字清新、感情细腻的特色。

② 香榧，又称为“中国榧”，常绿乔木，中国原产树种，是世界上稀有的经济树种。常绿乔木，高可达25米，树干端直，树冠卵形，种子大形，核果状，长2～4厘米，花期4月中下旬，果熟翌年9月。香榧种子称“香榧子”，为著名的干果。

美点品悟

景之美

对有“五岳归来不看山，黄山归来不看岳”之称誉的黄山，古往今来，有无数文人墨客都描绘过其风光美景，而且不少作品已达到出神入化的地步。但是，本文作者却独辟蹊径，以崭新的视角，新颖的选材和精巧的构思，成为描写黄山风光的经典名篇。

作者采用避熟就生的方法，对历来被描写得较多的异峰奇景着墨不多，而着重描写在其他作品中不易见到的小花、小草、小鸟、小亭、小桥等。恰恰是通过这些易被疏忽的“小景”，让读者从另一个角度领略了黄山另一种风采的美，也感受到了作者不一样的审美与情怀。

作者写花，着墨于描写其神采——清新，姣美，奇异和富有生机，花朵神采各异，颜色缤纷，喜庆热闹，给人以生命的喜悦；写叶子，突出其色彩各异和变幻多姿：颜色的“深浅相间，正构成林中幻丽的世界”；写草，着力展示其珍奇和生机，如还魂草的幼草“沸水烫过三遍”还能复活，有一种草“一百斤中可以炼出三斤铜来”；写松，落笔于其奇美和“坚强不屈”的生命力；写鸟，凸现其灵气；写猴，表现其聪明。总之，作者笔下的黄山，植物世界婀娜多姿，动物王国喧闹欢腾，构成黄山一片生机蓬勃、充满活力的景象。

至于对黄山的瀑布流泉、奇峰云海、狮子林清凉台观日出等奇景，作者也能避开俗套，以独特的视点和审美取向，着重表现这些景观变幻多姿、轻盈灵动、生机勃勃的动态之美。例如，“我爱在傍晚看五彩的游云，它们扮成侠士仕女，骑龙跨凤，当他们缓缓行进时……像海面行舟一般……”奇幻的美景，精彩的描绘，让读者有如临仙境之感。

至于对黄山新楼古刹，山路小桥等建筑的描写，作者却着力描写其今非昔比的巨大变化和新颖雄伟的风貌。在作者眼中，这里是“清新、丰美的公园”，展示了新社会、新时代所特有的美。

意之美

读完全篇，我们不仅会被作者笔下生机勃勃的黄山美景所深深地吸引，更会被其热烈而真挚的情感所打动——那就是洋溢全篇的一种对自然，对生命，对新生活、新时代的真挚热爱。

文章开篇就以“身历其境，你可以看到这里其实是生气勃勃的，万物在这里生长，是最现实最活跃的童话诞生的地方”奠定了全文赞美与热爱的感情基调。作者始终以惊奇和赞叹的情态，描绘她所见到的每一种美景：奇异而美丽的植物，珍奇而可爱的动物，千姿百态、“声貌动人”的飞泉流瀑，“倏忽千变”、“雄浑瑰丽”的日出，“奇幻壮观”、恍如仙境的云海……作者倾注热情描绘这些美景，流露了对美丽神奇大自然的诚挚热烈的爱。

而在这份爱之中，又同时饱含着一份对所有生命的热情礼赞。作者笔下的每一朵小花，每一片叶子，每一只小鸟，都焕发着生命的异彩，“烫过三遍还能复活的‘龙须草’”，“石头缝里，一层尘土就能立脚的松树”等，坚强的生命力和不屈的精神令人感动，更能给人以向上的力量。各种瀑布流泉，日出云海，在作者笔下，也都呈现出变幻多姿、永不凝固的动态之美和旺盛的生命力。正如作者所言，“无处不使你注意：生命，生命，生命！”

另外，作者还把视点落在黄山景区精美的建筑和登山之路的变化上，以此来表达她对新社会、新时代的盛赞。这看似是游踪的最后落笔，但其实是在寻找黄山的自然景观与新中国的社会风貌之间的契合点，从黄山的自然和人文景观的描写映照出社会的崭新风貌和时代精神。“过去被人视为畏途和冷落荒芜的地方，现在却像朋友似的在前面频频招手”以及“看来我的小记仅是为了补充我所见闻而画中见不到的东西”，都是体现本文深刻意蕴的点题之笔。

文之美

本文是作者为《安徽画报》做的补白，修改后又作为安徽《黄山》画册的代序。但这篇游记散文所描绘的黄山美景，不逊色于任何一幅精美的绘画。作者像一位技艺高超的画匠，独具匠心地进行选景、布局和描绘，用精美的文字，给读者呈现了一幅黄山风光的精美画卷。

在选景方面，作者以一位女性作家特有的眼光，选取了更能表现其独有的审美价值的景物——以蓬勃旺盛的生命力生活在黄山的小花小草、飞禽走兽和同样富有生机和活力的飞泉流瀑等，以一个崭新的视角，展现了黄山的别样魅力，也表达了作者面对大自然美景的深刻感悟。

在构图布局方面，虽然作者所描写的景物细小而繁多，但是读起来却毫无琐碎堆砌之感。对黄山不同景观的描写次第展开，布局井然，层次分明，虚实相映，详略得当，整篇文章像一幅浓淡相宜的水墨画，呈现出不凡的艺术美感。

在写景状物方面，文章语言如行云流水，明丽流畅，设喻奇巧，笔法多变，舒卷自如，抒情性与思想性水乳交融，读来如饮醇酒，香冽而耐人寻味。

学而有得

①通过阅读，说说作者着重描写了黄山的哪些风景？本文表现黄山风景的角度与其他作品有什么不同？

②作者对黄山生长的植物的描写，主要围绕着一个什么样的共同特点而写的？这表现了作者怎样的生命感悟？

③黄山美景不可胜数，作者在文中也描写了很多，说说作者是按照怎样的顺序和线索来描写的。说说这样安排的好处。

行知天下

黄　山

黄山位于安徽省南部的黄山市，面积一千余平方千米，是以中生代花岗岩地貌为主要特征的山。黄山的莲花峰、光明顶、天都峰三大主峰海拔均在 1800 米以上，千米以上的高峰另有 77 座。山上四季都有奇丽的景色。明代旅行家有“五岳归来不看峰，黄山归来不看岳”的感叹。黄山以奇松、怪石、云海、温泉四绝闻名于世。著名胜景有七十二峰、二十四溪、三瀑、二湖、迎客松、飞来石、仙人指路等。黄山还兼有“天然动物园和天下植物园”的美称，已被联合国列入《世界遗产名录》。另外，黄山对中国山水画的发展产生了重大的影响，黄山画派在中国画坛上占据重要的位置，对中国文化、中国画史的影响深远。

黄山四绝

奇松：黄山延绵数百里，千峰万壑，比比皆松。黄山松，分布于海拔 800 米以上的高山，以石为

母，顽强地扎根于巨岩裂隙。黄山松针叶粗短，苍翠浓密，干曲枝虬，千姿百态；或倚岸挺拔，或独立峰巅，或倒悬绝壁，或冠平如盖，或尖削似剑；有的循崖度壑、绕石而过；有的穿罅穴缝、破石而出；忽悬、忽横、忽卧、忽起，“无树非松，无石不松，无松不奇”。

黄山松的千姿百态和黄山的自然环境有着很大的关系。黄山松的种子能够被风送到花岗岩的裂缝中，以无坚不摧、有缝即入的钻劲，在那里发芽、生根、成长。

最著名的黄山松有迎客松，送客松，蒲团松，黑虎松，探海松，卧龙松，团结松，龙爪松，竖琴松，陪客松——这就是黄山的十大名松。代表了黄山松的独特风姿。

怪石：黄山“四绝”之一的怪石，以奇取胜，以多著称。黄山已被命名的怪石有120多处，其形态可谓千奇百怪，似人似物，似鸟似兽，情态各异，形象逼真，令人叫绝。黄山怪石在不同的位置、不同的天气观看，情趣迥异。其分布可谓遍及峰壑巅坡，或兀立峰顶或戏逗坡缘，或与松结伴，构成一幅幅天然山石画卷。

黄山峰海，无处不石、无石不松、无松不奇。奇松怪石，往往相映成趣。

云海：黄山一年之中有云雾的天气达200多天，水气升腾或雨后雾气未消，就会形成云海。以峰为体，以云为衣，瑰丽壮观的“云海”以美、胜、奇、幻享誉古今。黄山大小山峰、千沟万壑都淹没在云涛雪浪里，波澜壮阔，一望无边。奇松怪石在云海的掩映下，松更翠，石更奇，变幻莫测，缥缈瑰丽，令人有恍入仙境之感。

温泉：黄山“四绝”之一的温泉（古称汤泉），源自海拔850米的紫云峰下，水质中含大量重碳酸，可饮可浴。传说轩辕皇帝就是在此沐浴七七四十九日后返老还童，羽化飞升的，故又被誉之为“灵泉”。

黄山温泉由紫云峰下喷涌而初，与桃花峰隔溪相望，温泉每天的出水量约400吨，常年不息，水温常年在42摄氏度左右，属高山温泉。黄山温泉对消化、神经、心血管、新陈代谢、运动等系统的某些病症，尤其是皮肤病，均有一定的功效。

诗是我辈俗人的作品，大自然的杰作是树，一株树要比一首诗美丽得多！

森林水滴

秦　牧[①]

我很喜欢在森林中漫步。

近十年来，我到过好些地方的森林。小兴安岭、庐山、武夷山、三清山，以及广东封开、龙门等处的森林，我这儿并不想写游记，无意一一描绘它们的细部景色。我想说的，是在那一片深绿或者墨绿、碧绿、苹果绿、嫩绿赫然构成层次的山野，你要是登上森林瞭望哨，在山风呼啸中，看群树摆动，仿佛海洋在翻腾一样，那壮观的景色使人顿然忘却世俗许多的纷扰琐碎的事情，有一种“此中有真意，欲辨已忘言”[②]的欢愉。古人类是从森林走出来的。也许我们看到了森林，唤醒了一种原始的、粗犷[③]的感情也说不定。

在森林里的浓荫下行走，呼吸着比蜜水还甜的新鲜空气，端详着一株株树的英姿，令人不禁想起了国外一位学人讲的这样意思的话：“诗是我辈俗人的作品，大自然的杰作是树，一株树要比一首诗美丽得多！”你看，它们有的是疏朗的，有的是繁密的，有的亭亭如盖，有的屈曲多姿，各式各样的树显示了各式各样的美。有的树主干上光光洁洁，有的树主干上起了瘿结，附着了攀缘植物和悬挂植物，它们一路开着花，居然直达树梢。在林荫下漫步，有时森林水滴滴了下来，也许是沿着你的面颊流淌，也许是从背脊直下，沁人心脾，每当此际，我总是一点也不忙着把它拭去，而是任由它悄然坠下，享受着一种生活于大自然中难得的情趣。

森林是宁静的，但也是喧闹的。你如果在里面仔细观察，就会随处发现动物，有时一只啄木鸟在头顶上笃笃笃地啄着树干，有时一只金花鼠惊鸿一瞥[④]地跳跃而过，有时成群的长尾山雀在空旷处振翮飞翔，它都使人感到生机盎然。你如果在林里审视着树干和树叶，就会发现，森林里几乎到处都有小生物，它们都在忙忙碌碌经营着生活，花式品种纷繁到难以胜计。表面上看，好似一片宁静的山林，有这么丰富的内容，真叫人捉摸不透，它不是一览无余，而是内涵深厚，它像一部你永远也读不完的大书，这也是一个令人喜爱的原因。

正像海滨渔夫中有许多奇才异能的人一样，森林里也经常活动着许多奇才异能的人。他们能够辨别各种树的特性，什么树能够长什么菌，什么树的汁液可以解渴，什么树的果实可以充饥，他们全都知道。东北的老猎人敢于带着极其简单的工具就进入深林，既不愁挨饿也不怕碰到猛兽。大森林就像一座他们可以随时探手取物的仓库似的。有人告诉我，在张家界林区，当一行旅游者因食物供应不上而挨饿的时候，他们碰上一个森林老人，老人问明原委，叮嘱大伙不必忧心，他马上可以协助解决，他返身走进林里，才一会儿工夫，就捧着一竹篮花花绿绿的鸟蛋出来了。当旅游者面有难色，表示不惯吃生鸟蛋的时候，老人嘻嘻地笑着，连声说："有办法！有办法！"再度走入森林里，不一会儿，起捧着煮熟的热腾腾的鸟蛋出来了，原来那森林里什么地方有鸟蛋，什么地方有一眼滚烫的温泉，他全知道。在福建武夷山区，我碰到一位老猎人，旧时代他为了躲避抓丁，曾经单独背着一杆枪隐居山林多年，猎得野兽的时候，就在深夜偷偷下山，把兽皮之类的东西悄悄交给家里的老人，再取走弹药、盐巴之类的用品。他谈起山鸡、猴子、黑熊、虎豹的习性，熟极如流，比任何动物教科书讲到的都精彩。他告诉我，有一段时间他只猎取到猴子，结果一连几天，食物就只有一味：猴子肉！像这一类故事，我们在其他地方是没有办法听到的。森林之所以吸引人，也在于这本自然的大书，它的人和物，都太丰富多彩了。

因此，每次到森林里去，我都感到很大的快乐和满足。如果说，走进城市的公园里，尽管那里自有繁花锦绣，但它所激起的欢悦只不过像是一阵轻微的涟漪，至于森林，令人从心底掀起的，却是滚滚滔滔的波涛了。

我曾经这样反躬自问，为什么到森林去，能引起这种深沉的喜悦？一种复杂感情的涌现，有时不是几句话能够解释得了的。它空气清新，使人脱离尘嚣，它既有一种莽莽苍苍的粗犷之美，在它的细部方面，又有一种纤纤细细的灵巧之美。它像一部博大精深的巨书似的，展现在人眼前，使我们一时完全忘却了琐碎扰人的烦忧，事情大概就是这样的吧。

但是细细一想，情形既是如此，又不完全是如此。我们到森林去，所以引起一种绻恋低回[⑤]的感情，又是因为在理性上，我们知道森林和人类生活存在密切关系，如果没有森林，没有树木，这世界将变得多么的寂寞和悲哀！由于森林遭受严重砍伐，引起水土流失，破坏了人们的正常生活的事情，在国内大量地方是屡见不鲜的。一看到童山濯濯[⑥]的景象，你就会知道那里的村落沉浸在不幸之中了。这且不去说它，就是大片大片，一望无际的大森林，不论从世界范围来说，还是从中国范围来说，它们的总面积都存在不断缩减的趋势。世界上发达国家的森林资源虽然在上升，但是发展中国家却是在迅速减少之中的。两相抵除，仍然是一个下降的趋势，这不能不说是世界的一个隐忧。就是只以中国来说，中国森林面积在国土中的比例低于世界平均比例。就是在这种情形下，它也还在逐渐减少之中，我到有"中国林都"之称的伊春去，到森林覆盖面积雄居中国前列的福建去，当年都听到人们谈论造林速度比不上砍伐速度，森林面积在缩小中的话题，虽然也有造林比较迅速的省区，但是两相抵除之后，全国仍然是一个降低的趋势，这不能不说是中国的一个隐忧。伐木丁丁的声音，并非是全可赞美的。那里面也有破坏安宁生活的刀斧之声呢！

这样一想，我终于比较能够分析走进大森林时所以感到喜悦的缘由，原来，除了欣赏宁静，赞美雄浑，领略深厚之外，也还有一种庆幸的心情："这里还有这么大一片森林！""没有看到受破坏的景象，真让人高兴！"

这样一想，又觉得在快乐中是夹杂着一点忧伤了。就正像在观赏红叶时候那样。

但愿在不太久的将来，能够看到中国的森林的总面积逐渐上升的喜讯，这在中国是可以称为"特大喜讯"的。那时，我们到森林去徜徉，就会只有欢乐，而不夹杂点忧伤了。就像一片健康的绿叶，只有翡翠的颜色，而没有病斑一样。

人们！但愿对树木，对森林，也都有一份理性的爱，而不是一味只知道胡乱砍伐吧！有没有这点爱，可能也是一个文明人和一个愚昧自私者的分野。

（资料来源：秦牧．2005．秦牧散文．北京：人民文学出版社.）

注释

① 秦牧（1919—1992年），广东澄海人，原名林觉夫。我国著名文学大师，散文家。主要作品有《彩蝶树》、《花城》、《华族与龙》、《艺海拾贝》、《哲人的爱》、《翡翠路》、《森林水滴》、《晴窗晨笔》、《愤怒的海》等。

②“此中有真意，欲辨已忘言”：出自陶渊明的《饮酒》。

③ 粗犷（guǎng）：粗豪，豪放。

④ 惊鸿一瞥：曹植《洛神赋》用“翩若惊鸿，婉若游龙”来描绘洛神美态。后来就用“惊鸿”形容女性轻盈如雁之身姿，多就远望而言。“惊鸿一瞥”意思是人或者物，只是匆匆看了一眼，却给人留下强烈、深刻的印象。

⑤ 绻恋低回：缱绻（qiǎn quǎn）留恋，难分难舍。

⑥ 童山濯濯：形容山上光秃秃的，没有树木。

美点品悟

景之美

本文不是一篇游记，而是一篇写景抒情散文，所以作者描写的并不是某一片森林，而是所有森林的美景，在让读者领略了天下森林共有的美景的同时，又让读者领悟了作者对于森林的深厚感情和有关森林的深刻感触。

作者将森林比喻成一部“博大精深”、“内涵深厚”的“巨书”。在作者眼里，这本“书”，有着太多精彩丰富的内容。

在视觉上，森林既有莽莽苍苍的粗犷之美，又有纤纤细细的灵巧之美——登高望远，看层次分明的山林在山风呼啸中，群树摆动，仿佛海洋在翻腾一样，呈现一种壮观粗犷的美；而漫步林间，呼吸着比蜜水还甜的空气，看不同英姿的树简直像“诗一般的美丽”，展现的又是森林的纤细灵巧之美。

不仅如此，森林还是一个生机勃勃的动物王国，各种飞禽走兽“难以胜记”，无所不有，简直是猎人们“探手取物”的宝库。

而森林中诸多“奇才异能”的人，他们既是森林天生的主人，也是森林的财富，是森林的景色，是他们成就了森林这部“大书”中最有传奇色彩的情节。

意之美

本文通过对美丽壮观的森林风景和丰富多样的森林资源的记叙和描写，赞美了森林对人类的慷慨的馈赠，揭示了人与森林相互依存的和谐密切关系，并对森林不断遭到破坏的现状表示了深深的忧虑，对启发人们正确认识人与自然的关系，唤起人们热爱森林、保护森林的意识，具有极强的感染力。

作者以开篇第一句“我很喜欢在森林中漫步”，明确了自己对于森林的喜爱之情。文中不时地直抒胸臆，表达森林带给自己的极大的精神享受。作者写道：这里的景色能“使人顿然忘却世俗许多的纷扰琐碎的事情”，有一种“此中有真意，欲辨已忘言”的欢愉。作者以“森林水滴”为话题，选择森林水滴滴下来，沿着面颊流淌，或从背脊直下的沁人心脾的情景为典型细节，反映了森林带给人们的极大的精神享受和心灵愉悦。

不仅如此，作者还通过对森林这部“丰富多彩，永远也读不完的大书”的“解读”，揭示了人与森林，人与自然水乳交融、密不可分、互为依存的关系。“森林是古人类最初走出来的地方。”它所唤起的是人们对它的一种“原始的、粗犷的亲近感情”——森林中有人们取之不尽的动植物资源，是“奇才异能的人们探手取物的仓库”。它带给人们的永远是滚滚滔滔的快乐与满足的“波涛”。

正是由于对森林的这种深深的依恋与喜爱，所以面对世界各地森林不断遭到砍伐，森林面积不断减少的现状，作者心中难免生出“绻恋低回”的隐忧。他发出的“没有树木，没有森林，世界将变得多么悲哀”的喟叹，是其内心忧虑的直白流露，也是对世人的警示。而“人们！但愿对树木，对森林，也都有一份理性的爱”，则是他向世人发出的爱护自然，敬重自然的真诚劝谏与呼吁。

文之美

本文是一篇集写景、抒情、明理于一体的优秀散文。文章最突出的写作风格是记叙、描写、抒情与议论等多种表达方式的灵活运用。作者先用丰富多彩的描写手法对森林景色进行描绘，用记叙手法来介绍森林中一些“奇才异能者”的传奇故事，用抒情手法表达森林给自己带来的极大的精神享受，抒发自己对森林的喜爱与赞美之情。而文章最后两段，作者则几乎全用议论，阐述了对森林资源遭到破坏的恶果的认识，以及对保护森林，热爱自然的见解。多种表现手法的灵活运用，使文章笔触精深，内容丰厚，有发人深思的力量。

文字清新凝练是秦牧散文的一贯风格。本文语言多表现为质朴亲切中蕴含诗意的优美，“它们有的是疏朗的，有的是繁密的，有的亭亭如盖，有的屈曲多姿，各式各样的树显示了各式各样的美。有的树主干上光光洁洁，有的树主干上起了瘿结，附着了攀缘植物和悬挂植物，它们一路开着花，居然直达树梢。”一段话中既有口语般的质朴亲切，也蕴含着“亭亭如盖”、“屈曲多姿”等词汇的典雅诗意，使文章读来情味摇曳，自然流畅。

另外，描写中的巧妙设喻，使文章表达形象贴切，生动新颖。例如，作者把树看成是大自然的“比诗还美丽的杰作”，把浩瀚无边的森林比喻成“博大精深”、“内涵深厚”、“永远也读不完”的大书；无所不有的森林，是“猎人们探手取物的仓库”。城市的公园所激起的欢悦“只不过像是一阵轻微的涟漪”，而森林在人们心中所掀起的，“却是滚滚滔滔的波涛了”。这些恰当而多彩的比喻，使作者笔下的景物栩栩如生，让读者感同身受，有身临其境之感。

学而有得

① 文中说：一株树要比一首诗美丽得多。作者在本文中描写了森林的哪些美丽之处？表达了作者对森林怎样的思想感情？

② 作者为什么把森林比喻成一部“永远也读不完的大书”？他都描写了这部“书”中的哪些精彩的“情节”？

③ 比较阅读毕淑敏的《触抚绿色》，体会两位作家对于森林有何相同和不同的思想感悟。

④ 细读文章，体会本文的语言特色。

行知天下

中国森林资源的现状

中国自然资源匮乏，其中以森林资源最为紧缺。

我国国土面积960万平方千米，约占世界总量的7%；人口13亿，约占世界总量的22%；而我国森林总面积159万平方千米，仅占世界的4.6%；林木总蓄积量不足世界总量的3%，森林蓄积量为112.7亿立方米，森林覆盖率为16.55%，排世界第142位，人均森林面积1280平方米，只有世界平均水平的1/5，排世界120位，人均森林蓄积量9.048立方米，只有世界平均水平的1/8，排世界第121位，年人均消费木材0.22立方米，而世界平均水平是0.65立方米，比我国高近3倍，差距十分明显。

由于多种原因，土地沙漠化、水土流失、水灾、旱灾等生态问题十分严重，生态建设任重道远。目前全国荒漠化土地面积367万平方千米，占国土面积38.2%，而且每年以3436平方千米（相当于一个中等县的面积）的速度在不断扩展，总体上仍呈恶化趋势。我国水土流失面积267万平方千米，占国土面积的27.8%，每年，该数字还在以100万公顷的面积增加。

保护我国的森林资源，刻不容缓。

黄河，一路吟唱着向我们走来，就像一条中华民族搏动的血脉，穿行在华夏大地上。或穿过只有蓝天黄沙的茫茫荒漠，或流淌于只有青山峡谷的莽莽高原，却始终流淌在每个炎黄子孙的梦里，渗透到每个中华儿女的心底。

黄河一掬[①]

（台湾）余光中[②]

厢型车终于在大坝上停定，大家陆续跳下车来。还未及看清河水的流势，脸上忽感微微刺麻，风沙早已刷过来了。没遮没拦的长风挟着细沙，像一阵小规模的沙尘暴，在华北大平原上卷地刮来，不冷，但是挺欺负人，使胸臆[③]发紧。我存和幼珊[④]都把自己裹得密密实实，火红的风衣牵动了荒旷的河景。我也戴着扁呢帽，把绒袄的拉链直拉到喉核。一行八九个人，跟着永波、建辉、周晖，向大坝下面的河岸走去。

这是临别济南的前一天上午，山东大学安排带我们来看黄河。车沿着二环东路一直驶来，做主人的见我神情热切，问题不绝，不愿扫客人的兴，也不想纵容我期待太奢，只平实地回答，最后补了一句：“水色有点浑，水势倒还不小。不过去年断流了一百多天，不会太壮观。”

这些话我也听说过，心里已有准备。现在当场便见分晓，再提警告，就像孩子回家，已到门口，却听邻人说，这些年你妈妈病了，瘦了，几乎要认不得了，总还是难受的。

天高地迥，河景完全敞开，触目空廓而寂寥，几乎什么也没有。河面不算很阔，最多五百米吧，可是两岸的沙地都很宽坦，平面就延伸得倍加复远，似乎再也勾不到边。昊天和洪水的接缝处，一线苍苍像是麦田，后面像是新造的白杨树林。此外，除了漠漠的天穹，下面是无边无际无可奈何的低调土黄，河水是土黄里带一点赭，调得不很匀称，沙地是稻草黄带一点灰，泥多则暗，沙多则浅，上面是浅黄或发白的枯草。

“河面怎么不很规则？”我转问建辉。

“黄河从西边来，”建辉说，“到这里朝北一个大转弯。”

这才看出，黄浪滔滔，远来的这条浑龙一扭腰身，转出了一个大锐角，对岸变成了一个半岛，岛尖正对着我们。回头再望此岸的堤坝，已经落在远处，像瓦灰色的一长段堡墙。更远处，在对岸的一线青意后面，隆起一脉山影，状如压扁了的英文大写字母M，又像半浮在水面的象背。那形状我一眼就认出来了，无须向陪我的主人求证。我指给我存看。

“你确定是鹊山吗？”我存将信将疑。

“当然是的。”我笑道，“正是赵孟頫[⑤]的名画《鹊华秋色》里，左边的那座鹊山。曾繁仁校长带我们去淄博，出济南不久，高速公路右边先出现华山，尖得像一座翠绿的金字塔，接着再出现的就是鹊山。一刚一柔，无端端在平地耸起，令人难忘。从淄博回来，又出现在左边。可惜不能停下来细看。

周晖走过来，证实了我的指认。

“徐志摩那年空难，”我又说，“飞机叫济南号，果然在济南附近出事，太巧合了。不过撞的

不是泰山，是开山，在党家庄。你们知道在哪里吗？”

“我倒不清楚。”建辉说。

我指着远处的鹊山说：“就在鹊山的背后。”又回头对建辉说：“这里离河水还是太远，再走近些好吗？我想摸一下河水。”

于是永波和建辉领路，沿着一大片麦苗田，带着众人在泥泞的窄埂上，一脚高一脚低，向最低的近水处走去。终于够低了，也够近了。但沙泥也更湿软，我虚踩在浮土和枯草上，就探身要去摸水，大家在背后叫小心。岌岌[6]加上翼翼，我的手终于半伸进黄河。

一刹那，我的热血触到了黄河的体温，凉凉的，令人兴奋。古老的黄河，从史前的洪荒里已经失踪的星宿海里四千六百里，绕河套、撞龙门、过英雄进进出出的潼关一路朝山东奔来，从斛律金的牧歌李白的乐府里日夜流来，你饮过多少英雄的血难民的泪，改过多少次道啊发过多少次泛涝，二十四史，哪一页没有你浊浪的回声？几曾见天下太平啊让河水终于澄清？流到我手边你已经奔波了几亿年了，那么长的生命我不过触到你一息的脉搏。无论我握得有多紧你都会从我的拳里挣脱。就算如此吧这一瞬我已经等了七十几年了，绝对值得。不到黄河心不死，到了黄河又如何？又如何呢，至少我指隙曾流过黄河。

至少我已经拜过了黄河，黄河也终于亲认过我。在诗里文里我高呼低唤它不知多少遍，在山大演讲时我朗诵那首《民歌》，等到第二遍五百听众就齐声来和我：

传说北方有一首民歌
只有黄河的肺活量能歌唱
从青海到黄海
风 也听见
沙 也听见

我高呼一声“风”，五百张口的肺活量忽然爆发，合力应一声“也听见”。我再呼”沙”，五百管喉再合应一声“也听见”。全场就在热血的呼应中结束。

华夏子孙对黄河的感情，正如胎记一般地不可磨灭。流沙河写信告诉我，他坐火车过黄河读我的《黄河》一诗，十分感动，奇怪我没见过黄河怎么写得出来。其实这是胎里带来的，从《诗经》到刘鹗，哪一句不是黄河奶出来的？黄河断流，就等于中国断奶。山大副校长徐显明在席间痛陈国情，说他每次过黄河大桥都不禁要流泪。这话简直有《世说新语》的慷慨，我完全懂得。龚自珍《己亥杂诗》不也说过么：

亦是今生未曾有
满襟清泪渡黄河

他的情人灵箫怕龚自珍耽于儿女情长，甚至用黄河来激励须眉：

为恐刘郎英气尽
卷帘梳洗望黄河

想到这里，我从衣袋里掏出一张自己的名片。对着滚滚东去的黄河低头默祷了一阵，右手一扬，雪白的名片一番飘舞，就被起伏的浪头接去了。大家齐望着我，似乎不觉得这僭妄的一投有何不妥，反而纵容地赞许笑呼。我存和幼珊也相继来水边探求黄河的浸礼。看到女儿认真地伸手入河，想起她那么大了做爸爸的才有机会带她来认河，想当年做爸爸的告别这一片后土只有她今日一半的年纪，我的眼睛就湿了。

回到车上，大家忙着拭去鞋底的湿泥。我默默，只觉得不忍。翌晨山大的友人去机场送别，我就穿着泥鞋登机。回到高雄，我才把干土刮尽，珍藏在一只名片盒里。从此每到深夜，书房里就传出隐隐的水声。

（资料来源：季羡林．2011．百年美文（青春阅读版地域卷 1900—2000）．天津：百花文艺出版社，164.）

注释

① 掬：双手捧起。

② 余光中（1928 年— ），男，祖籍福建永春，生于江苏南京。当代著名诗人、散文家和评论家。曾就读于金陵大学、厦门大学外文系，赴台后于台湾大学外文系毕业，后获美国爱荷华大学硕士学位，现任台湾中山大学文学院院长。主要诗作有《乡愁》、《白玉苦瓜》、《等你，在雨中》等；散文代表作有《听听那冷雨》和《我的四个假想敌》等。

③ 胸臆：胸部。

④ 我存和幼珊：分别是作者的夫人和女儿。

⑤ 赵孟頫（fǔ）（1254—1322 年），字子昂，号松雪，松雪道人，元代著名画家和书法家。

⑥ 僭妄（jiàn wàng）：越分而狂妄。僭：超越本分，古代指地位在下的人冒用地位在上人的名义或礼仪、器物。

美点品悟

景之美

以普通的审美标准来看，作者笔下的黄河并无多少视觉意义上的美感，作者也没有刻意地表现黄河最突出的绵延悠长与汹涌壮阔的景观，而是把黄河比作母亲河，以一个远方游子回归母亲怀抱的情怀和眼光，来打量黄河，拜谒黄河。此时的黄河，便具有了更深意义的美感。

在作者的眼中，初春季节的黄河，更多的是一种“空廓”和“寂寥”，在荒旷的河滩上，“长风挟着细沙”，“天高地迥”，放眼望去，是黄的水，黄的沙，黄的枯草……还有黄河“凉凉的体温”，但就是这些低调而灰暗的风景，却让作者兴奋不已。这就像在孩子眼中，母亲的美，不在于其姣好的面容，光鲜的穿着，而在于母亲特有的那份慈爱与亲切。同样，作者眼中，黄河之美，不在于自然风景的雄伟壮丽，而在于她在每个中华儿女心中，作为母亲河的那份博大的内涵。

此处的黄河，经由作者的联想，超越了时空，带着更壮阔，更汹涌的气势奔涌到我们面前：这是一条“从史前的洪荒里”一路奔来的黄河，是从“牧歌”、“乐府”里流出来的黄河。是见证过英雄的壮举、灾民的苦难的黄河……是让我和年轻的大学生都热血沸腾，一起“高呼低唤”的黄河，是仁人志士为之忧患，为之激愤的黄河……于是，在初春季节，本有些荒旷、寂寥的黄河，在作者的眼里，便呈现出其更加壮阔，更加悠远的美景了。

情之浓

2001 年春，余光中应山东大学之邀于前来讲学并访问。这次齐鲁之行后，作者在台湾《联合报》上，连续发表了总题为《山东甘旅》的四篇散文，即《春到齐鲁》、《泰山一宿》、《青铜一梦》和《黄河一掬》。对作者而言，此次齐鲁之行，既是一次学术之旅和观光之旅，更是一次圆梦之旅、回归之旅、文化之旅和认根之旅。《山东甘旅》于是成为了海峡彼岸中华赤子一曲深情的民族颂歌。

“掬”是因恭敬和珍爱而双手捧起的意思。仅标题中这一个小小的动词，作者对黄河的一腔赤子之爱就如黄河之水，滔滔奔涌，倾泻笔端。

“华夏子孙对黄河的感情，正如胎记一般地不可磨灭”，全篇紧紧抓住“游子”与“母亲”的会心之处，酣畅淋漓地表达了一种民族血统意义上的“母子”亲情。“我”对黄河的情感，经历了无数次在诗文中的“高呼低唤”：见到之前的“神情热切，问题不绝”——见到时的“探身”而“掬”——离开时的依依惜别——离开后的眷眷思念。每一个阶段都体现了一个远离故土的游子对黄河母亲的那一腔赤诚而热烈的思念与依恋之情。作者写道：“一刹那，我的热血触到了黄河的体温，凉凉的，令人兴奋”，“这一瞬我已经等了七十几年了绝对值得。”在这里，他所表达的绝不仅是对一条河流，而是对祖国，对故土的深深眷恋。他把中华游子的思国怀乡之情，炎黄子孙的文化认根之意和两岸人民的民族亲情全部倾注在滚滚黄河之中，代表了中华儿女共有的中国情结和爱国心声。

更为可贵的是作者面对黄河所表现出的作为炎黄子孙，对祖国命运由衷的关切。黄河见证了中华民族所有的灾难，当今也有令人“潸然落泪”的国情，这让作者与看到了黄河河滩的荒旷与黄河的断流的情形一样，心生忧患，也跟所有中华儿女一样被唤起一种沉重的责任感。“为恐刘郎英气尽，卷帘梳洗望黄河”，是作者用来激励自己，也是激励每个中华儿女的铮铮誓言。

文之美

余光中凭着深厚的文化背景，以学者的修养和诗人的才情，在当代文坛上，展现出“诗文双绝”的大家风采。梁实秋称余光中“右手写诗，左手写文，成就之高，一时无两”。《黄河一掬》一文，在以下几方面，表现了本文写作艺术上的不同凡响。

首先，饱满激越的抒情，使文章有了诗一般的气势和感染力！不管是叙事还是写景，作者似乎在每个字里都饱蘸了浓情。例如，标题“黄河一掬”，一个动词“掬”，可谓一字立骨，浓情毕现。倾吐出心底深处对黄河母亲的那份崇敬与热爱，吟诵出一份赤子之心的真诚与热烈。再如，“古老的黄河……至少我指隙曾流过黄河”一段，简直就是一首激情澎湃的抒情诗！文章最后一句“从此每到深夜，书房里就传出隐隐的水声”，跟作者的诗歌一样具有令人热血沸腾的冲撞力。

其次，修辞方法的恰当运用，使得文章文采斐然，意蕴丰厚。把“黄河”喻作“浑龙”，描绘出黄河的蜿蜒宏阔；把“堤坝”喻作“瓦灰色的一长段堡墙”，体现其渺远与苍茫；把鹊山看作

“英文大写字母M”和“浮在水面的象背”，变远观为近景，表现出特有的视觉效果。这些比喻手法的恰当运用，使得描写的景物栩栩生动，如在眼前。

除比喻外，多处反问手法的运用，使得文章读起来有咏叹调般的激情。“二十四史，哪一页没有你浊浪的回声？几曾见天下太平啊让河水澄清？”“从《诗经》到刘鹗，哪一句不是黄河奶出来的？”……形成一种语势充足，浓情喷发的感染力！

学而有得

① 根据行踪，简要回答作者围绕黄河写到了哪些相关的事？又抒发了怎样的情感？

② 黄河是华夏文明的发源地，在中国古代文化中就有很多关于黄河的诗句，请搜集并吟诵这些诗句。

③ 收集有关黄河的资料和图片，以小组为单位进行评比并选择有代表性的作品，布置一次展览。每个小组推荐一名导游，为大家解说。

行知天下

黄　河

黄河全长5464千米，流域面积752 443平方千米，是中国第二长河，世界第五长河。它发源于青海省巴颜喀拉山，成“几”字形流经青海、四川、甘肃、宁夏、内蒙古、陕西、山西、河南及山东九个省，在山东省东营市垦利县注入渤海。

黄河流域具有适宜人类繁衍生息的自然条件和地理环境。相传中国最早的黄帝部落，其族发祥于陕西北部的姬水，定居在如今泛称为“中原”地带的黄河中游地区。后世这一带的居民，都尊称黄帝为自己的直系始祖，尧、舜、禹都是黄帝氏族的子孙，因而黄帝成为中华民族的“第一人”。分布在世界各地的炎黄子孙，都把这里看作是自己的根。

在中华五千年的文明史中，黄河流域有3000多年一直是我国政治、经济、文化的中心。在中华民族的历史进程中占有十分重要的地位。在国人的心目中，黄河已经远远超过了一般意义上的自然河流。而被尊崇为中华民族的“母亲河”，在漫长的历史发展中，黄河逐步成为中华民族的象征与旗帜，而黄河那生生不息、万古奔流、千折百回、东流入海的磅礴气势，正是中华民族自强不息，百折不挠，勇往直前的写照。

黄河风景线

1939 年，光未然作词，冼星海作曲的《黄河大合唱》以其气势磅礴，强烈地反映出时代和民族精神，成为中国音乐艺术的不朽杰作。

1997 年 6 月 1 日，“亚洲第一飞人”柯受良驾汽车成功飞跃了黄河壶口大瀑布，向香港回归祖国献上了一份厚礼。

1997 年，作曲家卞留念的作品专辑《黄河的故事》参加了“亚洲广播联合会”举办的评奖活动，活得了“文化娱乐金奖”。

1999 年，由冯小宁导演的《黄河绝恋》在美国费城国际电影节和中国金鸡奖的评比中连得大奖。

腾冲曾经的沧桑，给它带来了某种与生俱来的伟岸。这种伟岸不在外表，而是像熔岩一样深蕴在地层深处。沧桑二字已成为被岁月屏蔽了的过去时，它的激越藏匿在遥远的往事里。而眼下，腾冲看上去一片宁静。

人在腾冲

徐成森[①]

风从谷底再一次沿陡坡冲上来的时候，旅游车刚驶过又一座悬崖的边沿。

翻越高黎贡山是一次生命的惊恐，车轮和海拔较量总是充满悬念。一车人的生死安危，全攥在司机的那双手上。盘山公路是从崖壁上硬凿出来的，上面是千仞绝壁，下面是万丈深谷，车就在这惊心动魄中蛇行，一车人被惯性操纵得歪东倒西的。不敢往窗外看，窗下就是无底的深渊。车轮从悬崖边上碾过去，急弯时，会觉得有一只轮子已悬在了路外。人的心被不断提了起来，咕咚咚地跳。

好容易从盘山公路的最高处翻过，开始下坡。刹车声连续啸叫，又是一路惊魂。终于，窗外的景色温和了些，画面一点点升了上来。逐渐看见圆丘，缓坡，山麓，然后是河滩与房舍。这时候，那颗悬着的心才慢慢放了下来：到腾冲了。

很累很累，一见床和枕头，就不由分说地躺了下去。梦也是摇摇晃晃的，感到人还在歪着倒着。也不知摇了多久，醒来时，窗户通明。

推开阳台门，迎面一爿山崖。斜对过的山道上雾气缭绕。有个戴红袖套的老汉在那儿扫地，水汽弥漫中，像道人在做法事似的。那把大扫帚，拂尘般地起起落落。没有声响，腾冲的早晨分外安静。寂静的背景下，山道，白汽，老汉，看上去像无声电影。

如雾水汽的出处，是一孔又一孔热泉。急匆匆跑过去，拾级而上，走进那片白雾。沿着山道，这里一个，那里一个，是大大小小的泉眼。池中热水涌流，水珠迸溅，热气冲腾。还都有着精致的名字：珍珠泉，鼓鸣泉，美女池，仙人澡。全都冒着扑面的热气，人还没有靠近，眼镜片上就已蒙上了一层薄雾。路旁水渠中的水也是热气，一路冒着白汽，把整座山都裹在了云里雾里。太阳出来了，照得水汽更加浓厚，扫落叶的老汉已不知所终。

来到热海大滚锅，一群人尖声叫了起来。大滚锅里沸水泉涌，嘶嘶有声，水花起处，热气蒸腾。池中央有一眼喷泉，涌水如柱，冲出水面后悠然滑落，将水花和气雾浑然揉在了一起。有农妇在兜售现煮的鸡蛋，把蛋放进热泉，很快就熟了。池边的木牌提醒游人，别以手试水。那水温已经接近沸点，会烫伤人的。

那么这一注注热泉，就是当年那场大爆发的余温了。地层之下，火炽的岩浆还在涌动着。地下水涌出地表，仍然带着火山的体温。

所有曾经的变故都不会完全偃息[②]的，总会有些什么东西被留下来，叫人不至于彻底遗忘。除一处处热泉外，还有这里那里的火山石，也在将那场爆发重新提起。火山熔岩冷却后形成的火山石，出人意料得轻，轻得可以浮在水面上。它被加工成各种造型，轻盈地摆放在货架上，供游

人选取。当年再怎么冲天而起，烈焰万丈，待到激情平复，大幕落下，也只能如此地化为举重若轻，给浮在水面上，随着水流漂向四方。

阳光从天的最高处飞瀑一般泻下来，把空气中那些轻薄的浮尘都拂净了。街上行人不多，汽车也少，和许多县城一样，只是腾冲更清爽，连杂乱与喧嚣也难得一见。腾冲的沧桑与优越感，使它带有某种与生俱来的伟岸。这种伟岸不在外表，而是像熔岩一样深蕴在地层深处。腾冲二字的词语意义是“过去时”的，是被岁月屏蔽了的，它的激越藏匿在遥远的往事里。而眼下，腾冲看上去一片宁静。高楼很少，空间开阔，给人以宽舒之感。远处一条便道上，一辆四轮拖拉机冒着青烟慢慢朝城外驶去，突突的引擎声听上去有些空旷。腾冲显示给人们的，就是这样的通常日子，温存而平和。

当晚，在热海公园中沐浴。浴池就在热泉旁边，被称为九蒸十八泡，想必是一道比一道热、一道比一道更烫的了。一孔孔浴池迤然排列，热气腾空而起，与夜雾融为一体。忽然想起小托尔斯泰的那句名言：三次在灰水里沐浴，三次在血水中浸泡，三次在沸水中蒸煮。九蒸十八泡，该是对这句名言最形象的解读了。这样的历练，没有几个人能一一做完。几个决心赴汤蹈火的游客，也只过了三五道，就大汗淋漓地跳了出来，呼哧呼哧地连声叫着吃不消了。

去火山公园。汽车驶过一条公路。公路很普通，路面多处破损，汽车驶过，尘土扬飞。导游说，这就是当年著名的史迪威公路的一段。这条公路是为战争修建的，那场闻名中外的战斗就在腾冲的土地上进行。导游口齿伶俐，一边介绍战斗的经过，一边面露笑容。她笑起来很好看，露出一排细细的牙齿。这就是时间的力量了，是时间这只魔掌，把所有的腥风血雨，都瓦解为一句句精美的解说词。而且随着时间的推移，后人对历史的描述，会变得越来越浓缩，越来越精炼。枪林弹雨的日日夜夜，最后也只蒸馏成了史书上的寥寥数语。

火山公园的大门，正对着长长的一条甬道。甬道中间是绿化带，两旁各有一行平行的圆形红地灯，通向大空山。从山脚处开始，两条石级直通山顶，成一 A 字。A 字是火山的造型，是岩浆涌流的轨迹。

大空山的火山口略显浅平，大锅似的，朝天平放。设想五百年前的那次大爆发，这儿曾是何等景象，烈焰冲天，岩浆迸涌，嚣张狂野而不可一世。而冷却过后，激情巨大的伤口就这么裸露着，瞪着眼睛看天。天若有情天亦老，对于大自然，长长的五百年，只不过是眨眼之间的事。

大空山左侧，有一条便道直通小空山。小空山的火山口略小，却深，底部铺满绿草。绿草之上，有人用大大小小的火山石排列成一组组粗大的图文。其中一个心形图案最引人注目，心形中央是一个巨大的“情”字，“情”字下面，靠近心尖处，用中英文排出两行字：“赵心宝贝，I LOVE YOU！”这是痴情男子的叫唤，不知道这写在火山口上的热烈呼唤，能在那个“赵心宝贝”的心上，引起怎样的回声。

火山口周围，长着一片松树，把火山口密密地围了一圈。树下面是厚厚的草地，草茎虬结，松软得像地毯。坐在草毡上，凭山风拂面，听松涛起伏，一时竟不知自己身在何处，滔滔世事，也好像要被暂时忘掉似的。我在草地上躺了下来，躺成一个大字，让身心全然松懈。我上面是广袤的天空，天空的上面是无极，无极之外则是永恒之谜。这样躺在一座活火山的火山口上，是一种奇特的体验。我身下是随时可能喷涌的炽热岩浆，我上面是浩渺无际的神秘天宇。而我则是匆匆过客，对于腾冲，对于世界，都是如此。

离开腾冲的前一天，执意要去叠水河瀑布看看。从黄果树大瀑布那边来的人，照说对瀑布的兴趣不会太浓。我去那儿，是为了见那位百岁老人一面。那会儿她还硬朗着，只要天气不错，她总会出现在叠水河瀑布旁边。阳光下，她坐在一座院落门旁的石墩上。艳红的上衣，大袖口，宽宽的纯白翻边，那白边一尘不染。碎花扎腿裤下面，是那双真正只有三寸的小脚金莲。见我们走近了，她拿起笸箩里的一双绣花鞋，说，这鞋我卖五十元，你看着给也行。说着，她孩儿般地笑了。那笑容极其纯粹，没有一点儿沧桑。笑容牵动了她脸上的密密皱纹，一条条迎风舞动。当年少女的眼波，辫梢上的阳光，裙摆上葫芦丝的鸣唱，都在这舞动里成了遥远的绝响。杨秀凤，她也曾喷涌过，也曾澎湃过，像五百年前的火山喷发，像上个世纪的那场鏖战[③]。她从岁月的深处走来，三寸金莲带起滚滚烟尘和厚厚的火山灰。终于如此淡定地端坐在瀑布之侧，向着太阳亮出她一脸皱褶的笑容。

就在这一霎间，瀑布的轰响突然隐去，隐约听见火焰猎猎，炮声隆隆。清风明月，历史绕指而过。

印度《摩诃婆罗多》[④]写道："甚至在烈火中能种植金色的荷花。"这偈语般的诗句，可看作是对腾冲小城的经典诠释，大可用来探寻腾冲二字的深层意义。

半年后，杨秀凤老人安然离世。

（资料来源：徐成淼．2010．人在腾冲．散文，2．）

注 释

① 徐成淼（1939年—　），当代著名散文和散文诗作家，现为贵州民族学院教授，文艺学学科带头人，享受国务院特殊津贴的国家级有突出贡献的专家。

1957年开始发表文学作品。主要作品有文学理论专著《再造梦想：文学创作论研究论纲》，散文诗集《星星河》、《燃烧的爱梦》，散文诗体长篇小说《爱海情潮》，散文集《绝色丽人》、《穿越时空》、《在季风中感觉雨》，长篇日记《赤裸青春——我的复旦六年》等。

② 偃（yǎn）息：停止。

③ 鏖（áo）战：激烈的战斗。

④《摩诃婆罗多》：与《罗摩衍那》并列为印度的两大史诗，是在一部史诗的基础上编订加工而成的，规模宏大、内容庞杂。其中包括长篇英雄史诗，传说故事，宗教哲学以及法典性质的著作等。被称为百科全书式的史诗，印度现代学者认为《摩诃婆罗多》是印度的民族史诗，堪称是"印度的灵魂"。

美点品悟

景之美

五百年前的那场火山爆发，或许是大自然赐给腾冲的一份重礼。使它从此拥有了神奇而独特的自然风光，成为又一处人间胜景。本文作者，用他的独特文思，不仅带领读者欣赏了腾冲作为火山群地貌的独特自然风光，领略了在这块土地上特有的人文之美，而且还品悟了在大自然的发展变化之中所蕴含的哲思之美。

险峻的地势，星罗棋布的地热温泉，千姿百态的火山石是腾冲最有特色的自然景观，作者紧紧围绕这些景观进行记叙和描写。

首先，作者巧妙地借对行踪游程的交代，从侧面表现了腾冲极为险要的地势特点，“上面是千仞绝壁，下面是万丈深谷”，穿越这里，是经历一次“生命的惊恐”，连梦都是“摇摇晃晃”的。这是火山群地带的特有地势，虽是侧面描写，却给读者留下极为深刻的印象。

其次，遍布各处的各类温泉，是当年火山爆发后遗留给腾冲的特殊礼物，成为腾冲的特色景观。在作者笔下，这些温泉不仅有各色各样精致的名字，还有更有神奇的景观：沸水泉涌，嘶嘶有声，水花起处，热气蒸腾，水热得甚至可以煮熟鸡蛋。这些神奇新鲜的景观让人叹为观止，尤其是一切景色都被笼罩在缭绕弥漫的烟雾水汽中时，便像水墨画，又像无声电影，让人有如入仙境之感。

另外，作者通过对火山公园的游览情景给读者介绍了火山爆发遗留下的火山口和火山石的景色，着墨不多，却是意由景生，给人留下深刻印象。

不仅如此，作者还用诗意般的语言，描写了这里人文环境的安静，平和，开阔，宽舒的景色。不管是火山公园的游客用火山石摆成的心形图案，还是腾冲县城路上的四轮拖拉机，都给人一种变故后的沉静，沧桑后的淡定的感觉。

尤其是对叠水河瀑布下面的一位老人的描写，则是所有景物中最为灵动的一笔。她的清爽，她的乐观，她历经沧桑后的淡定，都与这里的自然风景，相映成趣，在她身上，寄寓了作者对腾冲的全部好感与参悟!

意　之　美

本文最高的思想价值，不在于单纯表现的景色之美和对自然的热爱，而是通过记叙和描写腾冲——这个具有特殊地理意义的地方的自然风光和人文景色，表达了作者由此所悟出的深刻人生哲理及其给予自己的人生启发。

火山爆发，原本是腾冲所经历的一场浩劫，一场变故，在地理意义上，它带来的是极大的破坏，但是作者描写的是火山爆发几百年后的情景：如今的腾冲，是那么壮观，那么伟岸，那么平和，那么宁静，是一个美丽的地方。正是在这种看似平常的叙述中，蕴含着作者对人生哲理的渗透：恰恰是曾经的沧桑，造就了腾冲如今的伟岸、沉静和平和，造就了它如今的优越感。人生总要历经沧桑，经过一次又一次的“炼狱”，正如托尔斯泰所说，“三次在灰水里沐浴，三次在血水中浸泡，三次在沸水中蒸煮”，软弱的人会被磨难打倒，甚至毁灭，而一个坚强的人，一个有智慧的人却能够让自己在沧桑与磨难中得到历练，得到升华。从而变得更加“伟岸”和具有“优越感”。这些从自然中悟到的哲理，会给每个人以极为深刻的人生启发。

另外，作者还在火山爆发这样宏大的宇宙变故中，领悟到更为深刻的宇宙观：不管是沧海桑田的地质变化，还是血雨腥风的人间战争，最终都会被岁月屏蔽，成为遥远的往事，代之以平静与温和。漫长的几百年，放在宇宙的浩瀚中，只不过是弹指一瞬的事。再大的变故也会被时间化解，再深的伤口也会被时间平复。作者的这些深沉感悟无疑对培养睿智豁达的人生态度非常具有启发意义。叠水河瀑布下那位百岁老人的形象，是这种人生感悟的最为形象的诠释！而“在烈火中能种植金色的荷花”则是这种人生感悟的最凝练的象征。

文之美

本文是一篇写景优美，寓意深刻的寓理于景的散文。在谋篇布局和语言表达上也都体现出独特的艺术特色。

寓理于景，叙议结合是本文最突出的表现手法。作者记叙和描写腾冲景色的过程中，不时地加以画龙点睛式的议论，从而明确了本文绝非单纯的写景之作，而是借这里的特定景观，表达作者关乎人生哲理的深沉感悟。例如在对“火山熔岩冷却后形成的火山石”的描写之后，用“当年再怎么冲天而起，烈焰万丈，待到激情平复，大幕落下，也只能如此地化为举重若轻”来寄寓一种人生哲理，即人生只有经过足够的磨砺，才能达到居高临下，游刃有余，举重若轻的境界；而在对县城风景的描写中，加入的一句“腾冲的沧桑与优越感，使它带有某种与生俱来的伟岸。这种伟岸不在外表，而是像熔岩一样深蕴在地层深处”的议论，更是使之前简单的描写顿时升华，给人以明确而深刻的哲理启发。

另外，对比映衬，虚实相生，是本文另一突出的艺术特点。本文对腾冲自然和人文景观的描写，往往是伴随着对当初火山爆发情形的想象与对比进行的，而诸多哲理都在这些对比映衬中得以体现。例如，“设想五百年前的那次大爆发，这儿曾是何等景象，烈焰冲天，岩浆迸涌，嚣张狂野而不可一世。而冷却过后，激情巨大的伤口就这么裸露着，瞪着眼睛看天。”将火山爆发时的激烈与如今的沉静相对比，“她从岁月的深处走来，三寸金莲带起滚滚烟尘和厚厚的火山灰。终于如此淡定地端坐在瀑布之侧，向着太阳亮出她一脸皱褶的笑容。”将百岁老人曾经的沧桑与如今的淡定作对比，从而使作者的感悟在对比中得以阐发，文章的主题也在对比中得以凸显。

学而有得

① 从旅游意义上讲，腾冲是一个具有多重特色的地方，作者主要围绕它的哪些景色特点来写的？为什么要这样安排？

② 本文在记叙描写中，多处穿插议论和抒情，请联系实际生活中的例子谈谈你对以下这些句子的理解：

A. 所有曾经的变故都不会完全偃息的，总会有些什么东西被留下来，叫人不至于彻底遗忘。

B. 这就是时间的力量了，是时间这只魔掌，把所有的腥风血雨，都瓦解为一句句精美的解说词。而且随着时间的推移，后人对历史的描述，会变得越来越浓缩，越来越精炼。枪林弹雨的日日夜夜，最后也只蒸馏成了史书上的寥寥数语。

C. 我身下是随时可能喷涌的炽热岩浆，我上面是浩渺无际的神秘天宇。而我则是匆匆过客，对于腾冲，对于世界，都是如此。

D. 印度《摩诃婆罗多》中写道：“甚至在烈火中能种植金色的荷花。”这偈语般的诗句，可看作是对腾冲小城的经典诠释，大可用来探寻腾冲二字的深层意义。

行知天下

腾　冲

腾冲县位于云南省保山市西南部位于横断山脉的高黎贡山西侧，是中国火山活动带之一，在这里有中国最密集的火山群和地热温泉。90 多座火山雄峙苍穹，其中呈截锥形的火山，一般顶部有漏斗状火山口，火山底部有数十米至百余米。

腾冲地区火山近期活动的形式主要为强烈的水热活动。80 余处温泉喷珠溅玉，温泉泉眼数以万计。壮观的热海大滚锅、热箭四射的万年蛤蟆嘴、令人浮想联翩的醉鸟神泉、怀胎奇井、美女仙池、扯雀魔塘……种种奇观妙景，展现出国家级火山热海风景名胜区的百态千姿和无穷奥秘。

热海中最典型的是“大滚锅”，直径 3 米多，水深 1.5 米，水温达 97 摄氏度，昼夜翻滚沸腾，四季热气蒸腾。据说从前有一头牛到大滚锅边舔吃带咸味的泉水，不小心掉入锅内，待牧童从村里喊人来时，已煮成一锅牛肉。

史迪威公路

史迪威公路是 1944 年抗战时期，中国军队在滇西和缅北大反攻胜利后修通的自印度东北部至中国云南昆明的公路，在枪林弹雨中为中国抗日战场运送了 5 万多吨急需物资，被称为“抗日生命线”。它从印度东北部边境小镇雷多出发至缅甸密支那后分成南北两线，南线经缅甸八莫、南坎至中国畹町；北线经过缅甸甘拜地，通过中国猴桥口岸、经腾冲至龙陵，两线最终都与滇缅公路相接。

叠水河瀑布

叠水沙瀑布发源于腾冲县东北部的大盈江，在流经云南腾冲县城西 1 千米的地面时，遇到 1 个巨大的断层崖。崖旁三峰突起，比肩兀立，水从左峡夺路而出，从 46 米高的崖头跌下深潭，然后继续奔涌向前。这里，河水仿佛被叠为二折，故俗称叠水河瀑布。

◎ 让我们一起去博寻胜迹

(美) 马克・吐温《登勃朗峰》

沈从文《箱子岩》

丰子恺《庐山面目》

马丽华《西藏大地》

林非《九寨沟纪行》

第2章

南朝四百八十寺，多少楼台烟雨中

——名胜古迹类

它们，从历史的深处走来，穿过千百年的烟雨风云，带着一身沧桑的烟尘，如一座座丰碑，依然矗立在世人面前。

这里，或者曾经上演过动人的故事，见证过曾经的风云动荡；或者留下过古圣先贤的足迹，记录着他们的智慧与思想。

每一处名胜古迹，都是一段被沉淀的岁月，都是一部被保鲜的历史，引领人们沿着历史的走向，重拾那些往事，反思一些伤痛，重温一些感动，体悟一些不朽的智慧。

任何个人和民族的发展都离不开对传统的继承与超越，一处处名胜古迹，像岁月留下的标点，点缀在历史发展的鸿篇巨著中。经岁月沉淀的历史，就像一面镜子，可以鉴以往，可以照未来，可以照着我们穿越历史的苍茫月色，走向明天的明媚阳光。

春夏秋冬，风霜雨雪，战火纷飞，它是屹立在中国土地上的一道奇迹。在我们眼里，长城，已不再是一项浩繁巨大的军事工程，而是成为了中华民族的象征，成为了一种无文字的文化，无声息的影响，渗透进每个中国人的血液，顽强地影响着你我，鼓舞着你我……

我还没有见过长城

吴伯箫[①]

朋友，真惭愧，我还没有见过长城。

记得六年故都，我曾划过北海的船，看那里的白塔与荷花；陶然亭赏过秋天的芦荻，冬天的皓雪；天桥，听云里飞，人丛里瞧踢毽子的，说相声的；故宫与天坛，我赞叹过它的壮丽和雄伟；走过长长的西长安街，与挤满了旧书及古董的厂甸；西郊赶过正月十五白云观的庙会，也趁三月春好游过慈禧用海军军费建造的颐和园，那里万寿山下有昆明湖，湖畔有铜牛骄蹇，东郊南郊都作过漫游，即无名胜，近畿小馆里也可以喝茶，吃满汉饽饽。还有走走就到的东安市场，更是闲下来蹓跶的大好地方。可是，六年，西山温泉我都去过，记得就没去什刹海。为此，离开了故都曾被人嫌弃说“太陋”。说：“什刹海都没逛过，还配称什么老北京！”当时真也闭口无言。有一年发狠，凑巧有缘重返旧京，记得还没有进旅馆的门就雇好了去什刹海的车子。夏天，正赶上那里热闹：地摊子戏，搭台的茶座，直挨着访问了个足够。印象仿佛并不好，心头重负却卸去了。记得第二天，才有空去文津街，进国立图书馆。

现在想：什刹海不见算什么呢？没去看长城才是遗憾！啊，万里长城！去北京只不过几个钟头的火车。

万里长城，孩提时的脑子里就早已印上它伟大的影子了。读中国古代史，知道战国时候，魏惠王、燕昭王、胡服变俗的赵武灵王，都曾段落地筑过长城，来卫国御胡；秦始皇遣蒙恬斥逐匈奴之后，又因地形，制险塞，从临洮至辽东将长城来了个连络的修筑，延袤万余里；工程的浩大，那不是杨广的运河，西欧的苏伊士所能比拟的。就秦始皇说，他的焚书坑儒、建阿房、销兵器，千百年后在人们的脑子里事迹已经淡了，独独筑长城还铄古灼今鲜亮着。但是，拿始皇来与长城比，那前者却又太渺小不够响了。万里长城！在谁的心上不用大字摆着呢？那是世界人类的标帜。也仿佛中华这四千余年的文明古国有了它才不朽了似的。华夏的象征虽然不似英国的西敏寺那样神圣，在那里萃聚着若干帝王哲人的魂灵与骸骨，这却是几千万古代华胄血肉的结晶！啊，比拟喜玛拉雅山的额非尔士峰或可望望项背罢，若论伟大的话。

曩昔[②]，在万年书屋，听主人告诉：有一次乘平绥车，过南口车站，意欲去青龙桥，偶尔站台小立，顺了一目荒旷的山麓望去，遥瞻依地拔天的万里长城，那雄伟的气象，使你不觉要引吭高呼。嵯峨的山巅上是蜿蜒千回的城墙，是碉堡，是再上去穹窿似的苍天。山下是乱石，是谷壑，是秋后的蔓草婆娑。西风刷过，那一脉萧萧声响，凄凉里含了悲壮，令人巍然独立，觉得这世间只有自己，却又忘怀了自己。很记得，主人说时，从沙发椅上跳起来，竖起大拇指，蔼然的脸上满罩了青年的光辉。记得从万年书屋出来的归途，披了皎洁的三五月，自己迈的是鸵鸟般的大步。

又一回，一个青年画家朋友，谈到自己绘画的进步，说几乎像英国拜伦一觉醒来成了桂冠诗人一样，是逛了一次长城，才将笔法放开，心胸也跟着宽阔了的。那谈吐的神情，也简直令人疑惑他生生吞下了一座长城的关口。是呢，听说太史公司马迁周览了名山大川，文章才满蕴了磅礴的奇气。江南风物假若可以赋人以清秀的姿容，艳丽的才藻，塞北的山峦与旷野是会给人以结实的体魄，雄厚的灵魂的。啊，长城！

从山海关一路数去，你知道么？像喜峰口、古北口，像居庸关、雁门关，一个个中原的屏藩要塞，上口真要有霹雳般的响亮呢。一夫当关，万夫莫敌，守得住一处，就可保得几千里疆域。啊，真愿意挨门趋访，去问问古迹，温温古名将的手泽[③]，从把守关口的老门丁和城下淳朴的住户那里，听取一点孟姜女的传说，金兀术与忽必烈的史实。但是我还没去！

朋友，你可想过，在长城北边，那黄河九曲惟富一套的地方，带一帮茁壮的男女，去组织一处村落，疏浚纵横支渠，灌溉田亩，作一番辟草莱斩荆棘的开垦事业么？那里地土最肥，人烟还稀。你可想过，在兴安岭的东南阴山山脉的南部那一抹平坦的原野，去借滦河、饮马图河的流水，春夏来丰茂的牧草，来编柳为棚，垒土为壁，于“马圈子”里剔羊毛，养骆驼，榨牛奶么？那工作顶自由，顶洒脱。不然，骑马去吧！古北口的马匹有名哩。凑煦日当头，在平沙无垠的原野里，你尽可纵身于野马群中，跨上一匹为首的骏骥，其余的会跟你呼啸而至的。不要怕那嚎嚎嘶声，那不是示威，那是迎迓的狂欢，你就放胆驰骋奔腾吧，管许将你满怀抑郁吹向天去。“毡幕绕牛羊，敲冰饮酪浆”[④]，那边塞寒冬霏雪凝冰时的生活，你也想尝尝么？住蒙古包，烤全羊，是有它的滋味的。汉王昭君曾戎装乘马抱琵琶出塞而去；文姬归汉，也曾惹得胡人思慕，卷芦叶为吹笳，奏哀怨的十八拍。巾帼中有此矫健，难道你堂堂须眉就只知缩了尾巴向后退么？

唉，说什么，朋友，我还是没见过长城！在恨着自己，不能像大鹏鸟插翅飞去；在恨着自己，摆不脱蜗牛似的蹊径，和周身无名的链索。投笔从戎倒好，可惜没有班仲升的韬略。景慕张骞，景慕马援，但又无由出使西域，去马革裹尸。奈何！唸，“匈奴未灭，何以家为！”汉骠骑将军霍去病那才算有骨头！无怪他六出伐匈奴，卒得威震异域。

我还没见过长城！但是，长城我是终于要见见的！有朝一日，我们弟兄从梦中醒了，弹一弹身上的懒惰，振一振头脑里的懵懂，预备好，整装出发，我将出马兰峪，去东北的承德，赤峰；出杀虎口，去归绥，百灵庙；从酒泉过嘉峪关，去安西、哈密、吐鲁番。也想，翻回来，再过过天下第一关，去拜拜盛京，问候问候那依旧的中国百姓！

长城，登临匪遥，愿尔为祖国屏障，壮起胆来！

（资料来源：吴伯箫．1983．吴伯箫散文选．北京：人民文学出版社．）

注　释

① 吴伯箫（1906—1982 年），山东省莱芜县人，现代散文家、教育家。著有《烟尘集》、《出发集》、《北极星》等。《我还没有见过长城》写于 1936 年（收在《烟尘集》中）。

② 曩（nǎng）昔：以往，从前，过去的。

③ 手泽：先人的遗物或手迹。

④“毡幕绕牛羊，敲冰饮酪浆”：出自清代词人纳兰容若词《菩萨蛮》。

美点品悟

景之美

作者是以一个没有见到长城者的身份来写长城的，但本文所表现出来的长城的形象、气势，却不亚于同一题材的其他任何一篇作品。相反，由于作者新颖的取材角度和巧妙的构思，我们从这里感受到的长城，反而更加完整，更加深厚，更加具有激荡和鼓舞人心的力量。

作者虽然没有见过长城，但他心中有个完整而鲜明的长城形象：孩提时，从历史中知道了长城历史的悠久和工程的伟大。它“广袤万里”，巍然“矗立”，是“四千年文明古国的标志”，是“古代劳动人民血肉的结晶”！

从万年书屋主人那里听到：长城有“依地拨天”，“绵延千回”的雄伟气势，又有令人感觉“巍然独立”，“觉得世间只有自己又忘了自己的”苍凉悲壮的景象。更有使“蔼然的脸上满罩了青年的光辉”的激荡人心的宏伟气魄。

从青年画家那里知道：长城能有让人“心胸宽阔”，“灵魂雄厚”的雄奇力量。

长城还有数不清的屏藩要塞，有“一夫当关，万夫莫敌”的战略价值，它承载了太多英雄壮士的英勇事迹和动人的传说。见证或成就了历代英雄抗敌卫国的卓越功勋。

作者虽没有见过长城，却从长城的历史价值，长城的雄伟气魄，长城对国人的激励力量以及长城的军事防御价值等方面，在每个读者的面前，矗立起一座雄伟壮观，气势磅礴的长城形象。

意之美

本文写于1936年，正值中华民族面临日本帝国主义侵略的危难时刻。作者在这样的背景下想起长城，歌颂长城，其中承载的作者热烈而深沉的爱国之情和报国之心，不言而喻。

长城，见证了中华民族自强自卫的伟大历史，见证了中华民族保家卫国的英雄业绩，自古至今，它一直振奋着历代人民的爱国激情。

文章中，作者以自己没有见过长城为切入点，表达了对长城的思慕、敬仰和对古代英雄的追怀与仰慕 。他说：“啊，真愿意挨门趋访，去问问古迹，温温古名将的手泽……听取一点孟姜女的传说，金兀术与忽必烈的史实”；希望能带一帮茁壮的男女，在长城北边，“做一番辟草莱斩荆棘的开垦事业”；对王昭君，蔡文姬等为边疆安定做出贡献的巾帼英雄表示仰慕；他恨自己没有班仲升的韬略，没有出使西域，马革裹尸的机会；仰慕霍去病振威异域的功业等。这些都表现了作者对民族精神、爱国精神的追慕和内心深处建功立业，杀敌卫国的强烈愿望和赤胆忠心。

不仅如此，作者还用内心的豪迈激情去激发所有中华儿女，在民族危难之际，“不能缩了尾巴向后退”，要“从梦中醒来，弹一弹身上的懒惰，振一振头脑里的懵懂”，要“为祖国屏障，壮起胆来！”至此，作者内心一腔爱国激情和民族的使命感表现得更加赤诚又强烈，对每一个中华儿女都产生了巨大的鼓舞与感召的力量。

文 之 美

本文是为数不多的以没有见到长城者的身份来描写长城的经典之作，其思想性和艺术性在同题材的作品中，独具一格。其成功之处在于文章新颖的角度、巧妙的构思和高超精到的表现手法。

首先，为弥补自己没有见过长城的不足，作者巧妙地采用多角度，多层次，多侧面的手法来表现长城。例如，作者从历史知识中知道的长城，从书屋主人处了解的长城，从青年画家那里感受的长城，这些侧面分别从历史与价值，气势与面貌，精神与气魄等不同角度，互相补充，互相映衬，使长城的形象更加完整，更加丰厚，也使文章读起来更加具有虚实相生，摇曳生姿的美感。

其次，多方映衬，步步烘托手法的巧妙运用，使得文章重点突出，主题更加鲜明。文章开头写“我”没有见过长城，却从自己在北京去过很多名胜讲起，意在说明去过那么多的名胜，抵不过没去什刹海的缺憾，而最终去了什刹海，却还是抵不了没见到长城的遗憾。这层层衬托，表现出了长城在作者心目中的位置，很好地表现出没能见到长城在自己心中是个多大的遗憾与不甘，从而为下文感情的发展做了很好的铺垫。

另外，本文特有的语言风格也使文中感情的表达强烈而又真挚。作者一再怅叹“我没有见到长城”，这反复咏叹的句式，不仅使文章的结构更加严谨，文章的整体感和韵律感更强，也使情感的表达更加强烈与真挚，形成一咏三叹的艺术效果。尤其是文章结尾处的一句“长城我是终于要见见的！”与前面形成呼应，提示着作者对长城，从遗憾到自责到下定决心的情感变化，突出地表达出借长城所表达的内心强烈的爱国激情。

学而有得

① 作者在本文要表达的主旨是什么？作者为什么要借长城来表达这一主旨？

②“我没有见过长城”一句在文中反复出现，请分别从文章结构与思想感情两方面简析这样写的作用。

③ 通过讨论交流，说说你对下列句子的理解：

A. 西风刷过，那一脉萧萧声响，凄凉里含了悲壮，令人巍然独立，觉得这世间只有自己，却又忘了自己。

B. 啊，真愿意挨门趋访，去问问古迹，温温古名将的手泽，从把守关口的老门丁和城下淳朴的住户那里，听取一点孟姜女的传说，金兀术与忽必烈的史实。

C. 江南风物假若可以赋人以清秀的姿容，艳丽的才藻，塞北的山峦与旷野是会给人以结实的体魄，雄浑的灵魂的。啊，长城！

D. 巾帼中有此矫健，难道你堂堂须眉就只知缩了尾巴向后退吗？

④ 当代文化散文家余秋雨在他的散文《都江堰》中有这样一段话：我认为，中国历史上最激动人心的工程不是长城而是都江堰。但是，就在秦始皇下令修长城的数十年前，四川平原上已经完成了一个了不起的工程。它的规模从表面看远不如长城宏大，却注定要稳稳当当地造福千年。如果说，长城占据的是辽阔的空间，那么，它确实实在地占据了邈远的时间。长城的社会功用早已废弛，而它，至今还在为无数民众输送汩汩清流……

结合本文第三自然段，你更同意哪种看法，并阐述自己的见解。

⑤ 课后通过网络查阅本文所涉及的历史人物及其事迹，帮助加深对课文的理解。

行知天下

长　城

春秋战国时期，各国诸侯为了防御别国入侵，修筑烽火台，并用城墙连接起来，形成最早的长城。以后历代君王几乎都加固增修长城。因其长达几万里，故又被称作“万里长城”。

据记载，秦始皇使用了近百万劳动力修筑长城，占总全国人口的1/20。当时没有任何机械，全部劳动都由人力完成，工作环境又是崇山峻岭、峭壁深壑，十分艰难。长城东起山海关，西至甘肃嘉峪关，东至鸭绿江。从东向西行经10个省区市。长城的总长度为8 842 351米，其中人工墙体长度为6 254 239.662米，堑壕和天然形成长度为25 942 342.265米。

长城从春秋战国时期开始修建，历时达2000多年，总长度达532万米以上。如今所指的万里长城多指明代修建的长城，它西起中国西部甘肃省的嘉峪关，东到中国东北辽宁省的鸭绿江边，长635万米。它像一条矫健的巨龙，越群山，经绝壁，穿草原，跨沙漠，起伏在崇山峻岭之巅，黄河彼岸和渤海之滨。古今中外，凡到过长城的人无不惊叹它的磅礴气势、宏伟规模和艰巨工程。

长城是人类的奇迹，是中华文明的瑰宝，是与埃及金字塔齐名的建筑，也是世界文化遗产之一。在遥远的两千多年前，是劳动人民以血肉之躯修筑了万里长城。长城是中国古代人民智慧的结晶，也是中华民族的象征。

莫高窟，这座历经千年的艺术宝库，它所展现的是千年不灭的生命。随着一扇扇打开的门，随着那沙山断崖上的汉魏风骨、盛唐气象一次一次扑面而来，你会为真真切切地触摸到那些乐而不淫，哀而不伤的年代喜极而泣。

莫高窟（节选）

余秋雨[1]

从哪一个人口密集的城市到这里，都非常遥远。在可以想象的将来，还只能是这样。它因华美而矜持，它因富有而远藏。它执意要让每一个朝圣者，用长途的艰辛来换取报偿。

我来这里时刚过中秋，但朔风已是铺天盖地。一路上都见鼻子冻得通红的外国人在问路，他们不懂中文，只是一叠连声地喊着："莫高！莫高！"声调圆润，如呼亲人。国内游客更是拥挤，傍晚闭馆时分，还有一批刚刚赶到的游客，在苦苦央求门卫，开方便之门。

我在莫高窟一连呆了好几天。第一天入暮，游客都已走完了，我沿着莫高窟的山脚来回徘徊。试着想把白天观看的感受在心头整理一下，很难；只得一次次对着这堵山坡傻想，它究竟是个什么样的存在？

比之于埃及的金字塔，印度的山奇大塔，古罗马的斗兽场遗迹，中国的许多文化遗迹常常带有历史的层累性。别国的遗迹一般修建于一时，兴盛于一时，以后就以纯粹遗迹的方式保存着，让人瞻仰。中国的长城就不是如此，总是代代修建、代代拓抻。长城，作为一种空间蜿蜒，竟与时间的蜿蜒紧紧对应。中国历史太长、战乱太多、苦难太深，没有哪一种纯粹的遗迹能够长久保存，除非躲在地下，躲在坟里，躲在不为常人注意的秘处。阿房宫烧了，滕王阁坍了，黄鹤楼则是新近重修。成都的都江堰所以能长久保留，是因为它始终发挥着水利功能。因此，大凡至今轰转的历史胜迹，总有生生不息、吐纳百代的独特禀赋。

莫高窟可以傲视异邦古迹的地方，就在于它是一千多年的层层累聚。看莫高窟，不是看死了一千年的标本，而是看活了一千年的生命。一千年而始终活着，血脉畅通、呼吸匀停，这是一种何等壮阔的生命！一代又一代艺术家前呼后拥向我们走来，每个艺术家又牵连着喧闹的背景，在这里举行着横跨千年的游行。纷杂的衣饰使我们眼花缭乱，呼呼的旌旗使我们满耳轰鸣。在别的地方，你可以蹲下身来细细玩索一块碎石、一条土埂，在这儿完全不行，你也被裹卷着，身不由主，踉踉跄跄，直到被历史的洪流消融。在这儿，一个人的感官很不够用，那干脆就丢弃自己，让无数双艺术巨手把你碎成轻尘。

因此，我不能不在这暮色压顶的时刻，在山脚前来回徘徊，一点点地找回自己，定一定被震撼了的惊魂。晚风起了，夹着细沙，吹得脸颊发疼。沙漠的月亮，也特别清冷。山脚前有一泓泉流，汩汩有声。抬头看看，侧耳听听，总算，我的思路稍见头绪。

白天看了些什么，还是记不大清。只记得开头看到的是青褐浑厚的色流，那应该是北魏的遗存。色泽浓厚沉着得如同立体，笔触奔放豪迈得如同剑戟。那个年代战事频繁，驰骋沙场的又多北方骠壮之士，强悍与苦难汇合，流泻到了石窟的洞壁。当工匠们正在这洞窟描绘的时候，南方的陶渊明，在破残的家园里喝着闷酒。陶渊明喝的不知是什么酒，这里流荡着的无疑是烈酒，没有什么芬芳的香味，只是一派力、一股劲，能让人疯了一般，拔剑而起。这里有点冷、有点野，甚至有点残忍；色流开始畅快柔美了，那一定是到了隋文帝统一中国之后。衣服和图案都变得华丽，有了香气，有了暖意，有了笑声。这是自然的，隋炀帝正乐呵呵地坐在御船中南下，新竣的运河碧波荡漾，通向扬州名贵的奇花。隋炀帝太凶狠，工匠们不会去追随他的笑声，但他们已经变得大气、精细，处处预示着，他们手下将会奔泻出一些更惊人的东西。

色流猛地一下涡漩卷涌，当然是到了唐代。人世间能有的色彩都喷射出来，但又喷得一点儿也不野，舒舒展展地纳入细密流利的线条，幻化为壮丽无比的交响乐章。这里不再仅仅是初春的气温，而已是春风浩荡，万物苏醒，人们的每一缕筋肉都想跳腾。这里连禽鸟都在歌舞，连繁花都裹卷成图案，为这个天地欢呼。这里的雕塑都有脉搏和呼吸，挂着千年不枯的吟笑和娇嗔。这里的每一个场面，都非双眼能够看尽，而每一个角落，都够你留连长久。这里没有重复，真正的欢乐从不重复。这里不存在刻板，刻板容不下真正的人性。这里什么也没有，只有人的生命在蒸腾。一到别的洞窟还能思忖片刻，而这里，一进入就让你燥热，让你失态，让你只想双足腾空。不管它画的是什么内容，一看就让你在心底惊呼，这才是人，这才是生命。人世间最有吸引力的，莫过于一群活得很自在的人发出的生命信号。这种信号是磁，是蜜，是涡卷方圆的魔井。没有一个人能够摆脱这种涡卷，没有一个人能够面对着它们而保持平静。唐代就该这样，这样才算唐代。我们的民族，总算拥有这么个朝代，总算有过这么一个时刻，驾驭哪些瑰丽的色流，而竟能指挥若定……

色流更趋精细，这应是五代。唐代的雄风余威未息，只是由炽热走向温煦，由狂放渐趋沉着。头顶的蓝天好像小了一点，野外的清风也不再鼓荡胸襟……

终于有点灰黯了，舞蹈者仰首到变化了的天色，舞姿也开始变得拘谨。仍然不乏雅丽，仍然时见妙笔，但欢快的整体气氛，已难于找寻。洞窟外面，辛弃疾、陆游仍在握剑长歌，美妙的音色已显得孤单，苏东坡则以绝世天才，与陶渊明呼应。大宋的国土，被下坡的颓势，被理学的层云，被重重的僵持，遮得有点阴沉，色流中很难再找到红色了，那该是到了元代……

这些朦胧的印象，稍一梳理，已颇觉劳累，像是赶了一次长途的旅人。据说把莫高窟的壁画连起来，整整长达六十华里。我只不信，六十华里的路途对我轻而易举，哪有这般劳累？

夜已深了，莫高窟已经完全沉睡。就像端详一个壮汉的睡姿一般，看它睡着了，也没有什么奇特，低低的，静静的，荒秃秃的，与别处的小山一样。

（资料来源：余秋雨．2002．文化苦旅．上海：东方出版中心，9.）

注释

① 余秋雨，1946年生，艺术理论家，中国文化史学者，散文作家。现任上海戏剧学院教授，上海写作协会会长。在大陆和台湾出版中外艺术史论专著多部。曾赴海内外许多大学和文化机构讲学。主要作品有散文集《文化苦旅》、《霜冷长河》、《山居笔记》、《行者无疆》、《千年一叹》等。

景之美

有“东方卢浮宫”之称的敦煌莫高窟，是举世闻名的“佛教艺术圣地”，是世界最大的艺术宝库之一。里面保存了历代上千年的数万件艺术精品，而这里的任何一件艺术品都散发着从历史深处带来的历久弥醇的艺术魅力。古往今来，无数文人墨客都留下了关于宝窟的不朽篇章。而余秋雨的这篇散文却匠心独具，让读者从他的文字中以别样的视角，从一个崭新的层面，来感受这座古老的艺术宝库带给我们的震撼。

作者没有从正面描写莫高窟的任何一件艺术品，而是通过自己的细致观察、深刻体悟和丰富想象，将自己对莫高窟的观感直接还原成一幅幅生动具体，栩栩如生的历史画面，进而连接成一幅关于中国古代历史发展的巨幅长轴。在这幅长轴中，作者通过壁画中不同的色彩，不同的线条与图案，来解读不同的朝代，不同历史时期社会发展的面貌。例如，“色泽沉厚得如同立体，笔触奔放豪迈得如同剑戟”展现的是征战频繁，社会动荡的北魏；用“衣服和图案逐渐变得华丽，有了香气，有了笑声”来表现由安定走向奢靡的隋朝；用“漩涡卷涌”、“色彩喷射”、“壮丽无比的交响乐”来表现繁荣鼎盛的唐朝；用“色流更趋精细”，“头顶蓝天也好像小了一点”来描绘渐趋沉静的五代；用颜色“有点灰黯”，“拘谨”而“不乏雅丽”来表现由繁荣走向衰落的宋代。通过这些画面，读者可以读到比壁画本身更为丰富的内涵，更加具体生动地领略中国那悠远壮阔，风云激荡的历史。

而在这些广阔的历史画面中，作者又加了灵动的一笔，让每个历史时期最有代表性的人物栩栩如生地向读者走来：陶渊明、隋文帝、隋炀帝、辛弃疾、陆游、苏东坡……在他们身上，读者更深入更细致地读到了各个历史时期的思想发展潮流，这是在壁画中很难读到的东西，也是本文尤为深刻、独到的内涵。

景之美

本文选自余秋雨的第一本文化散文集《文化苦旅》。这本书的主调是凭借山水风物和历史名胜来寻求中国文化的灵魂和人生秘谛，探索中国文化的历史命运，展示中国文人的心路历程。这篇文章是其中很有代表性的一篇。

本文通过对莫高窟的观感，表达了作者对中华民族灿烂文化遗产的热爱与崇敬，表现出对中国历史发展足迹及规律的深沉思考和深入探索的精神，流露出作者心中崇高的民族自豪感和历史使命感。

首先，作者用世界各地的人们从四面八方慕名而来，表现出莫高窟这一艺术奇迹的巨大魅力。而作者自己对这一艺术奇迹的倾倒与赞叹，表达了其对我国灿烂伟大的古代文化艺术的景仰与热爱之情：它比世界上任何历史遗迹更能表现“生生不息、吐纳百代的独特禀赋”，是至今还“血脉通畅，呼吸匀停”的“壮阔的生命”，它让“一代又一代的艺术家前呼后拥地”朝这里走来，让来到这里的“你”身不由己地“被历史的洪流消融”，甘愿让“艺术的巨手”将自己“碾成轻尘”……这些看似是对敦煌的膜拜与景仰，又何尝不是对灿烂的民族艺术、民族历史的膜拜与敬仰呢？作者强烈的民族自豪感洋溢在字里行间。

其次，作者通过描绘不同历史时期的画面，使读者仿佛在一条波澜壮阔的历史长河中溯流而上，回望历史，反思历史，追寻中国政治、文化与思想的发展的规律，表现出作者对历史、对社会的深沉思考与探索，很好地体现了知识分子崇高的历史使命感和责任感。例如，“陶渊明喝的不知是什么酒，没有什么芬芳的香味，只是一派力，一股劲，能让人疯了一般，拔剑而起”；再如写唐朝，“这里没有刻板，刻板容不下人性”；写宋代，“大宋的国土，被下坡的颓势，被理学的层云，被重重的僵持，遮得有点阴沉”……这些含蓄又犀利的语言，流露了作者对历史的深沉思考，也带动读者同样进入这样的思考之中……

文之美

本文在写作风格上主要表现出两大艺术特色：

第一，将抽象的历史感悟通过富有创造力的想象，还原成丰富而生动的艺术形象和画面，使文章更加具有文学上的美感和艺术上的感染力。例如，“色流开始畅快柔美了，那一定是到了隋文帝统一中国之后。衣服和图案都变得华丽，有了香气，有了暖意，有了笑声。这是自然的，隋炀帝正乐呵呵地坐在御船中南下，新竣的运河碧波荡漾，通向扬州名贵的奇花……”作者将隋朝社会发展的状况和社会面貌展示为具体的图案，气味，色彩和人物表情，将刻板的历史概念描绘成诗意盎然的画面，给读者以身临其境的美感。让读者对古远的历史产生一种自然的亲近感，从而更容易走进历史深处，品味作者的感悟。

第二，饱满的激情与深刻哲思的有机结合是余秋雨散文的一贯风格。他擅长以优美诗意的抒情语言表达冷峻深刻的理性思考。本文的核心成分是议论，但作者多以明丽、诗化的语言来表达，如“看莫高窟，不是看死了一千年的标本，而是看活了一千年的生命。一千年而始终活着，血脉畅通、呼吸匀停，这是一种何等壮阔的生命！”再如“大宋的国土，被下坡的颓势，被理学的层云，被重重的僵持，遮得有点阴沉”。这些富有诗意又充满睿智的文字描写，使文章的议论灵动起来，使读者在理性的思考中又获得一种艺术的熏陶。

学而有得

① 查阅有关莫高窟的资料，更为详尽全面地了解这一艺术宝库的历史及艺术价值。

② 通过阅读本文，总结归纳作者是从哪些方面表现莫高窟崇高的艺术价值和巨大的艺术魅力的。

③ 下面这段文字是关于莫高窟的一段导游词，请找出《莫高窟》中对应的段落，体会本文的立意角度和写作手法的独特之处。

学而有得

隋唐是莫高窟发展的全盛时期，现存洞窟有 300 多个。禅窟和中心塔柱窟在这一时期逐渐消失，而同时大量出现的是殿堂窟、佛坛窟、四壁三龛窟、大像窟等形式，其中殿堂窟的数量最多。塑像都为圆塑，造型浓丽丰满，风格更加中原化，并发现了前代所没有的高大塑像。群像组合多为七尊或者九尊，隋代主要是一佛、二弟子、二菩萨或四菩萨，唐代主要是一佛、二弟子、二菩萨和二天王，有的还再加上二力士。这一时期的莫高窟壁画题材丰富、场面宏伟、色彩瑰丽，美术技巧达到空前的水平。例如，中唐时期制作的第 79 窟胁侍菩萨像中的样式为上身裸露，作半跪坐式；头上合拢的两片螺圆发髻，是唐代平民的发式；脸庞、肢体的肌肉圆润，施以粉彩，肤色白净，表情随和温存，虽然眉宇间仍点了一颗印度式红痣，却更像生活中的真人。第 159 窟中，也是胁侍菩萨。一位上身赤裸，斜结璎珞，右手抬起，左手下垂，头微向右倾，上身有些左倾，胯部又向右突，动作协调，既保持平衡，又显露出女性化的优美身段。另外一位菩萨全身着衣，内外层次表现清楚，身体结构显露得清晰可辨，衣褶线条流利，色彩艳丽绚烂，配置协调，身材修长，比例恰当，使人觉得这是两尊有生命力的“活像”。

行知天下

敦煌莫高窟

位于甘肃省敦煌的敦煌莫高窟，是对莫高窟和西千佛洞的总称，是中国四大石窟之一，也是世界现存规模最宏大、保存最完好的佛教艺术宝库，以精美的壁画和塑像闻名于世。莫高窟位于敦煌市东南 25 公里处，开凿在鸣沙山东麓断崖上，至今仍保留有从十六国起至元朝的 10 个朝代的洞窟 500 个，壁画 4.5 多万平方米，彩塑约 2000 多尊，壁画和雕塑的数量和内容都令世人叹为观止，已被列为世界文化遗产。其中的“飞天”已成为中国文化中具有代表性的仙女造型。

艺术特色

莫高窟是一座融绘画、雕塑和建筑艺术于一体，以壁画为主、塑像为辅的大型石窟寺。莫高窟壁画绘于洞窟的四壁、窟顶和佛龛内，内容博大精深，主要有佛像、佛教故事、佛教史迹、经变、神怪、供养人、装饰图案等七类题材，此外还有很多表现当时狩猎、耕作、纺织、交通、战争、建设、舞蹈、婚丧嫁娶等社会生活各方面的画作。这些画，有的雄浑宽广，有的瑰丽华艳，体现了不同时期的艺术风格和特色。据计算，这些壁画若按2米高排列，可排成长达25公里的画廊。

莫高窟的壁画上，处处可见漫天飞舞的美丽飞天。飞天是侍奉佛陀和帝释天的神，能歌善舞。墙壁之上，飞天在无边无际的茫茫宇宙中飘舞，有的手捧莲蕾，直冲云霄；有的从空中俯冲下来，势若流星；有的穿过重楼高阁，宛如游龙；有的则随风悠悠漫卷。画家用那特有的蜿蜒曲折的长线、舒展和谐的意趣，为人们打造了一个优美而空灵的想象世界。

风格演变

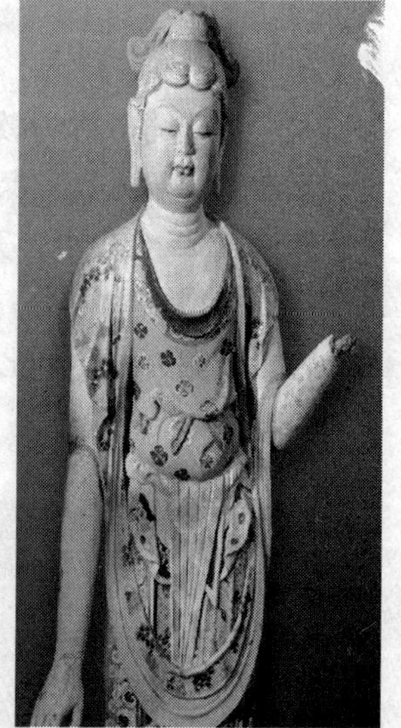

莫高窟现存壁画和雕塑的492个石窟大体可分为四个时期：北朝、隋唐、五代和宋、西夏和元。

开凿于北朝时期的洞窟共有36个，壁画内容有佛像、佛经故事、神怪、供养人等。这一时期的影塑以飞天、供养菩萨和千佛为主，塑像人物体态健硕，神情端庄宁静，风格朴实厚重。壁画前期多以土红色为底色，再以青绿褚白等颜色敷彩，色调热烈浓重，线条淳朴浑厚，人物形象挺拔，有西域佛教的特色。

隋唐是莫高窟发展的全盛时期，现存洞窟有300多个。人物造型浓丽丰肥，风格更加中原化，并出现了前代所没有的高大塑像。这一时期的莫高窟壁画题材丰富、场面宏伟、色彩瑰丽，美术技巧达到空前的水平。

五代和宋时期的洞窟现存有100多个，塑像和壁画都沿袭了晚唐的风格，但愈到后期，其形式就愈显公式化，美术技法水平也有所降低。

西夏修窟77个，多为改造和修缮的前朝洞窟，洞窟形制和壁画雕塑基本都沿袭了前朝的风格。一些西夏中期的洞窟出现回鹘王的形象，可能与回鹘人有关。而到了西夏晚期，壁画中又出现了西藏密宗的内容。

元代洞窟只有8个，全部是新开凿的，出现了方形窟中设圆形佛坛的形制，壁画和雕塑基本上都和西藏密宗有关。

元朝以后，随着丝绸之路的废弃，莫高窟也停止了兴建并逐渐湮没于世人的视野中。直到清康熙四十年（1701年）后，这里才重新让人注意。

莲，高花大叶，香远益清，众香国里，独有千古。

拙政园，亭轩堂榭，池水沧涟，江南园林，尽显风雅。

观莲于拙政园，正可得曲院风荷之极致。

观莲拙政园

周瘦鹃①

也许是因为我家祖祖辈辈传下来的堂名是爱莲堂的缘故，因此对于我家老祖宗《爱莲说》作者周濂溪先生所歌颂的莲花，自有一种特殊的好感。倒并不是为它出淤泥而不染、是花中君子，实在是爱它的高花大叶，香远益清，在众香国里，真可说是独有千古的。年年农历六月二十四日，旧时相传为莲花生日，又称观莲节，我那小园子里的池莲缸莲都开好了，可我看了还觉得不过瘾，总要赶到拙政园去观赏莲花，也算是欢度观莲节哩。

可不是吗？拙政园的水面，占全园面积的五分之三，池水沧涟，正可作为莲花之家，何况中部的堂啊，亭啊，轩啊，都是配合着莲花而命名的，因此拙政园实在是一个观莲的好去处。例如远香堂、荷风四面亭、倚玉轩，还有那船舫形的小轩“香洲”，以至西部的留听阁，都是与莲花有连带关系，而可以给你坐在那里观赏的。

我们虽为观莲而来，但是好景当前，不会熟视无睹，也总要欣赏一下；况且这个园子已被列为第一批全国重点文物保护单位之一，真该刮目相看。怎么叫做“拙政”呢？原来明代嘉靖年间（公元 1522—1566 年），御史王献臣因不满于权贵弄权，弃官归隐，把这里大宏寺的一部分基地造了一个别墅，取晋代名流潘岳“此拙者之为政也”一句话，取名拙政园，含有发牢骚的意思。王死后，他的儿子爱好赌博，就在一夜之间把这园子输掉了。到了公元 1860 年，太平天国忠王李秀成攻下苏州时，就园子的一部分建立忠王府，作为发号施令的所在，这是值得大书特书的。

从东部新辟的大门进去，迎面就看到新叠的湖石，分列三面，傍石植树，点缀得楚楚可观，略有倪云林画意。进园又见奇峰几座，好像是案头大石供，这里原是明代侍郎王心一归田园遗址，有些峰石还是当年遗物。这东部是近年来所布置的，有土山密植苍松，浓翠欲滴；此外有亭有榭，有溪有桥，有广厅作品茗就餐之所。从曲径通到曲廊，在拱桥附近的水面上，先就望见一小片莲叶莲花，给我们尝鼎一脔②，这是今春新种的，料知一二年后，就可蔓延开去了。从曲廊向西行进，就是中部的起点，这一带有海棠春坞、玲珑馆、枇杷园诸胜，仲春有海棠可看，初夏有枇杷可赏，一步步渐入佳境。走过了那盖着绣绮亭的小丘，就到达远香堂，顾名思义，不由得想起那《爱莲说》中的名句“香远益清，亭亭净植”八个字来，知道堂名就由此而得，而也就是给我们观莲的好地方了。

远香堂面对着一座挺大的黄石假山，山下一泓池水，有锦鳞往来游泳，堂外三面通廊，堂后有宽广的平台，台下就是一大片莲塘，种着天竺种千叶莲花，这是两年以前好容易从昆山正仪镇引种过来的。原来正仪镇上有个顾园，是元代名士顾阿瑛“玉山佳处”的遗址，在东亭子旁，有一个莲池，池中全是千叶莲花，据说还是顾阿瑛手植的，到现在已有六百多年，珍种犹存，年年开花不绝。拙政园莲塘中自从把原种藕秧种下以后，当年就开了花，真是色香双艳，不同凡卉；第二年花花叶叶，更为繁盛，翠盖红裳，几乎把整个莲塘都遮满了。并蒂莲到处都是，并且一花中有四五芯，七八芯，以至十三个芯的，花瓣多至一千四百余瓣。只为负担太重了，花头往往低垂着，使人不易窥见花蕊，因此苏州培养碗莲的专家卢彬士老先生所作长歌中，曾有“看花不易窥全面，三千莲媛总低头”之句，表示遗憾，其实我们只要走到水边，凑近去细看时，还是可以看到那捧心西子态的。今夏花和叶虽觉少了一些，而水面却暴露了出来，让我们欣赏那水中花影，仿佛姹娅欲笑哩。

远香堂西邻的倚玉轩，与船舫形的香洲遥遥相对，而北面的斜坡上有一个荷风四面亭，三者位在三个角度上，恰恰形成鼎足之势，而三处都可观莲，因为都是面临莲塘的。香洲贴近水边，可以近观，倚玉轩隔一条花街，可以远观；而荷风四面亭翼然高处，可以俯观，好在莲花解意，婉娈[③]可人，不论你走到哪一面，都可以让你尽情观赏的。穿过了曲桥，从假山上拾级而登，就见一座楼，叫做见山楼，凭北窗可以看山，凭南窗可以观莲，并且也可以远观远香堂后的千叶莲花了。

走进别有洞天，就到了园的西部，沿着起伏的曲廊向西行进，就看到一座美轮美奂的花厅，分作两半，一半是十八曼陀罗花馆，庭中旧时种有山茶十八株，而曼陀罗就是山茶的别号，因以为名。另一半是三十六鸳鸯馆，前临池沼，养着文羽鲜艳的鸳鸯，成双作对地在那里戏水，悠然自得。池中种着白莲，让鸳鸯拍浮其间，构成了一个美妙的画面；正如宋代欧阳修咏莲词所谓：“叶有清风花有露，叶笼花罩鸳鸯侣”，真是相得益彰，而大可供人观赏，供人吟味的。

向西出了三十六鸳鸯馆，向北走过一条小桥，就到了留听阁，窗户挂落，都是精雕细刻，剔透玲珑。我们细细体味阁名，原来是从那句“留得残荷听雨声”的古诗句上得来的。这个阁坐落在西部尽头处，去莲塘不远，到了秋雨秋风的时节，坐在这里小憩一会，自可听到残荷上淅淅沥沥的雨声的。

（资料来源：周瘦鹃．2011．周瘦鹃文集．上海：文汇出版社，291．）

注 释

① 周瘦鹃（1895—1968年），江苏苏州人，原名周祖福，字国贤，号瘦鹃，中国现代著名作家、翻译家，盆景艺术家。从小发愤读书，成绩格外优异。16岁开始发表戏剧、小说。以他特有的才情和风格，成为名噪一时的“鸳鸯蝴蝶派”的主要作家。著有短篇小说集《亡国奴家里的燕子》，长篇小说《新秋海棠》，剧本《水火鸳鸯》，散文《花花草草》、《花前琐记》等。

② 尝鼎一脔（luán）：尝尝鼎里的一片肉，就可以知道整个鼎里的肉味。比喻根据部分推知全体。

③ 娈（luán）：相貌美。

美点品悟

景之美

20世纪五六十年代，周瘦鹃写下了大量以花木盆景及苏州地域文化为描述对象的散文，文字清雅优美，成为了当代散文中一道别致的风景。《观莲拙政园》便是这类作品中具有代表性的一篇。

本文描写的风景之美包含两个方面，一是以拙政园为特定背景的观莲之美，一是在莲花掩映下的园林之美。

本文表现的主体是“观莲”，但作者却始终把“观莲”的情景放在拙政园的特定环境中进行，古色古香的拙政园使各种各样的莲花之美增添了一层文化的景致，也使“观莲”的过程具有了更加风雅的情味：远香堂见到的“千叶莲花”因出身名贵使其奇姿异彩倍显珍贵；从倚玉轩、香洲和荷风四面厅等不同角度见到的莲花有着不同的美感；三十六鸳鸯馆里白莲与鸳鸯动静相映，相得益彰，成就美妙画面。至于由留听阁的名字引发的残荷听雨的浪漫意境，虽是虚写，却余韵缭绕，引人遐思……

本文的重点是观莲、赏莲和赞莲，但贯穿全文的线索是“拙政园是观莲的好去处”，于是作者在文中不惜笔墨介绍拙政园，如拙政园的文物价值，历史由来，其中的亭台楼阁，奇石假山，花草树木以及有关的名人掌故、诗文名句等。于是，荷香莲韵掩映下的拙政园便成了作者所描写的观莲美景的另一个侧面。园林为观莲提供了绝好的环境，而莲花又给园林增添了许多美感和韵致，二者互相辉映，相得益彰，让读者跟随作者一起，歆享了一次集自然风物及古典建筑，历史文化、文学艺术之美为一体的文化盛宴。

意 之 美

本文是一篇闲适、风雅的游记散文。而主题意蕴的丰厚之处在于，它不仅表现出作者作为文人雅士名园观莲，喜欢美好风物的闲情雅致，同时也深情地表达了作者对我国园林艺术及其丰富深远的文化内涵的赞美与热爱。

此外，在欣赏美景的行程中，作者还不时地引经据典、介绍拙政园及莲花的相关典故，向我们传达了知识分子守护传统文化的责任和良知。拙政园之名取自晋代名流潘岳《闲居赋》“此拙者之为政也”，表明园子的主人御史王献臣，生性耿直，不惯阿谀奉承，大隐于市，宁可归隐田园、寄情山水，也不与佞臣为伍的铮铮风骨。所观的千叶莲引种自昆山正仪镇，“据说还是顾阿瑛手植的”。这顾阿瑛亦为元末名士，他在当时动荡的社会环境中，傲然出世，曾逃避和谢绝多方政治力量的征辟，筑起著名的“玉山佳处”，一时高朋满座、胜友如云，聚集了许多文化精英。这些看似信手拈来的典故的介绍，实则在不经意间流露了作者内心鲜明的思想与文化取向。

至于作者在对园中莲花描写时，不时地引用一些诗文佳句，不仅增添了笔下景物的诗意美感，还很好地表现出作者对古典文化艺术的热爱之情。例如，描写并蒂莲时引用了卢彬士的诗句，“看花不易窥全面，三千莲媛总低头”；描写鸳鸯馆的景色时引用了欧阳修咏莲词中的句子，“叶有清风花有露，叶笼花罩鸳鸯侣”；描写留听阁的景致时引用了刘禹锡的诗句，“留得残荷听雨声”。这些诗句，巧妙地将眼前的景色与诗文中的意境结合起来，使读者得到视觉享受的同时，更能得到艺术上的熏陶，获得心灵的愉悦。

文之美

首先，仅仅从文章的标题“观莲拙政园”五个字，就能看出作者在选材和构思上的匠心独运。

作者以颇有文化背景的中国四大名园之一的拙政园，作为观莲的去处。在描写中，作者始终注意将对名园景观的介绍与观莲美景的描写互为映衬——莲花成为名园的亮点，增添了园林的美色，名园又成为莲花美景的绝好背景，增添了莲花的古雅与风致，二者相映相谐，相得益彰，使文章内涵丰盈而深厚。

其次，在行文安排上，作者以行踪为线索进行记叙，使文章脉络清晰，层次分明。作者采用移步换景的手法，对景物进行有条不紊的描写及介绍。例如，“从东部新辟的大门进去”……“从曲径通到曲廊”……“从曲廊向西行进”……“向西出了三十六鸳鸯馆”等语句，明晰地提示着作者的行踪。每到一处，作者又分别对这里的“园景”和“莲景”先后介绍。严谨的布局，精巧的结构，使得所记叙的内容丰富却不显杂乱，也使文章层次分明，脉络清晰。

第三，文章多使用口语，读来亲切自然，毫无雕琢拗口之感。诸如开头“我那小园子里的池莲缸莲都开好了，可我看了还觉得不过瘾，总要赶到拙政园去观赏莲花，也算是欢度观莲节哩”；“何况，中部的堂啊，亭啊，轩啊，都是配合着莲花而命名的，因此，拙政园实在是一个观莲的好去处。”再如，文中比比皆是的“迎面”、“挺大”、“好不容易”、“凑近去看”等通俗自然的口语，使得文章读起来仿佛是在和作者闲话家常，明白晓畅，亲切自然。

学而有得

① 仔细阅读文章，思考作者观莲采用了什么顺序，向读者展现了哪些景致。

② 作者为什么说“拙政园实在是一个观莲的好去处”？作者在观莲的过程中抒发了怎样的思想情感？

③ 下面是拙政园导游词中的一段，与课文相比较，看看同样的景点，两段文字表现的角度有什么不同？这说明了什么？

湖中岛上有“荷风四面亭”，这里四面环水，三面植柳，真是绝佳的风景点。“荷风四面亭”上挂有一副对联：“四壁荷花三面柳，半潭秋水一房山”。寥寥几笔，勾画出了拙政园春夏秋冬的风景特色。其妙处还在于，联中蕴含着一、二、三、四的序数。这副对联的上联，仿照济南大明湖“小沧浪”清代书法家铁保所书的楹联：“四面荷花三面柳，一城山色半城湖”。这副对联的下联，仿照唐代诗人李洞的诗句“看待诗人无别物，半潭秋水一房山”。内容略作改动，用在这里，恰到好处。“香洲”同“荷风四面亭”隔水相望。“香洲”的“洲”同“舟”同音，实际上是一座船型建筑物，可称为石舫或旱船，似乎是一只官船在荷花丛里徐徐而行。值得一提的是，“香洲”这艘石舫，集中了亭、台、楼、阁、榭五种建筑种类。船头为荷花台，茶室为四方亭，船舱为面水榭，船楼为澄观楼，船尾为野航阁。实际上，在苏州诸多园林中，几乎都建有石舫。从地理原因来讲，苏州是典型的江南水乡，古代大都以舟代步，家家临河，处处通船，在花园里建石舫以应景。从建筑角度来讲，苏州园林建筑的种类有亭台楼阁，厅堂馆斋，轩榭廊桥，再加上舫，可以使建筑物形状多样，多姿多彩。再从政治角度来讲，石舫可以经常提醒人们“水可载舟，亦可覆舟”的道理。园主想借此表白自己“处江湖之远，则忧其君”的心迹。

行知天下

中国四大名园

拙政园

拙政园始建于明代正德四年（公元 1509 年），因有江南才子文征明参与设计，文人气息尤其浓厚，处处诗情画意。园林以水景取胜，平淡简洁，朴素大方，保持了明代园林疏朗典雅的古朴风格。

拙政园更是中国园林的经典之作，与故宫、长城、孔庙、秦始皇兵马俑、布达拉宫等同属国宝，亦是世界文化的瑰宝。

近年来，拙政园充分挖掘其传统文化内涵，推出自己的特色花卉，每年春夏两季举办杜鹃花节和荷花节；花姿烂漫，清香远溢，使素雅幽静的古典园林充满了勃勃生机。

颐和园

中国保存最完整的皇家园林，原是清朝帝王的行宫和花园。颐和园位于北京市海淀区，距北京城区十五公里，占地约 2.9 平方千米。颐和园利用昆明湖、万寿山为基址，以杭州西湖风景为蓝本，汲取江南园林的某些设计手法和意境而建成的一座大型天然山水园，被誉为皇家园林博物馆。

留园

留园位于苏州阊门外，原是明嘉靖年间（公元 1522—1566 年）太仆寺卿徐泰时的东园。留园内建筑的数量在苏州诸园中居冠，厅堂、走廊、粉墙、洞门等建筑与假山、水池、花木等组合成数十个大小不等的庭园小品。其在空间上的突出处理，充分体现了古代造园家的高超技艺、卓越智慧和江南园林建筑的艺术风格和特色。

留园占地三十余亩（10.02 平方千米），集住宅、祠堂、家庵、园林于一身，该园综合了江南造园艺术，并以建筑结构见长，善于运用大小、曲直、明暗、高低、收放等文化，吸取四周景色，形成一组组层次丰富、错落相连的，有节奏、有色彩、有对比的空间体系。

承德避暑山庄

承德避暑山庄又名承德离宫或热河行宫，是清代皇帝夏天避暑和处理政务的场所。始建于康熙四十二年（公元 1703 年），建成于乾隆五十五年（公元 1790 年），历时 87 年。避暑山庄占地 564 万平方米，环绕山庄蜿蜒起伏的宫墙长达万米，是中国现存最大的古典皇家园林，相当于颐和园的两倍，有 8 个北海公园那么大。与北京紫禁城相比，避暑山庄以朴素淡雅的山村野趣为格调，取自然山水之本色，吸收江南塞北之风光，成为中国现存占地最大的古代帝王宫苑。

夜渐渐深沉，能听闻河水轻轻的流动声，看烛光和月光映照星子一颗颗明亮的倒影，就像突然从天空落到水上，无声而清明。埃及古文明数千年就像河水流过长夜，那闪亮的星子则是永垂的古迹，能听到法老轻轻的咳声。

星落尼罗河

（台湾）林清玄[①]

黄昏来的时候，是尼罗河最热闹的时间。

阳光这时脱下了热情的白衣，露出了河水一样的温柔，踩着浅棕色的步子，从上游一直走到河岸；恍惚间，丛树喧哗，万雀争唱，本来躺在树下午睡的人也纷纷起身，赶着系在一旁的驴子，要走那未走完的路。

我坐在尼罗河中部路克索的旅店阳台，视线越过正如火开放的凤凰木[②]，越过绿得晶明的草坪，十米外就是尼罗河。这条河多年以来在地理课本上、历史课本上读过，在文明历史、艺术史上沉思过，在电影里、梦境里白帆驶过，现在正南北纵横地展现在视线的两头了。

即使是近了秋天，尼罗河的日照还是很长，要到夜里八点，天色才拉下一张灰色的帐子，四周景物还看得清明，将退未退的夕阳在河岸上还留着余光点点；白日的炙热退去；夜晚的寒凉掩来，装饰豪华的马车滴滴，在慢慢冷却的柏油上跑着轻快的步子；长袍的埃及人步履无声，仿佛伴着影子，飘飘走过。孩子们在温柔的草地上打滚，追逐。

尼罗河在动着，可是人的感觉仍然静寂，最惊人的大概是麻雀与燕子吧！麻雀结束了一天的觅食，纷纷在树上栖停；这里的麻雀好像无巢，全挤到树上，由于每棵树都挤满了，它们一直不停地在争取自己的位子，吱吱喳喳一阵，哗然全部飞起，然后如雨点般落下归位；争吵、飞起、归位，不断在那里闹着；每根树都那样，就越发觉得麻雀们的世界热闹非凡，这种游戏，要一直进行到天色黑了才休止。麻雀过度的吵闹与骚扰，使凤凰花落得一地都是。

比起麻雀，燕子是安静的处子。一大群一大群剪着尾羽做一天最后的飞翔，随着河面上开始有风，燕子全身放松，任风飘飞，好像剪纸一般贴在湛蓝色的天上，从天空缓缓滑下，滑到接近树梢，突然一阵扭头转飞奋扬而起；那里，它不是剪纸，而是活生生的燕子，只是在热浪中显得慵懒罢了。

尼罗河的麻雀与燕子，使我在劳累的旅途上想起台湾南部的家乡，唯一不同的是，台湾的河没有这么清，天没有那么蓝，阳光也没有如此明艳。尼罗河水深到无波，透明泛出微微青色，天干净得没有一片云，是那种深深而温润的蓝，沙洲上的植物肥满得翠绿欲滴，背景是金色浩瀚的沙漠——这些好景致，当然都是因为黄昏。如果是中午，阳光当头，再美的景物也无法欣赏，就像底片曝光过度，无法显影，再美的景致都是枉然。

尼罗河是我梦想多年的地方，但第一眼看到尼罗河时，心中有说不出的失望。一个埃及导游带领我们从市区往郊外走，先是高耸的大楼、精美的回教寺院、穿梭来往的人群，然后走到坟墓区，导游正在说明埃及人如何注重来生，因此他们的坟墓都是一个家族聚在一起，盖得像院落，

那孤独坐在墓区的，是富有人家请来看守坟墓以防被盗的人。走着走着，指向眼前一条开阔的河流，不经意地说："这是尼罗河！"

"尼罗河！"我惊叹起来，颇为眼前这一条脏黑的河流是尼罗河而不敢相信自己的眼睛，埃及人知道我们的意思，他苦笑着说："这一定不是你们想象的尼罗河，但有哪一条流经都市的河是干净的呢？"我们笑起来，在脑中寻思所有经过都市的河流，确实在记忆中不曾有一条是干净的，尼罗河自然不能例外。就像埃及人所说，尼罗河从发源地维多利亚尼安撒湖开始向北流，一开始全是洁净的，到了开罗三角洲以后混沌一片，是全长四千英里的尼罗河最脏的一段。

他说："都市，是任何自然的敌人，在都市里，山水花木都不能干净，人自然也不能干净了。"我颇为这满脸胡茬的埃及人说出如此的智慧语而感叹，到后来才知道他的名字叫穆罕默德。

穆罕默德和所有的埃及人一样，对尼罗河怀有一种深刻的感恩。说起尼罗河的重要，他说他活了三十岁了，还没有看过下雨的景象，埃及不知多少年才能下一次雨，至少已经三十年没有下过了。长久的缺乏雨水，埃及人却能一代一代地活下去，那因为有尼罗河，数千年来，尼罗河不但是埃及人的生命之泉，也是埃及文明沿承发展的神经，所以它虽然污染严重，埃及人仍然像神一样敬重着它。

但是对万里迢迢赶来的我们，污秽的尼罗河仍然让我们感到痛心，它不再是流经沙漠的碧澄之水，而与沙漠同色，甚至比沙漠更幽暗了。站在桥上，看两边的尼罗河，真难以想象，它在百年、千年，甚至万年以前是什么颜色，它像一支长针刺破了我们远方的梦想。想想四千万人口的埃及，有一千四百多万聚集在开罗，似乎也就没有希望能干净了。

我不愿相信在开罗所见的是真正的尼罗河。

幸好，我们的行程开始往南方移动，先是离开开罗到基沙，看到一大片玉米田和橄榄树如何接受了尼罗河的灌溉，长出累累的果实，然后到了埃及最古老的都城孟菲斯。这里离开罗已远，大麦茂盛地生长，沿尼罗河岸还有墨绿色的西瓜田，已经是农业地区了；妇人们缓缓滑下河岸斜坡，从河边汲水到陶罐子里，顶在头上，轻步走过街市；驴子转动水车，把河水打进田里，小孩光着身子成群跳进河中戏水，河岸水浅处也能见到碧绿的水草了。

尼罗河是世界上唯一北流出海的河流③，我们往南方行走正是溯河而上，慢慢逆寻它清澈的流迹。从开罗搭埃及航空公司飞往路克索和帝王谷的空中，我特别留心观察这世界最长的一条河流④。俯瞰尼罗河如一条蓝色的襟带，从无边的沙漠穿越而过，埃及的空中无云，飞机越高飞，越能感受到尼罗河的绵延无尽，仿佛能看到公元前三千年在尼罗河航行的船只，正运着巨大无比的石块，要向北去建造法老王的金字塔。

真正体会尼罗河之美是在路克索的黄昏。在这个只有七万人的小城，依靠过活的方式是农业和观光，还有极少数人从事尼罗河的鱼捞，及小交易的商业，所以尼罗河几乎是未被污染的。它两岸的植物也都长得格外青葱，草地是不用说了，满树繁红的凤凰花，白色与粉红色的夹竹桃，高大如塔的樟树，擎天而举的槟榔……在路克索的三天，天天有说不出的惊喜，因为想象不到的植物竟都在这里看到。第二天发现了扁柏、武竹、天人菊、向日葵、芦荟、九重葛、变叶木、木麻黄，就像走在台湾的乡间小镇，第三天看到了一片稻米田、一片棉花田，还看到令人不敢相信埃及会有的莲花。尼罗河的富庶不必再看河水了，只看植物的生长情况就能深切知道。

最好当然还是天蓝无云，落日深红的黄昏，虽说尼罗河畔温度较沙漠凉爽，到底还是非洲的太阳不能承受，本生本长的埃及人也吃不消他们的太阳，所以埃及众神里，太阳神最发达。他们午后吃过饭，纷纷斜躺在草地上午睡，抽闷烟、聊天，马、驴子、骆驼也全躲在树下，等太阳西斜，要下午三点以后才慢慢有人慵懒地上工。路边那卖埃及茶的老人也怨天热，自己倒杯茶在凉棚喝起来了。只有到黄昏来临时前，小镇才突然从奥热的昏睡中醒转，才热闹起来。懒散的埃及人看到日头要落进平沙，早就收工了，在埃及工作时间之短颇令人吃惊。那里，当然是没有冷气的，整个路克索，只有临着尼罗河的三家旅馆有冷气的设备，只是不准本地人进去纳凉，不知道为了什么。

我说路克索的黄昏美，不仅限于景色。路克索小城中心有一个夜市，黄昏才开放，夜市里卖有许多埃及特产，还有提着手工艺品穿梭贩卖的人。埃及人是全世界最会讨价还价的人，与美金几乎等值的埃及币，如果他开价一百元，可能五元就可以买到，因此不管开价多少，总是从一元开始出价；平常慵懒的埃及人，讨起价来声音奇大，语言也模糊不清，如果一家小店中有三个客人就仿佛一个市集一般，千军万马的情况可以想见。夜市里也有很高级的店，卖欧洲进口的用品，从最好的到最坏的，唯一没有的是吃的东西。一个摊贩告诉我们："要吃东西，要到尼罗河畔。"

沿着尼罗河畔，路克索有许多小吃店，一半架在河上，一半搭在草坪上，用的是竹子和稻草。许是省电的关系，小吃店内一律点蜡烛，进来一位客人点一只蜡烛，到处烛光摇曳。临河的窗子是用竹子向外撑，河面上的风微微吹送，河上还有月光与星光，衬着屋里的烛光，河面显得格外地光明。

对埃及的食物我们毫无概念，只是叫了一客典型的地方食物，主菜当然是闻名于世界的尼罗河鱼了。在河畔烛光的晚餐中不能无酒，又点了一瓶土制的埃及啤酒。先上来的是啤酒，金赤色，喝在口中有点刺舌，是道地尼罗河水酿造的，小吃店的服务生说。

接着送上黄瓜与大饼，削片的黄瓜爽脆可口，大饼是粗麦做成，硬得像窝窝头，难以下咽。主菜里有一小撮大米，一小撮黄豆，与半条尼罗河鱼同熬，味道甚是奇特。尼罗河鱼值得一记，形状与台湾的尼罗河红鱼一般，却比台湾的大三倍，也不是红的，是褐色，肉质极粗，味同橡皮，我们总算领教了道地的埃及菜。第二天并且付出代价，上吐下泻，腹痛如绞，我们的导游说这是"尼罗河肚子痛"，大部分观光客都会遇到的，他说："尼罗河水就这么奇怪，埃及人吃了无碍，外地人一吃就闹肚子。"他并且警告我们不要下尼罗河水玩，因为里面菌类丰富，外地人连洗手都可能过敏。

虽然尼罗河的晚餐是要付出代价的，但我还是喜欢那样的晚餐，尤其是夜渐渐深沉，能听见河水轻轻的流动声，看烛光与月光映照，星子一颗颗明亮的倒影，就像突然从天空落到水上，无声而清明。埃及古文明数千年就像河水流过长夜，那闪亮的星子则是永垂的古迹，能听见法老王轻轻的咳声。

（资料来源：林清玄．1997．林清玄散文．杭州：浙江文艺出版社，133.）

注 释

① 林清玄：笔名秦情，林大悲等。1953 年出生于台湾高雄，曾任记者、编辑等职，现为台湾自由作家，1973 年开始创作散文。他的散文文笔流畅清新，表现了醇厚、浪漫的情感，在平易中有着感人的力量。作品有散文集《莲花开落》、《冷月钟笛》、《温一壶月光下酒》、《鸳鸯香炉》、《金色印象》、《白雪少年》、《桃花心木》、《在云上》、《心田上的百合花》等。他的散文集一年中曾重印超过 20 次。

② 凤凰木：凤凰木因鲜红或橙色的花朵配合鲜绿色的羽状复叶，被誉为世上色彩最鲜艳的树木之一。由于树冠横展而下垂，浓密阔大而招风，在热带地区担任遮荫树的角色。凤凰木分布于中国南部及西南部、原产地马达加斯加及世界各热带地方。

③ 这种说法不准确，北亚三大河：鄂毕河、勒拿河、叶尼塞河，都是自南向北注入北冰洋的。

④ 尼罗河全长 6600 多公里，2007 年虽有来自巴西的学者宣称亚马逊河长度更胜一筹，但尚未获得全球地理学界的普遍认同。

美点品悟

景之美

尼罗河是世界第一长河，尼罗河流域是人类文明的发祥地之一。尼罗河畔的埃及，对我们来说，是一个遥远而神秘的国度。世界各地的每一个人都梦想能前往那里一睹这条古老而神秘的河流的风采。作者在本文中，以独具个性的选景，从容淡雅的文笔，真诚醇厚的情感，展示了尼罗河畔美丽的自然风光和新奇浓郁的异域风情，给读者留下了深刻的印象。

文章一开始，用一句“黄昏来的时候，是尼罗河最热闹的时间”，将视线定格在最能展现尼罗河景色之美的黄昏时分，仿佛给这里的景色全部镀了一层夕阳的绮辉，在夕阳下，自然景色更加清新柔和，人文风情也更加亲切迷人。

首先，作者用诗一般的语言展现了这里美丽的自然风光。与作者熟悉的台湾相比，这里的河那么清，天那么蓝，阳光那么明艳，天干净得没有一片云，沙洲上的植物翠绿欲滴，背景是金黄色的沙漠……每棵树都挤满了归巢的麻雀，“麻雀过度的吵闹与骚扰使凤凰花落得满地”，“剪纸一般贴在湛蓝色天上的燕子”，这些跟我们生活的环境完全不同的异国风光深深地吸引着我们。

其次，作者用许多细碎的生活场景描绘了埃及富有异域情调的人文风情：装饰豪华的马车，着长袍的埃及人无声地飘过，顶着陶罐到河边汲水的妇人，驴子转动的水车。尤其对小城路克索黄昏街景的描写，更为细致生动地展现了埃及人的生活习惯和精神面貌。例如，午后三点才慵懒地上工，夜市奇特的讨价还价习惯，进来一位客人就点一只蜡烛的小吃店，以及餐馆稀奇古怪的菜品等。这些富有特色的异域风情，油画般地展现在读者面前，让读者领略到这个古老国度的人们从容，本真，宁静而淳朴的生活。

意之美

本文主要通过对尼罗河畔美丽的自然风光和充满异域风情的人文风景的记叙和描绘，表达了作者对尼罗河这条孕育了人类古老文明的伟大河流的赞美，也表达了作者对埃及古文明的敬重与热爱之情。

文章中，作者自始至终都饱含着新奇而喜爱的感情描绘这里的每一处风景——不管是自然风光还是人文风情。例如，“飞机越高飞，越能感受到尼罗河的绵延无尽，仿佛能看到尼罗河航行的船只，正运着巨大无比的石块，要向北去建造法老王的金字塔。”言语中，渗透着对尼罗河的向往和对埃及古老文明的敬重之情。“阳光脱下了热情的白衣，露出和水一样的温柔，踩着浅棕色的步子，从上游一路走过河岸”，流露着作者对尼罗河畔黄昏风光的喜爱与赞美”。“河面的风微微吹送，河上还有月光与星光，衬着屋里的烛光……”表达了作者对这里安静而悠闲的夜生活的欣赏。甚至那口味奇特，“一吃就闹肚子”的晚餐也让作者无法不喜欢，因为在作者的心中，和眼前的河水一起流过长夜的，还有绵延数千年的埃及古文明，头顶那闪亮的星子则是“永垂的古迹”……

林清玄不愧是一位思想深邃、眼光独到的作家，他超越了一般游人的视点高度，将笔触停在更细、更深的层面上，在用欣赏赞美的口吻描绘尼罗河畔美丽风光的同时，却严肃地荡开一笔，刻意描写了流经开罗一段的尼罗河被污染的情形，表现出现代工业发展对尼罗河的污染，对这里生态环境的破坏，表达了作者的痛心与忧虑。他借用导游的话揭示了人类一个共同而沉重的忧患：“都市，是人和自然的敌人，”“在都市里，山水花木都不能干净，人自然也不能干净了。”

现代物质文明的发展对自然环境日益严重的破坏，对人类美好天性的日渐异化，是摆在人类面前的一个越来越严峻的问题，作者将其放在伟大的尼罗河上表现，更加具有振聋发聩、发人深思的警示力量。

这是本文在主题意旨上超越一般游记的地方。

文之美

眼光独到，以小见大，善于在从容舒缓的淡雅画面中，表达对世界深刻的观照和洞察，是林清玄散文的独有特色。本文也是如此。

面对举世闻名、浩瀚绵延的尼罗河和遥远神秘的埃及，作者没有从众地去描写尼罗河的神奇与壮观，而是巧妙地落笔在一些细微而亲切的“小景”上，如艳丽的凤凰木，归巢的燕子和麻雀，平常的行人，嬉闹的孩童，市场的讨价还价声，普通小餐馆朴素的布置与菜品——把视线投放在

日常街景和普通的市井场景中，能更典型地表现出这里的风光特色，也会使读者读起来感觉更加亲切和质朴。

另外，在语言表达上，本文的突出特点是温婉中透着犀利，平和中蕴含深刻。例如，“阳光这时脱下热情的白衣露出河水一样的温柔，踩着浅棕色的步子”，“长跑的埃及人步履无声，仿佛伴着影子，飘飘走过”，这些句子清丽、温婉，透着脱俗的诗意。而像“站在桥上，看两边的尼罗河，真难以想象，它在百年、千年、甚至万年以后是什么颜色，它像一支长针刺破了我们远方的梦想”，“飞机越飞高，越能感受到尼罗河的绵延无尽，仿佛能看到三千年前在尼罗河航行的船只，正运着巨大无比的石块，要向北去建造法老王的金字塔”等句子却在平和的叙述中蕴含深邃的思考，典雅的美感中露出思考与批判的剑锋，值得读者细细品味。

学而有得

① 作者对尼罗河风光的描写为什么多选在黄昏时分？作者都描写了黄昏时分尼罗河畔的哪些风光景色？分别体现了埃及人的哪些生活习俗？

② 作者在文中提到开罗段尼罗河水被污染的情形的记叙，表达了怎样的思想感情？有什么现实意义？

③ 体会下列句子的深刻含义：

A. 他说：“都市，是任何自然的敌人，在都市里，山水花木都不能干净，人自然也不能干净了。”

B. 站在桥上，看两边的尼罗河，真难以想象，它在百年、千年，甚至万年以前是什么颜色，它像一支长针刺破了我们远方的梦想。

C. 埃及古文明数千年就像河水流过长夜，那闪亮的星子则是永垂的古迹，能听见法老王轻轻的咳声。

行知天下

尼　罗　河

尼罗河是一条流经非洲东部与北部的河流，与中非地区的刚果河以及西非地区的尼日尔河并列非洲最大的三个河流系统。尼罗河长6670公里，是世界上最长的河流。在非洲，尼罗河被称为“万物之父”，河水来自苏丹的湖泊和热带雨。每逢汛期，河水溢出两岸，淹没沙荒，吐出肥沃的泥浆。水退以后，河边的干土和沙地已经浸透，长出绿色的植物，如是持续了千万年。尼罗河流域是世界文明发祥地之一。

维多利亚湖

维多利亚湖是非洲最大的湖泊，世界第二大淡水湖（仅次于北美五大湖中的苏必利尔湖），也是尼罗河的主要水库。维多利亚湖位于非洲中东部的高原上，大部分在坦桑尼亚和乌干达境内，是乌干达、坦桑尼亚与肯尼亚三国的界湖，是公认的世界上最美的地方之一。

贾　生

唐·李商隐

宣室求贤访逐臣，贾生才调更无伦。
可怜夜半虚前席，不问苍生问鬼神。

雨中去看贾谊

王美彪[①]

湖南省公安厅正在召开全省治安工作会议，下午组织观摩我编导的故事片《民警王法金》。我没事，正好趁机去拜谒一下贾谊[②]故居。

出门打车，司机不知道贾谊故居在哪里，于是下车，再拦车，我简单说了方位，司机便朝解放西路那里开。司机问我，贾谊是不是跟孙中山闹革命的？我说贾谊是汉代的。司机似乎记起来了，问，是不是西贝贾？我说，不错。司机又说，那是汉代的。

贾谊故居坐落在长沙的太平街上，在鳞次栉比的老楼新店铺的簇拥下，门可罗雀。

阴雨绵绵，冷风嗖嗖，我和贾谊博士的故居都显得分外形单影只。

史书记载："贾谊，洛阳人，十八岁即能诵诗属文，精通儒学经典，二十二岁任进士，同年升为太中大夫，同僚之中，无出其右。"撰《过秦论》、上《论积贮疏》提出一系列切合实际的改革国家政治的方略，极为汉文帝赏识，数度欲让贾任公卿高位，因权臣不容，改任长沙太傅。太傅是当时长沙国两个重要高官之一，另一个是丞相，马王堆二号墓主侯利苍曾担任此职多年。贾谊与侯家族有密切的政治合作关系。

两千多年来，对故居保护，历代毁建相继，均以贾谊井为中心，原址不变。从明朝成化元年始（公元1465年），形成祠宅合一之格局，1938年毁于"文夕大火"，仅剩太傅殿。1996年11月，长沙市人大常委会决定重建，目前主要景点有：门楼、贾谊井、贾太傅祠、太傅殿、寻秋草堂、古碑亭、廊亭等，有《贾谊生平事迹陈列》。由于贾谊在中国历史上的特殊地位及两千多年湖湘人民保护故居的非凡经历，贾谊故居在历史文化名城长沙有着特殊的影响力。

一进院子的右侧是碑亭，左侧是长怀井，为当年贾谊所凿。

张治中为防范日寇进犯，预备火攻，不料情报出错，敌军未到，先自点火，结果千年长沙古城毁于一旦。现在我们去长沙，只能从幸免于难的天心阁想象古城当年的风貌了。长怀井亭子上对联的上联应是扣了"文夕大火"[③]的不幸。好在古井依然，虽只供观瞻不再使用，却终归难掩历经沧桑后的沉静与悠然。雨打芭蕉，似乎还能听到某种喟叹，颤弱庭院深处湿漉漉的影子。

贾谊大约觉得凿了石井略显清冷于是又栽种了柑橘，给幽静增添些色彩，给清冷填充点甘甜。远离北国的故土，在这潮湿的南国，不能身边除了深井、石床就是竹简吧，那也太瘦静孤寒了。柑橘果实金黄，多少散发着暖意，于是则有发自内心的甘之如饴。而甘之如饴刚好就有甘之如谊的谐音，贾博士写得一手志气轩昂又文采飞扬的好赋，想来对四季风物自然也是心有灵犀的。

看到后人塑的贾谊塑像，不知与贾谊的风采可否相符，总觉得多了书生气，有点做士大夫状，好在眉宇之间透着心忧，好在身子背后引了《过秦论》，至少略有藏拙，毕竟长了气度。

况祠堂两侧还分别用竹简书写了《屈原赋》和《鹏鸟赋》，写不好自己的文字，认真抄录先贤的经典，是讨巧的纪念，起码还算虔诚，起码还有机会重温。

也许是天气不好，虽然不收门票，这里还是只有我一个人，甚至都看不到工作人员。

又看到清代朴学家钱大昕所撰楹联："秋草独寻人去后，翰林空见日斜时。"今人所修碑廊，无可观瞻，只有落花人独立。

此情此景，还真是"无可奈何花落去"，"小园香径独徘徊"[④]。也罢，文归静，来去悄然，故人也就坦然，晓得留出这块地，已是该满足的了，还奢求什么呢？

如此一想，长怀井便倒像深邃之夜的个簃[⑤]，任凭寒雨飞雪，风之影，竹之舞，度尽劫波写春秋，只把那汉简蕴藏的汗青点滴淌入石井，化作永世脉动的冷泉，绵长地滋润四方。

出门，竟见红火，两千多年前的跨度，不免恍然。心下念叨"别梦依稀咒逝川"[⑥]，转过头来，终究面对"遍地英雄下夕烟"。苍生鬼神[⑦]，今夕何夕？一日之间，一街之内，一槛之隔，而气象不齐。思在远道，人行此在，有风有雨有冷的痛感，有衰兰送客[⑧]，有崤函之固[⑨]的怀想，可以了，可以回去了。

（资料来源：王美彪．2010．酹·时光．北京：中国戏剧出版社，47.）

注 释

① 王美彪：1965年出生，先后就读于复旦大学外文系法语专业和新闻系编辑专业。现任中央新闻记录电影制片厂影视部主任，纪录片编导。主要作品有电视系列片《春秋五十度》、《中国电影100年》，电视剧《走天山的女人》、《镜海风云》，电影《民警王法金》、《灾难时刻》、《加油中国》、《中国三峡》（分别任导演、监制、制片人、撰稿等）。其作品曾多次获"五个一工程奖"等多项大奖。2002年、2006年和2010年三度赴美任访问学者。

② 贾谊（公元前200—前168年）：汉族，洛阳（今河南省洛阳市东）人，西汉初年著名的政论家、文学家。18岁即有才名，年轻时由河南郡守吴公推荐，20余岁被汉文帝召为博士，不到一年被破格提为太中大夫。但是在23岁时，因遭群臣忌恨，被贬为长沙王的太傅。后被召回长安，为梁怀王太傅。梁怀王坠马死后，贾谊深感歉疚，直至33岁忧伤而死。其著作主要有散文和辞赋两类，散文如《过秦论》、《论积贮疏》、《陈政事疏》等都很有名；辞赋以《吊屈原赋》、《鹏鸟赋》最著名。

③ 井旁对联是"不见定王城旧处，长怀贾傅井依然"。定王：西汉景帝之子，长沙王刘发。

④ 出自宋·晏殊《浣溪沙》春恨词：

"一曲新词酒一杯，去年天气旧亭台。夕阳西下几时回？无可奈何花落去，似曾相识燕归来。小园香径独徘徊。"

⑤ 簃（yí）：楼阁旁边的小屋。

⑥ 和下文的"遍地英雄下夕烟"均出自毛泽东诗《七律·到韶山》。

⑦ 出自唐·李商隐的诗《贾生》："宣室求贤访逐臣，贾生才调更无伦。可怜夜半虚前席，不问苍生问鬼神。"用以感慨贾谊的怀才不遇。

⑧ 衰兰送客：出自唐代诗人李贺的《金铜仙人辞汉歌》。原句是"衰兰送客咸阳道，天若有情天亦老。"两句意思是：只有凋残的兰花在长安道上。如果天有感情，它也会衰老的。

⑨ 崤函之固：出自贾谊《过秦论》。

景之美

作为“潇湘文化源头”的贾谊故居，是“屈贾之乡”长沙市的一处标志性文化遗产，每一位仰尚古圣先贤的四方之士来到长沙，都希望能到此瞻仰其遗迹，缅怀其思想与业绩。贾谊故居内有不少景点：贾谊井、贾太傅祠、太傅殿、寻秋草堂、古碑亭、廊亭等。但作者并没有如大多数游记一样，移步换景，对这些景点面面俱到地予以介绍和描写，而是看似随意地撷取了其中的几个点，写意画般地予以展现，如贾谊所凿的长怀井，传说贾谊手植的柑橘树，后人塑的贾谊像，后人抄录的贾谊文，以及名家所撰写的楹联等。对于这些景点，作者也是笔随意转，不从正面详尽地介绍与描写，而是以自己的主观观感为中心，轻灵简约地表达出对这些景物的内心感觉与印象。例如，“古井依然”，“却终归难掩历经沧桑后的沉静与悠然”，“看到后人塑的贾谊像，不知此像与贾谊的风采可否相符，总觉得多了些书生气”，“今人所修碑廊，无可观瞻，只有落花人独立”等。读完文章，读者仿佛跟随作者进行了一次充满诗意又意味深长的漫步，既观赏到了古迹中的景致，更领会了作者丰富的情感。

不仅如此，作者在介绍景物的同时，又似信手拈来，介绍了不少有关人物与古迹的历史知识，如贾谊的身份及历史地位，贾谊故居的沧桑变迁及历史影响等，给古迹景点增添了丰厚的文化内涵，使读者对景点的历史文化有了更为充分的了解，进而加深了对文章思想内容和作者思想感情的理解。

意之美

这是一篇短小精致的旅游随笔，与普通游记相比，其内容和手法更加自由灵活。本文主要表现了以下三个方面的内容：

一是通过对贾谊故居的慕名参观和对贾谊才华、功绩及历史影响的追忆与缅怀，表达了作者对这一历史人物的赞美与崇敬之情。贾谊是西汉初期著名的政论家和文学家，博学多才，年少有为，政见高明，深得当时皇帝的赏识与重用。无奈命运多舛，年轻早逝，成为中国历史上又一令人扼腕而叹的英才典范。作者写自己趁来长沙出差的机会，利用工作闲暇慕名前往贾谊故居，对这一历史人物进行拜谒、缅怀，表现了作者对古圣先贤的追怀与仰慕之情。

二是通过对贾谊故居门庭冷落，人迹稀少的冷清景象的描写，表现出随着时间的流逝，人们对这位历史名人的淡忘与冷落，表达了作者心中那份“风流总被雨打风吹去”的惆怅与忧思。从出租车司机对贾谊其人的陌生与无知，到景区的人迹寥寥，可看出这位风流一时的历史名人正在渐渐淡出今人的记忆，这让作者大为惆怅和伤怀。

三是表达了作者希望古圣先贤的智慧与思想能够被铭记，永远被传承的美好愿望。社会的发展，思想的进步并不意味着历史的割断。一代一代祖先的智慧绵延成一条文明进步的河流，只有在这条河流上，我们才可以扬起时代的风帆，朝着文明进步的方向远航。文章主旨表达得含蓄而坚定："只把那汉简蕴藏的汗青点滴淌入石井，化作永世脉动的冷泉，绵延地滋润四方。"

文之美

简约、灵动的文字承载丰厚、深远的意蕴，饱含真挚、沉郁的情感，是本文突出的写作风格之一。

首先，作者用简洁的文字高度概括了贾谊卓越的才华和旷世的才干，缅怀了其丰功伟绩和深远的历史影响，让读者对这一流芳千古的风流人物肃然起敬和缅怀不已。而作者在介绍故居景观时，却着重渲染了贾谊故居的门庭冷落，清冷寂寥，以及普通市民对这一历史人物的陌生与无知等。通过对比，体现出今人对古圣先贤的隔膜与疏远，必要的历史意识正在日渐浮喧的现实中流逝，流露出作者对"风流总被雨打风吹去"的伤感与惆怅，从而进一步表现了作者对古圣先贤的仰慕与追怀之情。

其次，善于寓情于景，借景抒情也是本文突出的写作特点。例如，"雨打芭蕉，似乎还能听到某种喟叹，颤弱庭院深处湿漉漉的影子"，"柑橘果实金黄，多少散发着暖意"，尤其是"长怀井倒像是深邃之夜的个簃……绵长地滋润四方"一句，更是化情语为景语，表达出作者希望古圣先贤的思想与影响能够穿越历史的长河，润物无声地浸润到每个后人的心中乃至整个民族意识中的强烈愿望。

本文文笔优美，随意中不失严谨，质朴中透着古雅，古典诗词、文言句式，信手拈来，嵌用自如，值得读者细细品读欣赏。

学而有得

① 课后读《过秦论》、《鹏鸟赋》，阅读有关贾谊的历史资料，了解这位历史名人。

② 熟读文中关于"贾谊井"的景物描写，体会作者从中流露的思想感情。

③ 查阅相关资料，试写一段300字左右的关于长怀井的导游词。

行知天下

贾谊故居

贾谊故居位于长沙市太平街（解放西路与太平街口交汇处）。贾谊故居始建于西汉文帝年间，为长沙王太傅贾谊的府邸。汉武帝时期，由皇帝敕命修缮贾谊故居，这是对贾谊故居的第一次重修。此后的两千多年里，贾谊故居历经了约64次重修，最近的一次是在1998年。

现贾谊故居包括：

贾太傅祠——供奉贾谊铜像及其著作。

太傅殿——贾谊生平及思想介绍。

寻秋草堂——清以来，寻秋草堂成为文人墨客凭吊贾谊之后，吟诗作画之处，游人亦在此饮茶休息。

碑廊——内陈列《古今名人咏贾诗选刻》及明清历次重修故居碑文。共有历代名人咏贾诗 21 首及明清重修故居碑文 5 篇。

贾谊故居被誉为“湖湘文化源头”，是长沙作为“屈贾之乡”的标志性文化遗产，湖南省重点文物保护单位，是中国最早的名人故居，拥有现存年代最久且连续使用至今的古井——长怀井。

贾　谊　井

公元前 177 年贾谊任职长沙王太傅期间开凿贾谊井，距今已有 2188 年的历史，是中国保存时间最长的一口古井，号称“天下第一井”。后因唐杜甫诗句“不见定王城旧处，长怀贾傅井依然”而得名“长怀井”。北魏郦道元《水经注》记载：“湘西廨西侃庙，云旧是贾谊宅，地中有一井，是谊所凿，上敛下大，其状如壶……”古井见证了古长沙的历史，如果没有长怀井，就很难认定贾谊所居的太傅府，更难探寻出汉朝时的长沙王城。此井历经沧桑，几经兴废，保存至今。现在的贾谊井仍一年四季清泉汩汩不绝，泉水清澈甘甜。据说井旁一棵柑树受到泉水的滋润，结的柑子味道特别香甜。

文夕大火

文夕大火发生在第二次世界大战期间。1938 年 11 月 8 日，日本侵略军攻入湖南北部，并轰炸了长沙和衡阳。长沙的局势十分严峻，当时的中华民国政府对长沙能否守住十分缺乏信心。蒋介石提出焦土抗战的作战思想，认为即使烧毁长沙也不能让日本获得任何物资。当时的湖南省政府主席张治中接到电报，在 11 月 10 日的会议中传达了蒋介石的思想，并组织纵火队伍。当城东南的天心阁放火时，即开始全城放火。

1938 年 11 月 12 日深夜（13 日凌晨 2 时），长沙南门口外的伤兵医院失火（是故意纵火的信号或是无意失火，至今仍然是谜）。纵火队员以为是信号，便全城放火。大火持续了整整五天五夜，古城长沙 2500 多年的历史财富几乎被毁灭殆尽。12 日的电报代码是“文”，大火又发生在夜里（即夕），所以此次大火被称为“文夕大火”。

◎ 让我们一起去博寻胜迹

季羡林《在敦煌》

秦文玉《布达拉宫之晨》

余秋雨《都江堰》

王蒙《晚钟剑桥》

徐成淼《渡口对岸是沈从文》

第3章

开轩面场圃，把酒话桑麻

——城乡风景类

人类有两大居住地，一处是乡村，一处是城镇。乡村是城市的根系，城镇是乡村生长出的一棵繁华的树。

乡村的茅屋田塍是我们的父辈、祖辈走出的地方，这里有明媚的阳光，纯净的空气和芳香的泥土气息。“日出而作，日入而息”是乡村人最简单的生活方式，胼手胝足的劳作培养出勤劳的品质，鸡犬相闻孕育出淳朴的人际关系。乡村，不仅生长着我们赖以生存的庄稼，而那份质朴与单纯永远是我们的心之所系。

城市，是人类繁华的聚居地。这里车水马龙，高楼林立，是人类自己创造的最庞大的文化载体。从大街的时尚到小巷的古老，一切的文化、历史、文明与思想都以景观的形式写在城市的大地上。

跟随作家的脚步，走过不同地域、不同风俗的乡村与城市，我们不仅能够感受到淳朴清新的乡村之风，领略缤纷多彩的城市之光，更可以在作者们细微的体察，敏锐的感悟，精彩的表达中，感受社会文明的发展，倾听历史前进的脚步。

哦，自由自在的俄罗斯乡村生活，是多么富庶、安宁、丰饶啊！哦，它是多么的宁静和美满！皇城圣索菲亚大教堂圆顶上的十字架，还有我们城里人费尽心血所追求的一切，在这里又算得了什么呢？

乡　村

（俄）屠格涅夫[①]

六月的最后一天；漫漫一千俄里之内，都是俄罗斯大地——我的故乡。

茫茫长空匀净地碧悠悠；只有一片白云——仿佛是在轻轻飘浮，又似乎是在袅袅融散。微风敛迹，天气暖洋洋的……空气——就像刚刚挤出、还冒着丝丝热气的牛奶一样新鲜！

云雀在悠扬地歌唱；大嗉囊鸽子在咕咕叫唤；燕子在静悄悄地飞来掠去；马儿在喷着响鼻，不停地嚼着草；狗儿一声不吠地站在那里，温顺地轻摇着尾巴。

空气中弥漫着烟火味和青草味——其中还夹杂着一丝焦油味，一丝皮革味。大麻地里的大麻枝繁叶茂，郁郁青青，散发出一阵阵香烘烘、醉陶陶的气味。

一条坡度平缓的深深峡谷。两边的坡上长着几排爆竹柳，一棵棵树冠似盖，枝叶婆娑，下面的树干却都已龟裂了。一条小溪从谷底潺潺流过；波光粼粼，似乎可见水底的小石子在微微颤动。远处，天地合一的地方，一条大河就像连接天地的一道蓝莹莹的花边。

沿着峡谷——一面坡上是一个个整洁的小粮仓和一间间双门紧闭的小库房；另一面则是五六家木板铺顶的松木农舍。每一家的屋顶上都高高竖着一根挂着椋鸟[②]笼的竿子；每一家的小门廊上都钉着一匹鬃毛直竖的小铁马。凹凸不平的窗玻璃闪射出霓虹的七彩。护窗板上信手涂画着一个个插满鲜花的带把高水罐。每一间农舍前都端端正正地摆着一条完好无损的小长凳；一只只猫像线团那样蜷缩在墙根附近的土台上，警觉地竖起透明的耳朵在细听；高高的门槛里面，每一个穿堂都暗幽幽、凉丝丝的。

我铺开一件披衣，躺在峡谷边沿；四周到处是整堆整堆刚刚割下的干草，清香扑鼻，让人心醉神迷。聪明的主人们把干草摊开在自己屋前：让它在太阳地里再晒干一点，然后收进草棚里！睡在这干草堆上，那真是美滋滋的！

孩子们那头发卷曲的小脑袋，从每一个干草堆里纷纷钻出来；羽毛蓬松的母鸡在干草里翻寻小蚊蚋[③]和小昆虫；一只白嘴唇的小狗崽在乱蓬蓬的草堆里翻来滚去地自在嬉耍。

几个长着亚麻色头发的小伙子，穿着干干净净、下摆上低低束着腰带的衬衣，蹬着笨重的镶边皮靴，胸脯靠在一辆卸了马的大车上，

在伶牙利舌地相互取笑。

一个脸庞圆圆的少妇，从窗口探出头来张望；她笑盈盈的，不知是小伙子们的说笑让她忍俊不禁[④]，还是乱草堆里孩子们的嬉闹使她笑逐颜开。

另一个少妇正用一双健壮有力的手，从井里提上来一只湿淋淋的大水桶……水桶在绳子上轻轻颤动、微微摇晃，溢下一长串火红色的闪亮水珠。

一个年老的主妇站在我面前，她身穿一件崭新的家织方格呢裙子，脚蹬一双新崭崭的厚靴子。

空心大珠子串成的一条项链，在她那黑黝黝、瘦筋筋的脖子上绕了三圈；斑斑白发上系着一条带红点的黄头巾；头巾一直耷拉到她那双黯淡失神的眼睛上。

然而，老人的眼睛却和蔼殷勤地微笑着；皱纹密布的脸上也堆满了笑容。嗨，这老人也许有七十岁了吧……不过，就是现在也依然看得出来：她当年是一个美人儿！

她把那被太阳晒得黝黑的右手五指大大张开，托着一罐直接从地窖里取出来的、未脱脂的冷牛奶；罐壁上凝着一层珍珠似的小小水珠。老人家把左手掌心里那一大块余温犹存的面包递给我，说："吃吧，随便吃点儿呀，过路的客人！"

一只公鸡突然咯咯地大叫起来，还起劲地不停扑扇着翅膀；作为回应，一头关在栏里的小牛犊慢慢悠悠地拖长调子"哞"了一声。

"啊，这燕麦长得多好呀！"我那马车夫的声音传了过来。

哦，自由自在的俄罗斯乡村生活，是多么富庶、安宁、丰饶啊！哦，它是多么的宁静和美满！

我不禁想到：皇城[⑤]圣索菲亚大教堂圆顶上的十字架，还有我们城里人费尽心血所追求的一切，在这里又算得了什么呢？

（资料来源：屠格涅夫．2005．屠格涅夫散文精选．天津：百花文艺出版社，161.）

注释

① 屠格涅夫·伊万·谢尔盖耶维奇（1818—1883 年），俄罗斯 19 世纪杰出的批判现实主义作家、诗人和剧作家。主要作品有《猎人笔记》、《前夜》、《父与子》、《罗亭》等，对俄罗斯和世界文学发展都产生了很大影响。

② 椋（liáng）鸟：鸟类的一科。

③ 蚋（ruì）：一种昆虫。

④ 忍俊（jùn）不禁：忍不住笑。

⑤ 皇城：指君士坦丁堡，即今土耳其的伊斯坦布尔金角湾与马尔马拉海之间的地区。城内圣索非亚大堂原为拜占庭帝国东正教的官廷教堂。1453 年，土耳其人入主后，改建成为清真寺。

美点品悟

景之美

托尔斯泰说："屠格涅夫是一位这样的风景大师，在他之后没有人再敢触及风景描写这个题目。他只要三两笔一挥，一幅自然风景便跃然纸上。"用这段话来评价屠格涅夫的《乡村》正恰如其分。

作者在《乡村》中描绘了一幅美丽动人的乡村风景画。作者主要从时间和空间两个方面着笔。时间定位在六月的初夏，这正是乡村景色十分美丽的时节；空间上，作者的眼光像电影摇动的镜头，全方位立体式地展现了俄罗斯乡村特有的迷人风光："匀净碧悠悠的长空"，"轻轻飘浮的白云"，"牛奶一样的空气"，"悠扬歌唱"、"飞来掠去"的各种鸟儿，到处弥漫的"郁郁青青"的气息，"树冠似盖，枝叶婆娑"的竹柳，清澈见底、"波光粼粼"的小溪，而"天地合一的地方，一条大河就像连接天地的一道蓝莹莹的花边"，何其清新、何其明朗开阔的自然风景，犹如油画的背景，衬托出俄罗斯乡村所特有的清新、宁静和祥和。

在此背景下，作者又从生活环境、生活习俗和人们的精神风貌等方面，描绘了一幅俄罗斯乡村的人文风情画：家家"整齐的粮仓"、"紧闭的库房"彰显着他们生活的富足；"挂着椋鸟笼的杆子"、"插满鲜花的带把高水罐"，表现着人们生活的乐趣与热情；慵懒的小猫，悠闲的母鸡，欢快的小狗，分享着人们的安详与快乐。尤其是几个关于人物风貌的特写镜头，更是赋予这幅美丽画面以灵魂和精神："孩子们那头发卷曲的小脑袋，从每一个干草堆里纷纷钻出来"，是多么的幸福欢快；穿着整洁漂亮的小伙子们"靠在一辆卸了马的大车上，在伶牙利舌地相互取笑"，是多么的悠闲自在；"脸庞圆圆的少妇"笑盈盈看着"乱草堆里孩子们的嬉闹"，是多么的快乐知足；"和蔼殷勤"的年老主妇从地窖里取出牛奶，将"余温犹存"的面包递给我，是何等的从容淳朴……

在作者笔下，这清新宁静的自然风景和淳朴祥和的乡村风情相映相衬，构成了一幅19世纪俄罗斯乡村的迷人画面。

意之美

屠格涅夫在自己年届六十高龄时，远离祖国数十年之后，怀着对祖国俄罗斯深深的爱和浓浓的思念之情，写下了著名的散文诗《乡村》，在对俄罗斯乡村风景的精致描绘中，倾注了对祖国、对故土的一腔留恋与热爱以及对乡村特有的清新宁静，淳朴安宁生活的热爱与向往。

开篇一句"漫漫一千俄里之内，都是俄罗斯大地——我的故乡"。奠定了全文欣喜、热爱与自豪的感情基调。接着，这位久别回乡的游子，饱含欣赏和喜悦的真情，打量着、感受着这里的一切。一切景语皆情语，作者所描绘的一切景物，无不倾注了其内心热烈的情感。

清新宁静的自然环境，让他欣喜和陶醉，连“空气中弥漫着烟火味和青草味”，都“散发出一阵阵香烘烘、醉陶陶的气味”，“睡在这干草堆上，那真是美滋滋的！”在他笔下，乡村人安适与富足的生活，让他感到欣喜；乡村人快乐与满足的精神面貌，让他感到温馨与快乐。乡村人那种淳朴与友爱让他感到亲切和温暖。

当然，对乡村生活的迷恋和赞美，除了源自对故土的热爱之外，也同时体现了作者更为深层的思想和性格取向。相比较外面的纷扰世界，乡村生活特有的宁静、安详、悠闲与淳朴，是作者更为喜欢的环境，他写道：“哦，自由自在的俄罗斯乡村生活，是多么富庶、安宁、丰饶啊！哦，它是多么的宁静和美满！”“皇城圣索菲亚大教堂圆顶上的十字架，还有我们城里人费尽心血所追求的一切，在这里又算得了什么呢？”作者将被奉为崇高与神圣的精神信仰与乡村的快乐自由相对比，将“城里人费尽心血所追求”的功名利禄与这里简单淳朴的生活相对比，心中对此的取舍显而易见，鲜明地体现出作者的价值取向和精神追求。

文之美

散文诗，是文学创作的一种别致的体裁形式，既有散文的舒展、自由，又有诗的形象、凝练和富有韵律等特点。在《乡村》一文中，被高尔基称为俄罗斯语言艺术大师的屠格涅夫，可谓将散文诗的这个特点发挥到了极致。

首先，作者以散文式的笔法，笔触似一架广角镜头的摄像机，将俄罗斯乡村的风景风情，制作成了一部田园风景影片，而这部影片又由一幅幅色彩斑斓的油画组合而成。画面中，有清新美丽的自然风景，有温馨宁静的生活场景，有大场面的恢弘勾勒，有小细节的细微特写。对景物进行描写时，讲究顺序的得当与层次的错落；对场景描绘时，综合运用多种描写手法，注意细节的捕捉和突出，不仅有色彩、有声音、有气味，还有人物的动作、情态、语言等，多角度，多侧面，多层次地给读者呈现了一幅立体风景风情画，令人如临其境，陶醉其中。

其次，语言的生动精练是本文艺术上的一个更为精彩的亮点。尤其是新颖、别致的比喻、比拟等修辞手法的运用，使描写对象饱满生动，栩栩如生。例如，“空气——就像刚刚挤出、还冒着丝丝热气的牛奶一样新鲜！”“一只只猫像线团那样蜷缩在墙根附近的土台上，警觉地竖起透明的耳朵在细听”等语句，既有卓越的表现力和感染力，又有饱满盎然的诗意，给人以联想和咀嚼不尽的余味，表现出世界文学大家的语言才华。

学而有得

① 认真阅读全文，概括总结作者描写了俄罗斯乡村的哪些自然景色？作者是按照怎样的顺序进行描绘的？从中体现出作者怎样的思想感情？

② 作者在文中共描绘了俄罗斯乡村的哪些生活场景？各体现了当地人怎样的精神面貌？

③ 学习作者写景抒情的手法，描写一处自己最熟悉的家乡风景，并力求表达出自己对家乡的思想感情。

“火车风景”就是活动的影片，是一部以自然美做题材的小说，它是有情节的，有布局的——有开场，有Climax，也有大团圆的。

杭江之秋

傅东华[①]

从前谢灵运游山，“伐木取径，……从者数百人，”以致被人疑为山贼。现在人在火车上看风景，虽不至象康乐会那样煞风景，但在那种主张策杖独步而将自己也装进去做山水人物的诗人们，总觉得这样的事情是有伤风雅的。

不过，我们如果暂时不谈风雅，那么觉得火车上看风景也有一种特别的风味。

风景本是静物，坐在火车上看就变成动的了。步行的风景游览家，无论怎样把自己当作一具摇头摄影器，他的视域能有多阔呢？又无论他怎样健步，无论视察点移得怎样多，他目前的景象总不过有限几套。若在火车上看，那风景就会移步换形，供给你一套连续不断的不同景象，使你在数小时之内就能获得数百里风景的轮廓。“火车风景”（如果允许我铸造一个名词的话）就是活动的影片，就是一部以自然美做题材的小说，它是有情节的，有布局的——有开场，有Climax[②]，也有大团圆的。

新辟的杭江铁路从去年春天通车到兰溪，我们的自然文坛就又新出版了一部这样的小说。批评家的赞美声早已传到我耳朵里，但我直到秋天才有工夫去读它。然而秋天是多么幸运的一个日子啊！我竟于无意之中得见杭江风景最美的表现。

“火车风景”是有个性的。平浦路上多黄沙，沪杭路上多殡屋。京沪路只北端稍觉雄健，其余部分也和沪杭路一样平凡。总之，这几条路给我们一个共同的印象——就是单调。它们都是差不多一个图案贯彻到底的。你在这段看是这样，换了一段看也仍是这样——一律是平畴，平畴之外就是地平线了。偶然也有一两块山替那平畴做背景，但都单调得多么寒伧啊！

秋是老的了，天又下着蒙蒙雨，正是读好书的时节。

从江边开行以后。我就一直凝神地准备着——准备着尽情赏鉴一番，准备着一幅幅的画图连续映照在两边玻璃窗上。

萧山站过去了，临浦站过去了。这样差不多一个多钟头，只偶然瞥见一两点遥远的山影，大部分还是沪杭路上那种紧接地平线的平畴，我便开始有点觉得失望。于是到了尖山站，你瞧，来了——山来了。

山来了，平畴突然被山吞下去了。我们进了山的行列，山做我们前面的仪仗了。那是重叠的山，“自然”号里加料特制的山。你决不会感着单薄，你决不会疑心制造时减料偷工。

有时你伸出手去差不多就可摸着山壁，但是大部分地方山的倾斜都极大。你虽在两面山脚的缝里走，离开山的本峰仍旧还很远，因而使你有相当的角度可以窥见山的全形。但是哪一块山肯把它的全形给你看呢？那一块山都和它的同伴们或者并肩，或者交臂，或者搂抱，或者叠股。有的从她伙伴们的肩膊缝里露出半个罩着面幕的容颜，有的从她姊妹们的云鬓边透出一弯轻扫淡妆的眉黛。浓妆的居于前列，随着你行程的弯曲献媚呈妍；淡妆的躲在后边，目送你忍心奔驰而前，有若依依不舍的态度。

这样使我们左顾右盼地应接不暇了二三十分钟，这才又像日月蚀后恢复期间的状态，平畴慢慢地吐出来了，但是地平线终于不能恢复。那逐渐开展的平畴随处都有山影作镶绲[③]；山影的浓淡就和平畴的阔狭成了反比例。有几处的平畴似乎是一望无际的，但仍有饱蘸着水的花青笔在它的边缘上轻轻一抹。

于是过了湄池，便又换了一幕。突然间，我们车上的光线失掉均衡了。突然间，有一道黑影闯入了我们的右侧。急忙抬头看时，原来是一列重叠的山嶂从烟雾迷漫中慢慢地遮上前来。这一列山嶂和前段看见的那些对峙山峦又不同。它们是朦胧的，分不出它们的层叠，看不清它的轮廓，上面和天空浑无界线，下面和平地不辨根基，只如大理石里隐约透露的青纹，究不知起自何方，也难辨迄[④]于何处。

那时我们的左侧本是一片平旷，但不知怎么一转，山嶂忽然移到左侧来，平旷忽然搬到右侧去。如是者交互着搬动了数回，便又左右都有山嶂，只不如从前那么夹紧，而左右各有一段平畴做缓冲了。

这时最奇的景象，就是左右两侧山容明暗之不一。你向左看时，山的轮廓很暧昧；向右看时，却如几何图画一般的分明。你以为这当然是“秋雨隔田塍”的现象所致，但是走过几分钟之后，暧昧和分明的方向忽然互换了，而我们却是明明按直线走的。谁能解释这种神秘呢？

到直埠了。从此神秘剧就告结束，而浓艳的中古浪漫剧开幕了。幕开之后，就见两旁竖着不断的围屏，地上铺着一条广漠的厚毯。围屏是一律浓绿色的，地毯则由黄、红、绿三种彩色构成。黄的是未割的缓稻，红的是荞麦，绿的是菜蔬。可是谁管它什么是什么呢？我们目不暇接了。这三种彩色构成了平面几何的一切图形，织成了波斯毯、荷兰毯、纬成绸、云霞缎……上一切人类所能想象的花样。且因我们自己如飞的奔驶，那三种基本色素就起了三色板的作用，在向后飞驰的过程中化成一切可能的彩色。浓艳极了，富丽极了！我们领略着文艺复兴期的荷兰的画图，我们身入了《天方夜谭》里的苏丹的宫殿。

这样使我们的口胃腻得化不开了一回，于是突然又变了。那是在过了诸暨牌头站之后。以前，山势虽然重叠，虽然复杂，但只能见其深、见其远，而未尝见其奇，见其险。以前，山容无论暧昧，无论分明，总都载着厚厚一层肉，至此，山才挺出峋嶙的瘦骨来。山势也渐兀突了，不像以前那样停匀了。有的额头上怒挺出铁色的巉岩，有的半腰里横撑出骇人的刀戟。我们从它旁边擦过去，头顶的悬崖威胁着要压碎我们。就是离开稍远的山岩，也像铁罗汉般踞坐着对我们怒视。如此，我们方离了肉感的奢华，便进入幽人的绝域。

但是调剂又来了。热一阵，冷一阵，闹一阵，静一阵，终于又到不热亦不冷，不闹亦不静的郑家坞了。山还是那么兀突，但是山头偶有几株苍翠欲滴的古松，将山骨完全遮没，狰狞之势也因而减杀。于是我们于刚劲肃杀中复得领略柔和的秀气。那样的秀，那样的翠，我生平只在宋人的古画里看见过。从前见古人画中用石绿，往往疑心自然界没有这种颜色，这番看见郑家坞的松。才相信古人着色并非杜撰。

而且水也出来了。一路来我们也曾见过许多水，但都不是构成风景的因素。过了郑家坞之后，才见有曲折澄莹的山涧山溪，随山势的纡回共同构成了旋律。杭江路的风景到郑家坞而后山水备。

于是我们转了一个弯，就要和杭江秋景最精彩的部分对面了——就要达到我们的 Climax 了。

苏溪——就是这个名字也像具有几分的魅惑，但已不属出产西施的诸暨境了。我们那个弯一转过来，眼前便见烧野火般的一阵红，——满山满坞的红，满坑满谷的红。这不是枫叶的红，乃是柏子叶的红。柏子叶的隙中又有荞麦的连篇红秆弥补着，于是一切都被一袭红锦制成的无缝天衣罩着了。

但若这幅红锦是四方形的，长方形的，菱形的，等边三角形的，不等边三角形的，圆形的，椭圆形的，或任何其他几何图形的，那就不算奇，也就不能这般有趣。因为既有定形，就有尽处，有尽处就单调了。即使你的活动的视角可使那幅红锦忽而方，忽而圆，忽而三角，忽而菱形，那也总不过那么几套，变尽也就尽了。不，这地方的奇不在这样的变，而在你觉得它变，却又不知它怎样变。这叫我怎么形容呢？总之，你站在这个地方，你是要对几何家的本身也发生怀疑的。你如果尝试说：在某一瞬间，我前面有一条路。左手有一座山，右手有一条水。不，不对，绝没有这样整齐。事实上，你前面是没有路的，最多也不过几码的路，就又被山挡住，然而你的火车仍可开过去，路自然出来了。你说山在左手，也许它实在在你的背后；你说水在右手，也许它实在在你的面前。因为一切几何学的图形都被打破了。你这一瞬间是在这样畸形的一个圈子里，过了一瞬间就换了一个圈子，仍旧是畸形的，却已完全不同了。这样，你的火车不知直线呢或是曲线地走了数十分钟，你的意识里面始终不会抓住那些山、水、溪滩的部位，就只觉红，红，红，无间断的红，不成形的红，使得你离迷惝恍，连自己立脚的地点也要发生疑惑。

寻常，风景是由山水两种要素构成的，平畴不是风景的因素。所以山水画者大都由水畔起山，山脚带水。断没有把一片平畴画入山水之间的。在这一带，有山、有水、有溪滩、却也有平畴，但都布置得那么错落，支配得那么调和，并不因有平畴而破坏了山水自然的结构，这就又是这最精彩部分的风景的一个特色。此后将近义乌县城一带，自然的美就不得不让步给人类更平凡的需要了，山水退为田畴了，红叶也渐稀疏了。再下去就可以“自桧无讥[5]”。不过，我们这部小说现在尚未完成，其余三分之一的回目不知究竟怎样，将来的大团圆只好听下回分解了。

真所谓“文章本天成，妙手自得之。”自古造铁路的计划何曾有把风景作参考的呢？然而杭江路居然成了风景的杰作！

不过以上所记只是我个人一时得的印象。如果不是细雨蒙蒙红叶遍山的时节，当然你所得的印象不会相同。你将来如果“查与事实不符”，千万莫怪我有心夸饰！

（资料来源：季羡林．2011．百年美文（青春阅读版游记卷 1900—2000）．天津：百花文艺出版社，45.）

注 释

① 傅东华（1893—1971 年）：作家、翻译家。原名则黄。浙江金华人。1926 年起任北京中国大学、复旦大学教授，并为《世界文库》和《小说月报》撰稿。一生以翻译为主，译作有《飘》、《红字》、《琥珀》等，另有散文集《山胡桃集》，评论集《诗歌与批评》、《创作与模仿》等。

② Climax：戏剧或小说的高潮。

③ 镶绲（gǔn）：缝纫方法，沿着衣服的边缘缝上布条、带子等，形成圆菱形的边。

④ 迄（qì）：到。

⑤ 自桧无讥：也说“郐下无讥”，有“微不足道”，“不值一提”的意思。

美点品悟

景之美

历来的游记散文，大多是“步行游览家”的“策杖独步”之作，本篇的独特之处在于作者描绘的是在火车上行经杭江铁路一路所见到的精彩风景，他把这一路风景比喻为一部“活动的影片”，和“一部以自然美做题材的”、有情节、有布局、有 Climaxs 也有大团圆的小说，引领读者顺着他的视野和精彩布局，尽情饱览了多姿多彩的沿途风光。

下着蒙蒙细雨的秋天，为这部以山水为题的“小说”提供了最好的背景，平凡单调的平畴为“情节”做了最好的铺垫，山是作者描写的第一个画面，作者用拟人手法描写了山的千姿百态：“有的从她伙伴们的肩膊缝里露出半个罩着面幕的容颜，有的从她姊妹们的云鬓边透出一弯轻扫淡妆的眉黛。浓妆的居于前列，随着你行程的弯曲献媚呈妍”，千娇百媚的山姿让你依依不舍。

接着是渐渐隐去的山影做了平畴的“镶绲”，就像文章的过渡段，使“小说进入了下一个“情节”，变化莫测的山形构成了一出“神秘剧”：“你向左看时，山的轮廓很暧昧，向右看时，却如几何图画一般的分明”，“但是走过几分钟之后，暧昧和分明的方向忽然互换了”，无法解释的神秘产生引人入胜却又让人迷惑不已的魅力。

“神秘剧”结束，又上演“中古浪漫剧”：广阔的田畴像“铺着一条广漠的厚毯”，“黄、红、绿三种彩色”构成了“平面几何的一切图形”，“在向后飞驰的过程中化成一切可能的彩色。浓艳极了，富丽极了！”

后来经过几个各具特色的“自然段”的过渡之后，这部“大自然的小说”又进入了更精彩的片段，也就是整部“小说”的“Climax”了：苏溪沿岸那片“满山满坞的红”，“满坑满谷的红”。这片红的奇特在于柏子叶的红夹杂着荞麦杆的红，像“一袭红锦制成的无缝天衣”，这件天衣的神奇之处在于它打破了一切几何学的图形，呈现让你无法捕捉，无法想象，令你“离迷惝恍”的变幻。

最后作者以一段感想为“这部大自然的小说”作结：“在这一带，有山、有水、有溪滩、却也有平畴，但都布置得那么错落，支配得那么调和。”所谓“文章本天成，妙手偶得之”，在这“细雨蒙蒙红叶遍山的时节”，我们与作者一起，沿着杭江铁路，完成了一次风景如画的“火车之旅”，自然也跟作者一样，流连不已、回味不已。

意之美

本文感染我们的，除了作者笔下杭江铁路沿途的美丽风景，更多的是作者在文中表露的对自然美景的一腔激越昂扬的热爱之情。

正如作者所言：“我们如果暂时不谈风雅，那么觉得火车上看风景也有一种特别的风味。”“秋是老的了，天又下着蒙蒙雨，正是读好书的时节。”作者哪里是在看风景，他分明是在品味自然这部浩然之作。正是有了这份深情，其笔下的风景才有了那样的生机和魅力。

文章通篇都饱含着作者对所见到的风景的欣喜与赞美的浓烈热情，如“平畴突然被山吞下去了”，“山做我们前面的仪仗了”；再如“以前，山势虽然重叠，虽然复杂，但只能见其深，见其远，而未尝见其奇，见其险。以前，山容无论暖昧，无论分明，总都载着厚厚一层肉，至此，山才挺出峋嶙的瘦骨来”。这哪里是在写山，分明是和神交已久的老友相遇，带着真情，带着惊喜，去观察、去欣赏它的容貌、气度和每一点细微而奇妙的变化。

正因为这份真挚而强烈的浓情，才使作者笔下的景物仿佛都有了感情，有了生命，有了更加丰厚、更加活跃的美感，文章也才会产生如此荡气回肠的感染力。

文之美

古今中外，写景名作不胜枚举，但是像这篇“火车上看风景”的精品确属凤毛麟角。不论在文章布局构思还是语言表达上都让读者有耳目一新之感。

正如作者所言，“风景本是静物，坐在火车上看就变成动的了……若在火车上看，那风景就会移步换形，供给你一套连续不断的不同景象，使你在数小时之内就能获得数百里风景的轮廓。”火车上看风景的独特构思为写景提供了新颖独特的观察角度和观察方式，为大跨度，多角度地写景提供了广阔的空间。便于作者动而不乱、井然有序地将一幅幅风景呈现于读者眼前，使读者真的如看一部“活动的影片”一样，饱览了作者乘火车沿途所见到的一幅绝美的秋景图。

作者将沿途所见到的变幻多彩的风景比喻成“活动的影片”，这部影片上演了“一部以自然美做题材的有情节的，有布局的——有开场，有 Climax，也有大团圆的小说”，如此精巧的构思，顿时给所描绘的景色增添了更多的神奇和美感，使文章更增添了许多的曲折性、生动性和感染力。在作者所描绘的这部由大自然创作的“小说”中，有序曲、有铺垫、有过渡、有高潮、有尾声，整篇文章读来疏密相间，跌宕起伏，富有艺术的节奏感和韵律感。

另外，通篇生动精彩的拟人和比喻手法的运用，使文章语言生动明丽，产生了强烈的表现力和感染力。例如，写山——“哪一块山都和它的同伴们或者并肩，或者交臂，或者搂抱，或者叠股”；“有的从她伙伴们的肩膊缝里露出半个罩着面幕的容颜，有的从她姊妹们的云鬓边透出一弯轻扫淡妆的眉黛。浓妆的居于前列，随着你行程的弯曲献媚呈妍；淡妆的躲在后边，目送你忍心奔驰而前，有若依依不舍的态度。”写平畴——“这三种彩色构成了平面几何的一切图形，织成了波斯毯、荷兰毯、纬成绸、云霞缎……上一切人类所能想象的花样。”写风景的奇幻多变——“我们领略着文艺复兴期的荷兰的画图，我们身入了《天方夜谭》里的苏丹的宫殿”，这新奇生动的表达，让读者感觉随作者一起完成的，不仅是一次风光之旅，还是一次充满了想象力的浪漫艺术之旅。

学而有得

① 杭江（浙赣）铁路是民国时期全国唯一的东西向铁路交通，也是20世纪长江以南最重要的交通大动脉。请查阅这一铁路线的相关知识，加深对课文内容的理解。

②“一切景语皆情语”，“观山则情满于山，观海则意溢于海”，说的都是写景要做到情景交融。细读课文，分析体会作者是如何在写景中融汇和流露内心感情的。

③“在火车上看，那风景就会移步换形，供给你一套连续不断的不同景象，使你在数小时之内就能获得数百里风景的轮廓。”梳理文章脉络，归纳本文写景布局的精巧构思。现代社会，科技的高速发展赋予了我们更广阔的视野。在凌空翱翔的飞机上鸟瞰，在劈波斩浪的巨轮上远眺，在飞架天堑的缆车上饱览……学习这种新颖的观察角度，在自己参观过的景点中选取一个加以描绘，同学之间互相交流。

坐在桥上，我就这么定定地看着周庄，从一块石板、一株小树、一只灯笼，到一幢老屋、一道流水。这么看着的时候，就慢慢沉入进去，感到时间的走动。

绝版的周庄

王剑冰[①]

你可以说不算太美，你是以自然朴实动人的。粗布的灰色上衣，白色裙裾，缀以些许红色白色的小花及绿色的柳枝。清凌的流水柔成你的肌肤，双桥的钥匙恰到好处地挂在腰间，最紧要的还在于眼睛的窗子，仲春时节半开半闭，掩不住招人的妩媚。仍是明代的晨阳吧，斜斜地照在你的肩头，将你半晦半明地写意出来。

我真的不知道，你在那里等我，等我好久好久。我今天才来，我来晚了，以致使你这样沧桑。而你依然很美，周身透着迷人韵致。真的，你还是那样纯秀、古典。只是不再含羞，大方地看着每一位来人。周庄，我呼唤着你的名字，呼唤好久了，却不知你在这里。周庄，我叫着你的名字，你比我想像的还要动人。我真想揽你入怀。只是扑向你的人太多太多，你有些猝不及防，你本来已习惯的清静与孤寂被打破了。我看得出来，你已经有些厌倦与无奈。周庄，我来晚了。

有人说，周庄是以苏州的毁灭为代价的。眼前即刻闪现出古苏州的模样。是的，苏州脱掉了罗衫长褂，苏州现代得多了。尽管手里还拿着丝绣的团扇，已远不是躲在深闺的旧模样。这样，周庄这位江南的古典秀女便名播四海了。然而，霓虹闪烁的舞厅和酒楼正在周庄四周崛起，周庄的操守能持久吗？

参加“富贵茶庄”奠基仪式。颇负盛名的富贵企业和颇负盛名的周庄联姻。而周庄的代表人物沈万三[②]也是名富，真是巧合，代表富贵茶庄讲话的，是一位长发飘逸的女郎，周庄的首席则是位短发女子，又是巧合。富贵、茶、周庄、女子，几个字词在漾漾春雨中格外亮丽。回头望去，白蚬湖下闪着粼粼波光。

想起了台湾作家三毛，三毛爱旅游，三毛的足迹遍布全世界，三毛的长发沾得什么风都有。三毛一来到周庄就哭了，三毛搂着周庄像搂着久别的祖母。三毛心里其实很孤独。三毛没日没夜地跟周庄唠叨，吃周庄做的小吃。三毛说，我还会来的，我一定会来的。三毛是哭着离去的，三毛离去时最后亲了亲黄黄的油菜花，那是周庄递给她的黄手帕。周庄的遗憾在于没让三毛久久留下，三毛一离开周庄便陷入了更大的孤独，终于把自己交给了一双袜子。三毛临死时还念叨了一声周庄，周庄知道，周庄总这么说。

入夜，乘一只小船，让浆轻轻划拨。时间刚过九点，周庄就早早睡了，是从没有电的明清时代养成的习惯？没有喧闹的声音，没有电视的声音，没有狗吠的声音。

周庄睡在水上。水便是周庄的床。床很柔软，有时轻微地晃荡两下，那是周庄变换了一下姿势。周庄睡得很沉实。一只只船儿，是周庄摆放的鞋子。鞋子多半旧了，沾满了岁月的征尘。我为周庄守夜，守夜的还有桥头一株灿然的樱花。这花原本不是周庄的，如同我。我知道，打着鼾息的周庄，民族味儿很浓。

忽就闻了一股沁心润肺的芳香。幽幽长长地经过斜风细雨的过滤，纯净而湿润。这是油菜花，早上来时，一片一片的黄花浓浓地包裹了古老的周庄。远远望去，色彩的反差那般强烈。现在这种香气正氤氲[③]着周庄的梦境，那梦必也是很有颜色的。

坐在桥上，我就这么定定地看着周庄，从一块石板、一株小树、一只灯笼，到一幢老屋、一道流水。这么看着的时候，就慢慢沉入进去，感到时间的走动。感到水巷深处，哪家屋门开启，走出一位苍髯老者或纤秀女子，那是沈万三还是迷楼的阿金姑娘[④]？周庄的夜，太容易让人生出幻觉。

（资料来源：林非编选．2001．中华百年游记精华．北京：人民文学出版社．）

注释

① 王剑冰：河北唐山人。1982年毕业于河南大学中文系。专业作家，河南省作家协会副主席，河南省散文学会会长，中外散文诗协会副主席，《散文选刊》主编。出版著作主要有诗集《日月贝》、《欢乐在孤独的那边》；散文集《苍茫》、《蓝色的回响》、《绝版的周庄》；理论集《散文创作谈》、《散文时代》；长篇小说《卡格博雪峰》等。散文《绝版的周庄》被翻译为多国文字，并被刻碑于周庄，王剑冰也为此被周庄授予"荣誉镇民"的称号。

② 沈万三（公元1330—1379年），名富，字仲荣，俗称万三。元末明初人。江南巨富。沈万三在周庄、苏州、南京、云南都留下了足迹，且始终把周庄作为他的立业之地。由沈万三后裔于清乾隆七年（公元1742年）建成的沈厅至今坐落在周庄的南市街上，成为现存的江南古建筑和周庄明清建筑的典型。

③ 氤氲：形容烟或云气浓郁。

④ 迷楼的阿金姑娘：迷楼，原名德记酒店，于清代光绪末年（公元1908年）落脚周庄贞丰桥畔，以幽静景色吸引诸多文人墨客光顾，阿金是店主女儿，以其美貌闻名遐迩。迷楼至今仍是周庄重要的古迹之一。

美点品悟

景之美

周庄，一个有着900年历史的江南小镇，因其至今保存完好的古代精美建筑和典型的"小桥、流水、人家"的水乡景致而名扬天下，被誉为"世界最佳魅力水乡"，世界各地的人们纷纷慕名而来。当代著名散文作家王剑冰算得上是这其中最一往情深的一位，他多次亲近周庄，用心感受周庄，写下了大量表现周庄的散文，而《绝版的周庄》是其中尤为卓然不群，脍炙人口的一篇。

作者以"绝版的周庄"为题，用精致玲珑的文字，洗练、写意的笔法，勾画了周庄那无可模仿，无法翻版的绝代风韵。他把周庄比喻成一位“自然朴实动人”的江南秀女，从朴素的色彩到妩媚的神韵，表现了周庄从外到内的美。“粗布的灰色上衣，白色的裙裾，缀以些许红色白色的小花及绿色的柳枝”表现周庄自然朴实的外在美；“清澈的流水柔成你的肌肤，双桥的钥匙恰到好处地挂在腰间”，描绘她古典、沉静的性格美；“仍是明代的晨阳吧，斜斜地照在你的肩头，将你半晦半明地写意出来”则是写出了周庄因悠久的历史与沧桑的历练而形成的底蕴丰厚的气质美。

而对周庄入夜之后景色的描写，则尤为传神地刻画出周庄作为水乡的独特神韵，“没有喧闹的声音，没有电视的声音，没有狗吠的声音”，描写的是周庄的幽静；水是“周庄的床”，船是“周庄的鞋”，揭示的是周庄与水互为依存，相得益彰呈现的独特的水乡之美；一片黄黄的油菜花“将周庄浓浓裹住”，则描绘出周庄那特有的清新、淳朴的乡土之美。

作者就是这样，用灵动诗意的文字，把一个原本陌生的江南小镇鲜活地捧到了读者的眼前。在他笔下，周庄好似一个着一袭江南荷叶色裙裾的窈窕女子，朴实自然，沉静柔美，又无时无刻不散发着古典、含蓄的迷人神韵，让每一位读者都无法不被她那独具韵致的美所吸引，所打动。

意之美

在诸多喜爱周庄的作家中，王剑冰堪称最痴情的一位。几年来，他陆续写了很多“周庄散文”，如《水墨周庄》、《天堂回韵》、《巷弄深深》、《岁月中飞翔的瓦》、《周庄的蓝》等，他的内心有“周庄情结”。

作者把周庄当成自己爱恋的江南秀女，细腻地感受并真挚地赞美周庄那独具风韵的美，将内心一腔迷恋、热爱的浓情宣泄得淋漓尽致。

尤其是第二自然段，作者更是直抒胸臆，真诚而热烈地倾诉了对周庄的一腔“柔情蜜意”，特别是内心对周庄那份相知与相怜的“知己情怀”。他写道：“我真的不知道，你在那里等我，等我好久好久。我今天才来，我来晚了，以致使你这样沧桑。”“周庄，我呼唤着你的名字，呼唤好久了，却不知你在这里。”“我看得出来，你已经有些厌倦与无奈。周庄，我来晚了”……那么是什么让作者对周庄如此迷恋，如此相知以怀呢？通读全文，可知是周庄特有的那份“自然朴实动人”的淳朴景致，是那份因岁月而与日俱增的历史文化底蕴，是那份沉静、恬淡的小城气质，是日渐喧杂的世界中，那份卓然不群的自然、淳朴、古典的宁静与优雅。而这些，恰恰是在喧嚣纷杂的现实中日渐缺失的品质，也是很多人深藏内心的一种精神诉求。

正因对周庄的珍爱与迷恋，又使作者的内心对她的处境与命运多了几份疼怜与担忧：“扑向你的人太多太多，你有些猝不及防，你本来已习惯的清静与孤寂被打破了。我看得出来，你已经有些厌倦与无奈。周庄，我来晚了。”随着周庄知名度的不断提升，一批批慕名者、写生者，从社会名流到无名游客纷至沓来，知名大企业开始在周庄粉墨登场，“霓虹闪烁的舞厅和酒楼正在周庄四周崛起，周庄的操守能持久吗？”伴随着商业狂潮的席卷，那充斥社会的急功近利、唯利是图、尔虞我诈的风气会不会也被裹挟而来？周庄的淳朴、恬淡、宁静与优雅的操守还会持守多久？周庄这座商业大潮中的“绿色孤岛”会不会像一个又一个“苏州古城”一样，迟早被淹没？作者这些内心深处的忧虑，不能不引发我们每个人的喟然深思：在传统与现代的对峙中，那些优秀传统与文化的命运将面临怎样的考验？它们的未来会走向哪里？作为继往开来的一代，我们又该如何承担起呵护、传承优秀传统文化的使命？这是一个极具现实意义的话题，也是“绝版的周庄”五个字所承载的沉甸甸的内涵。

文之美

巧妙运用拟人手法，将咏赞对象——周庄人格化，用第二人称与其进行直接对话和抒情，是本文最为独特的艺术构思。

真情所至，匠心独具，作者将周庄比拟成一位朴实自然又妩媚动人的江南秀女，对她的真情倾诉，表达了作者对周庄特有的淳朴自然、沉静恬淡、古典优雅环境的热爱与珍视。“周庄，我叫着你的名字，你比我想像的还要动人。我真想揽你入怀”，“你本来已习惯的清静与孤寂被打破了。我看得出来，你已经有些厌倦与无奈。”这种直抒胸臆的倾诉与表达，更能产生一种情真意切的抒情效果和真挚强烈的感人力量。

在语言表达上，作者善于运用比喻和拟人的修辞手法，将深远的寓意寄托在一些生动具体的抒情意象上，使表达的思想与情感具体生动，形象可感，使文章产生了非同一般的表现力和艺术感染力。例如，“仍是明代的晨阳吧，斜斜地照在你的肩头，将你半晦半明地写意出来。”意在对周庄走过漫长的历史却能依旧保持那份恬淡、宁静的古典之美，表示深情的赞誉。再如，“时间刚过九点，周庄就早早睡了”，一个拟人化的“睡”字，既写出了周庄的安静，又流露出自己内心的一腔柔情。而“周庄睡在水上。水便是周庄的床。一只只船儿，是周庄摆放的鞋子”则形象地描绘了水乡特有的神韵……这些句子想象奇特，表达生动，像功力非凡的简笔画，既传神地勾画出周庄的独特韵致，也真挚地抒发了作者的内心情感。

总之，作者以丰富的想象和极具韵味的皴画渲染，化景物为情思，调动多种艺术手法，为读者描绘了一幅清新淡雅的江南水乡图；又运用优美的语言营造了浓郁的气氛，渲染了极致的韵味，让人从心灵深处体味到周庄的自然、人文景观之美。全文读来，如诗如画，韵致隽永。

学而有得

① 从讨论“绝版的周庄”的深刻含义入手，体会作者在文中表达的对周庄浓厚复杂的感情。

② 细读课文，体会归纳文章在语言上有哪些突出特点。

③ 周庄镇的镇长庄春地曾不无感慨地说自己在受“夹板气”。因为享受现代文明的城市人不断涌向周庄，想要追寻从前古朴、纯真的意蕴；而生活在周庄的人却盼望着和现代接轨，盼望尽快改善自己的生活。如何在这一矛盾中取得最佳的平衡点？请谈谈你的建议。

④ 作者在文章第五自然段，讲述了台湾作家三毛与周庄的情感纠缠。联系上下文，谈谈作者这样写的深刻用意。

行知天下

周　庄

周庄位于上海和苏州之间，是隶属于江苏昆山市的一座有着900多年历史的典型江南水乡小镇。境内外河港纵横，大小湖泊环绕，“咫尺往来，皆须舟楫”。仅有0.47平方千米的周庄共有14座400～800年历史的古桥。周庄的建筑古朴，60%的民宅仍保留着明清时期的建筑风貌，雕梁画栋，飞檐翘脊，门楼、屋檐、窗棂上的阴阳篆刻技艺精湛，令人称奇。

千年历史沧桑和浓郁吴地文化孕育的周庄，以其灵秀的水乡风貌，独特的人文景观，质朴的民俗风情，成为东方文化的瑰宝。被联合国教科文组织列入世界文化遗产预备清单，荣获迪拜国际改善居住环境最佳范例奖、“中华环境奖”、“世界最佳魅力水乡”、十大“中国最美的村镇”等一系列的称号和荣誉。周庄，集中体现了江南“小桥、流水、人家”的水乡风貌，著名画家吴冠中曾撰文说“黄山集中国山川之美，周庄集中国水乡之美”。

双　桥

双桥俗称钥匙桥。双桥不是指有两座桥，其特殊意义在于，通过湖面的倒影与桥本身形成了一个标准的圆，很有特色。它由一座石拱桥——世德桥，一座石梁桥——永安桥组成。清澈

的银子浜和南北市河在镇区东北交汇成十字，河上的石桥联袂筑，显得十分别致。因为桥面一横一竖，桥洞一方一圆，样子很像是古时候人们使用的钥匙，当地人便称之为“钥匙桥”。

蚬江渔唱

白蚬江长十余里，横亘于周庄镇西侧，因江中盛产白蚬而得名。每当下午，渔船满载而归，在江畔抛锚泊船，晾网卖鱼，平静的港湾立即沸腾起来。傍晚时分，船头上三五成群的渔民，纷纷饮酒作乐。待明月初升，酒兴正酣，不知谁先扣弦高歌，于是此起彼伏，互相应答，古老的渔歌在江面上传得很远，呈现一派粗犷淳厚的情趣。

著名的哲学家黑格尔曾在这里留下足迹，这个有着“北欧威尼斯之称”的小城，将历史的深沉与现实的宁静如此完美地结合……

我常走过的街道

张海迪[①]

走在班贝格的街上，我总有一种虚幻的感觉，仿佛回到了古代，而且是外国的古代，就像描写欧洲中世纪的电影一样，古老的建筑，石头铺的街道，王公贵族们在骑士的簇拥下，坐着华丽的马车招摇而过……

班贝格有着悠久的历史。1007年，当时的罗马教皇决定将班贝格设为主教管区（Bistum），从此，班贝格的城市建设，特别是教堂和修道院的建设就兴盛起来。先是在1012年建造完成了气势恢宏的Dom大教堂，它最显著的特点是四个高高的尖塔矗立在教堂的四个角。在这座教堂里安葬着亨利希二世国王和他的妻子库尼贡德，这对帝王夫妇的雄心原本是想把班贝格变成第二个罗马。在这个教堂里安身的还有教皇克莱门斯二世，他是唯一一位死后安葬在阿尔卑斯山以北的教皇。

这座教堂原本是按照罗马风格建造的，只是因为它先后两次毁于大火，1237年重建完成时，才有了现在这样晚期罗马式和早期哥特式相结合的建筑风格。1015年，Dom大教堂刚刚完工，坐落在米歇埃尔山上的圣·米歇埃尔修道院又动工兴建，1065年，仿照Dom大教堂的风格建造的圣·雅科布斯教堂也开始建造……我住的房子对面的“我们的圣母”修道院，在它的后面是按照希腊十字风格建设的圣·斯特凡大教堂，离我的房子门口大约五十米远的地方，还有一个很不起眼、大门黑乎乎的基督教堂……

这是一个真正意义上的宗教城市，不仅是那几十座教堂和修道院，而且，很多建筑物也都有浓厚的宗教意味。我现在就生活在这样一座城市里，在这座古老城市的中心，我的房子前后左右都有教堂或修道院。这里的街道都很窄，弯弯曲曲，石头铺的路面很不平整。与中国的古街不同的是，班贝格的古街都用细细的长石条铺成，人们把长石条竖着钉入地下，一块一块构成密集的石柱路面，这样的路面经久耐磨，所以很多古街历经数百年依然完好。从我的大房子出来，过了马路，拐一个弯，就是康考迪亚大街（Concordia Strasse），这是一条狭窄的街道，街道两边有几处古老的大房子，三层楼或者四层楼，墙面都很古旧，门很大，汽车可以直接开进门里去。大门后面都有庭院，里面光线很暗，看样子住着好几户人家。屋顶都用红色的瓦覆盖着，非常陡峭，我想，或许因为以前这里冬天经常下雪，坡度陡的屋顶可以让雪自然滑落，不会压塌屋顶。

沿着康考迪亚大街走一小段路，街道就更窄了，路面不平整，两边的房子也越来越简朴，都是一家一户的小房子，狭窄的门，低矮的窗户，路边还有好几条胡同通向左侧的河边和右侧的山坡。这里很像国内的小巷，门口停着自行车，傍晚，有时候会有几个男孩在这里踢足球。夜晚从那里经过，能听到低低的说话声从窗户里传出来，或者从窗帘后面透出柔和的灯光。我想，那一定是个温馨的家。这里家家户户的窗台上都摆放着花盆，花盆里的花有的淡雅，有的浓艳，有的是单纯的红色，也有的色彩缤纷，花盆把简朴的古街装扮得是那么富有生气。

我经常从这条街上走过，因为要去国际艺术家之家参加各种活动，讲座、音乐会，或是展览，而国际艺术家之家就坐落在这条街的尽头。由于国际艺术家之家的活动大多数在晚上举行，我便常常在晚上走过这条街道，这寻常人家居住的街道上那种平静温馨让我感动。每次走过这条街，在快到艺术家之家的时候，我都会看见一只猫坐在家门口的台阶上，它的脸一半是黑色的，另一半是白色的。看见我，它总要喵喵地叫几声，好像跟老熟人打招呼一样。夜里，当我从艺术家之家出来，也一定会看见它忠实地守卫着自己的家门，还是那样有礼貌地跟我打招呼，喵呜——我曾想，德国的猫和中国的猫叫声都一样，全世界的喵呜都是一样的吗？喵呜是什么意思呢？

我的大房子不远处有一个用石头铺成的小广场，广场的中心有三棵树，树下有几排绿色的长椅。从那里向左拐一个弯，就是几条小巷，最左边的一条通往Dom大教堂，中间一条通往娱乐和餐饮街Sand Strasse，右边的那条通往老市政厅和几座横跨雷格尼茨河的桥。我总是沿着右边那条小巷，走过一条两边都是商店的马路，到老市政厅旁边的那座桥（Untere Brcke），过河去市中心的市场。因为那座桥是后来重建的，是一座水泥桥，平坦，没有坡度，不像老市政厅的那座桥，两边都是比较陡的坡。

过了这座桥，就是班贝格的市中心了，一条朗格大街（Lange Strasse）可以说是班贝格最宽阔，也是最繁华的马路了，但因为路窄，所以是一条单行道。在这条马路的两边，商店鳞次栉比，有服装店、鞋店、钟表店、咖啡馆，还有卖土耳其风味小吃Dner的商店。有时候我和我先生不想自己做饭，就去那家土耳其小吃店买Dner，二点五欧元一个。售货员把一个大面包一样的大饼从中间横着切开，放到一个烤炉里烤热，然后从一个竖着的肉柱上削下肉片，问我要不要放Chilly（辣椒），我说要，她就把肉、辣椒面儿、西红柿片、洋葱片、生菜叶子一起放进切开的面包里夹好，再用锡纸包好，递到我手上。那种Dner是我喜欢的美味。

除了朗格大街，我走得最多的是它旁边的步行街，那是一个很大的露天市场，市场上有好几个卖花的摊点，我去朋友家里时带的花都是在那里买的。这里的花品种不算多，价钱也不便宜，但是有一些预先配好的花盆或花束，有的搭配得还不错，红花绿叶，或者白花红叶，卖花的人会问你，是给女朋友，还是给男朋友；给老人的，还是给孩子的。问清以后，卖花人会帮你挑选，然后包好，递到你手上。

步行街两边的商店最大的特点就是大，在门口看着门厅不大，进去以后才知道，里面大着呢。大多数商店的门口都没有台阶，里边上下楼都有垂直电梯，我坐着轮椅出入很方便。班贝格虽小，但也有一些德国著名的连锁商店，像Karstadt这样的大型百货商店，还有很多服装连锁店像H&M，里面出售的服装大多数都是Made in China。也有WMF这样的高档厨房用具商店。在这里买东西可以很放松，没有人向你推销商品，愿买就买，不愿买看看也行。在这里的一些小街上，还有桥边的小商店，都卖各种艺术品，那些东西有的就放在门外的小桌上或是窗台上，人们可以随意挑选，没有人拿了东西不给钱。在这里的古堡山上，有一个老妇人在院子里种了一些菜，她自己吃不了，就把菜放在家门口卖。她把菜分成一份一份的，有西红柿、菠菜、芸豆、菜瓜、黄瓜，可是她并不看管那些菜，人们买了菜，会照牌子上写的价钱把钱放在筐子里。我想，究竟是什么在约束着德国人的道德，德国的这种秩序是怎么建立起来的呢？

从我住的房子出来，过了马路，然后顺着马路一直往下走，就是Bischofsmhlbrcke（主教磨坊桥）。晚上，我会常常到这座桥上散步，看着雷格尼茨河湍急的河水从磨坊桥下哗哗地冲出来，奔涌着，两边河岸上暗淡的灯光映入激流，无声地闪动，这是自然的鸣响与民居的宁静的奇特组合。

走在班贝格的旧城区里，就会想起骑马的人，或是坐马车的人。这里还真有马车，是我过去在电影里见过的，很古典的马车。现在马车上坐的已经不是王公贵族，而是对这座城市的历史和风光感兴趣的游客。马车载着他们很悠闲地走过小桥，穿过小巷，浏览一千年以来的历史遗迹，也走过重叠着过去和现在的朗格大街。

（资料来源：张海迪．2009．我的德国笔记．北京：人民文学出版社，25．）

注 释

① 张海迪（1955年— ），生于济南。五岁时，因患脊髓血管瘤导致高位截瘫，自学完成了小学、中学和大学的学习，并且获哲学硕士学位。现任全国政协常委，中国残疾人联合会主席，中国作家协会委员，山东省作家协会副主席。出版的作品有长篇小说《轮椅上的梦》、《绝顶》、《天长地久》；散文集《向天空敞开的窗口》、《生命的追问》、《美丽的英语》等。

美点品悟

景之美

班贝格是德国北部一个拥有上千年历史的小城，在读到张海迪的这篇文章之前，这座城市对于大多数中国读者来说，都是遥远而陌生的。

2007年张海迪应邀到德国作访问学者，在班贝格工作、学习了一年。这一年里，张海迪不仅潜心研修文学，与各国艺术家、文学家进行广泛深入的交流，还用她敏锐的观察和细致的体验，深入地认识和感受了这座德国小城的景色、历史和风情。随着作者的娓娓介绍，读者们仿佛也在小城的小街小巷走了一遭，小城所拥有的厚重的历史、独特的景色和温馨亲切的城市风情，深深地吸引着我们。

首先，作者描写了班贝格作为一个千年古城特有的风貌，她写道："走在班贝格的街上，我总有一种虚幻的感觉，仿佛回到了古代……就像描写欧洲中世纪的电影一样"，"班贝格的古街都用细细的长石条铺成，人们把长石条竖着钉入地下，一块一块构成密集的石柱路面，这样的路面经久耐磨，所以很多古街历经数百年依然完好。"在作者的叙述中，古老的街道、古旧的墙面、狭

窄的街巷、简朴的房屋、狭窄的门、低矮的窗户，都呈现着一个古老城市的特有风貌。

其次，作者着重描绘了班贝格作为宗教城市的特有风光。班贝格在1007年就被罗马教皇设为主教区，不仅“我的房子前后左右都有各种建筑风格的教堂或修道院”，留下很多宗教历史遗迹，“而且很多建筑物也都有浓厚的宗教意味”。体现了班贝格最突出的宗教城市风光。

十余年前，一个广播电台用这样的话来描述班贝格：“整个20世纪在这里人的眼里仿佛只是一个谣传……”生活在这样一个静谧仿若中世纪的小城中，人们的心态也是惬意、悠然、放松的。作者用了很多具体而细腻的描写表现班贝格的这种静谧、温馨的城市感觉：家家户户的窗台上都摆放着色彩缤纷的花盆；露天市场上也常见卖花的摊点；大型商场里也是随意、放松的氛围；就连小商店里的各种艺术品、自家种的蔬菜，都是随意挑选，自觉付钱的；在夜晚能听到低低的说话声从窗户里传出来，还有那在台阶上喵呜着的小猫也令人感觉亲切和熟悉……

总之，随着作者的娓娓叙述，这个遥远而陌生的德国城市，它的建筑风貌、它的历史内涵、它的人文风情，都一一呈现在我们面前，生动而真切。

意之美

苦难往往会造就坚强的灵魂，张海迪以其切身经历为我们展现了生命的坚韧、人生的灿烂。她克服身体障碍，飞越千山万水，到德国作访问学者；以热情传递友谊，用勤奋收获知识。透过流畅而质朴的文字，读者们不仅看到了德国小城班贝格的城市风光、风土人情，看到了那里的人文、社会公共设施，更看到了张海迪用心灵对那里的一切细细感受，孜孜探求。

张海迪在克服诸多身体不便的情况下，争分夺秒地学习德语，交流文化，感受德国的一草一木。对班贝格悠久历史的探求，对宗教知识的了解，透露出她学识的渊博，读书的广博，对历史文化、人类文明的热爱。

寻常人家居住的街道上那种平静温馨让她感动，家家户户窗台上摆放的盆花让她感到充满生气，就连坐在台阶上的猫的喵呜声也会引起她的关注与兴趣。张海迪用她清淡的笔触，细腻敏感的心灵，表达了对一切美好事物的热忱。

张海迪用文字中这份穿透纸背的温暖，这份对生活的无比热爱，对知识、对一切美好事物的永远渴求，正是我们要不断修正的自己的方向。

文之美

张海迪以其身残志坚的人格魅力深深打动了万千中国人，她的作品也充满了阳光、温婉的女性特点。《我的德国笔记》是一本随笔散文集，记录了作者在德国班贝格一年间游学与生活的点点滴滴，以亲身经历叙述其日常的所见所闻、所感所想，娓娓道来，平淡之中显真情。

作者的文字自然清新，美丽宁静。作者以其流畅而质朴的风格，向读者们展现了异国小城的风光。跟随张海迪的视线，读者们感受着这座城市的过去与现在，与那里的每一块石头相遇，和城里的每一个人微笑，看悠闲的猫睡觉，让生动的德国小城的美景水一般地在笔下潺潺流动……在张海迪细腻温婉的笔触间，读者们仿佛回到中世纪那个优雅的艺术之都，那个无比精致的时代，那个充满情调的欧洲。自然清新的文字，温柔地抚过心灵，那个曾经以身残志坚感动我们的张海迪已经超越了自己，变得更加知性、美丽、智慧。

张海迪的文字，温婉、细腻、阳光、恬静，这些写于世界文化遗产城市——班贝格的优美文字，如一道清泉，细细潺潺流淌在心间；仿若一列国际列车，一路带我们领略美妙的异国文化与风光。

学而有得

① 张海迪把德国之行的见闻与感受写成了博文，发表在自己的博客上 http: //blog. sina. com.cn/haidi，可以登录阅读，进一步了解张海迪，了解她的德国之行。

② 班贝格最值得骄傲的是它的宗教地位和教堂建筑，宗教在西方国家有着极重要且特殊的地位。作为旅游专业的学生，对不同的宗教与习俗应有较全面的了解，请以手抄报的形式把你收集到的世界主要宗教常识展现出来。

③ 由于位于雷格尼茨河畔，班贝格又被称为“小威尼斯”。本文中海迪带大家游览了班贝格的大街小巷，同样是描写城市景观，朱自清的《威尼斯》也历来被人称道。请比较阅读这两篇文章，说说两位作家描绘的城市景色有何异同，表达的主题与情感有何异同。

行知天下

北欧威尼斯——班贝格

班贝格市是德国巴伐利亚州位于雷格尼茨河畔的一个风景如画的小城市，也是一座具有上千年悠久历史的皇城和主教城市，这座由皇帝创建的城市，由于主教们在经济上的大力投入而使德国出现了一座绝无仅有的教堂城市。

班贝格的街道

班贝格仍然拥有着德国最大的保存最完好的历史老城，是中世纪早期城市样貌的典型代表，拥有两千多处文物古迹。城内半木结构的房舍错落有致，窄窄的小巷，带有豪华的巴洛克风格的外观，这一切都笼罩在静谧中。而春天则是班贝格最美丽的季节，尤其是当你穿梭在雷格尼茨河边的大街小巷时，“小威尼斯”的水乡风光会让你流连忘返。

班贝格是德国为数不多的未受战争摧残的历史城区。1993年，班贝格被列入了世界文化遗产名单。

班贝格的DOM教堂

大教堂（Kaiserdom）是班贝格的历史及精神中心，罗马帝国皇帝亨利二世（Heinrich II）在1007年把班贝格升为主教区，其坟墓便在此教堂内。大教堂于1012年完成兴建，之后曾烧毁了两次，于1237年重建。当时的建筑风格正由罗马式转变为早期哥德式。大教堂以其四座挺拔的尖顶著称于德国。大教堂中沉睡着班贝格历史上最重要的几位历史人物：奠定一千年前班贝格政治中心地位的亨利二世，著名的国王康拉德三世，以及曾经担任班贝格主教的教皇克莱门斯二世。这也是阿尔卑斯山以北唯一的一座教皇墓地。

海鸥追逐着渔舟，巨浪撞击着礁石，春花染红了海港……青岛的美，等你来发现。

青　岛

闻一多①

海船快到胶州湾时，远远望见一点青，在万顷的巨涛中浮沉；在右边崂山无数柱奇挺的怪峰，会使你忽然想起多少神仙的故事。进湾，先看见小青岛，就是先前浮沉在巨浪中的青点，离它几里远就是山东半岛最东的半岛——青岛。簇新的，整齐的楼屋，一座一座立在小小山坡上，笔直的柏油路伸展在两行梧桐树的中间，起伏在山冈上如一条蛇。谁信这个现成的海市蜃楼，一百年前还是个荒岛？

当春天，街市上和山野间密集的树叶，遮蔽着岛上所有的住屋，向着大海碧绿的波浪，岛上起伏的青稍也像是一片海浪，浪下有似海底下神人所住的仙宫。但是在榆树丛荫中，还埋着十多年前德国人坚伟的炮台，深长的甬道里你还可以看见那些地下室，那些被毁的大炮飞机，和墙壁上血涂的手迹——欧战时这儿剩有五百德国兵丁和日本争夺我们的小岛，德国人败了，日本的太阳旗曾经一时招展全市，但不久又归还了我们。在青岛，有的是一片绿林下的仙宫和海水泱泱的高歌，不许人想到地下还藏着十多间可怕的暗窟，如今全毁了。

堤岸上种植无数株梧桐，那儿可以坐憩，在晚上凭栏望见海湾里千万只帆船的桅杆，远近一盏盏明灭的红绿灯飘在浮标上，那是海上的星辰。沿海岸处有许多伸长的山角，黄昏时潮水一卷一卷来，在沙滩上飞转，溅起白浪花，又退回去，不厌倦地呼啸。天空中海鸥逐向渔舟飞，有时间在海水中的大岩石上，听那巨浪撞击着岩石激起一两丈高的水花。那儿再有伸出海面的栈桥，去站着望天上的云，海天的云彩永远是清澄无比的，夕阳快下山，西边浮起几道鲜丽耀眼的光，在别处你永远看不见的。

过清明节以后，从长期的海雾中带回了春色，公园里先是迎春花和连翘，成篱的雪柳，还有好像白亮灯的玉兰，软风一吹来就憩了。四月中旬，奇丽的日本樱花开得像天河，十里长的两行樱花，蜿蜒在山道上，你在树下走，一举首只见樱花绣成的云天。樱花落了，地下铺好一条花蹊。接着海棠花又点亮了，还有踯躅②在山坡下的“山踯躅”，丁香，红端木，天天在染织这一大张地毡；往山后深林里走去，每天你会寻见一条新路，每一条小路中不知是谁创制的天地。

到夏季来，青岛几乎是天堂了。双驾马车载人到汇泉浴场去，男的女的中国人和十方的异客，戴了阔边大帽，海边沙滩上，人像小鱼一般，曝露在日光下，怀抱中是薰人③的咸风。沙滩边许多小小的木屋，屋外搭着伞篷，人全仰天躺在沙上，有的下海去游泳，踩水浪，孩子们光着身在海滨拾贝壳。街路上满是烂醉的外国水手，一路上胡唱。

但是等秋风吹起，满岛又回复了它的沉默，少有人行走，只在雾天里听见一种怪木牛的叫声，人说木牛躲在海角下，谁都不知道在哪儿。

（资料来源：闻一多．2011．闻一多精选集．北京：北京燕山出版社，171.）

注释

① 闻一多（1899—1946年），原名闻家骅，字友三。中国现代伟大的爱国主义者，坚定的民主战士，中国民主同盟早期领导人，中国共产党的挚友，诗人，学者，民主战士。新月派代表诗人，诗歌代表作有《红烛》、《死水》等，他的作品主要收录在《闻一多全集》中。

② 踯躅（zhí zhú）：徘徊。

③ 薰（xūn）人：薰，愿意是花草的香。薰人，在这里是清新宜人的意思。

美点品悟

景之美

青岛是我国著名的海滨城市，以其蓝天碧海的自然风光和中西合璧的历史文化景观吸引着众多的游人。20世纪30年代，闻一多曾在山东大学的前身国立青岛大学任教，他以诗人独到的眼光把对海滨名城青岛的感受与体察都融入了散文《青岛》之中。

作者先是从海涛中望见青岛，“整齐的楼屋，笔直的柏油路，两旁的梧桐树”，寥寥几笔就勾勒出这座岛城的大略，简洁而贴切，海滨城市的轮廓映入眼帘。近观青岛，深长的甬道里“那些被毁的大炮飞机、墙壁上血涂的手迹”又把读者带进历史的想象空间。

接下来，作者就以季节的变化为顺序，向读者展现了青岛的优美与清新。每个季节，作者都选取了最有特色的景物向读者展现了青岛的独特之美。尤其细致地描绘了春夏两季青岛的独特风光。

春天里，“岛上起伏的青稍也像是一片海浪，浪下有似海底神人所住的仙宫”，最是到了晚上，海湾里一盏盏明灭的红绿灯像是海上的星辰。他在黄昏的潮音里目送“天空中海鸥逐向渔舟飞”，又走上伸入海面的栈桥，仰望天边的云。徜徉在公园里四月里的樱花，以其美艳称奇：“十里长的两行樱花，蜿蜒在山道上，一举首只见樱花绣成的云天。樱花落了，地下铺好一条花溪”。此时的青岛，已成为一片流泻的霞彩。

夏天，是海滨城市的天堂。乘着“双驾马车”，“戴了宽檐帽”的人们，“仰天躺在沙上”，或“游泳”、“踩水浪”，“光着身在海滨拾贝壳”的孩子，“街路上烂醉的”、“一路上胡唱”的“外国水手”，成就了青岛夏天最为经典的画面。

到了秋天，虽说“满岛又回复了它的沉默”，但是“只在雾天里听见一种怪木牛的叫声”，却把人引入到无尽神秘的想象中……

一年四季，有详有略，作者展现给读者的是一幅美丽清新，层次分明的青岛风光图。

意之美

闻一多曾说过“我爱青松和大海”，这位忧国爱民的诗人对生活充满了热爱。他放弃了待遇优厚的清华大学客座教授的职位，留在青岛任教。在青岛时，他常常和友人一道漫步海滨，流连忘返，并把对青岛的爱融入进《青岛》清丽明秀的笔意间。

初次映现的青岛，牵引作者愉快的目光，看到崂山无数柱奇挺的怪峰，他会想起无数神仙的故事；岛上起伏的青稍下也似乎藏着海底神人所住的仙宫。多么悠然童真的心态！

闻一多放眼望到的，也是常人所看到的，但他却把美景感受得细致入微。到了晚上，在满岸的梧桐树下，他眺览着海湾里歇泊的帆桅，远近明灭的灯标令他仿若看见海上的星辰。他还看到“海天的云彩永远是清澄无比的，夕阳快下山，两边浮起几道鲜丽耀眼的光，在别处永远看不见的”。恐怕只有对青岛这座城市充满浓烈情感的人，才会有如此细腻独到的眼光。

海是壮阔的，花却是温柔幽香的，公园里的迎春和连翘、雪柳和玉兰，“软风一吹来就憩了”，而灿若天河的樱花“绣成一片云天”，樱花落了，“地下铺好一条花溪”。文字的光泽，透射进读者的视觉和想象的空间，仿佛能嗅到空气里飘溢的芬芳……青岛这绚烂溢彩的春天，早已驻进诗人的梦中了。

文之美

闻一多在人们的印象中是一位激情澎湃、拍案而起的诗人，他的“以美为艺术核心”的诗论，应用到写景的散文上，同样给人以清新明快的美感。这篇散文是闻一多即景抒情的文学散文，以诗意浓郁的文字充分体现了散文情景交融的特点。

作者诗人的气质使得文中景物的描写更具有了浓浓的诗味：语言简明而生动，写海的雄峻壮阔，写花的柔婉幽芬，写海湾里恍若星辰的灯标，写晚霞中鲜丽耀眼的光……作者以轻盈舒展的文笔描绘了一幅海滨城市清丽明秀的画卷。

在对青岛的景色进行描述时，作者以春、夏、秋三个季节为时间顺序，选取每个季节中富有特色的景物进行细致的描绘，并加入作者自己独到的感受：春天里繁茂的枝叶，澎湃的海浪，漫天的樱花；夏天里醺人的咸风，拾贝壳的孩童；秋天里怪木牛的叫声……为读者展示了青岛这座海滨城市的灵秀之美。这样的布局，使文章重点突出，层次分明，呈现出艺术的美感。

作者借助拟人、比喻等修辞手法，使描写的景物形象生动，表达的感情细腻贴切。例如，“伸出海面的栈桥，去望天上的云”；公园里的迎春、连翘、雪柳、玉兰，“软风一吹来就憩了”。优美的文笔不仅能让读者融入作者笔下的美景，还能感受到其平和、悠然的心态。

学而有得

① 精读课文，分析概括作者是从哪几个方面描写青岛景色的，是按照什么顺序来写的。

② 本文写于20世纪30年代，七十多年过去，青岛已经发生了天翻地覆的变化。有机会游览青岛，可以细致感受这种新旧变化，并选取一个角度，加以记叙和表现。

③ 青岛是一个风光独特的海滨城市，除闻一多外，很多作家都曾描绘过其美丽景色，如梁实秋的《忆青岛》，老舍的《青岛与山大》等，课后请阅读，比较这些作品各自突出了青岛怎样的风光，表达了作者怎样的思想感情。

行知天下

青岛海滨

青岛海滨风景区位于青岛市区南部沿海一线，东西长约25公里，南北宽约3公里。景区内赭红色的礁石、美丽的海滨、鳞次栉比的建筑，呈现出一派山、海、城相融的独特风景，每年接待中外游客多达千万人次，是国内少有的地处城市中心的海滨风景区。从20世纪初开始，青岛由一处军事重镇、商埠逐步发展成为城市，并以其优美的自然环境、适宜的气候成为当时国内最早的避暑胜地。20世纪二三十年代，国内一大批学者、文化界人士云集青岛，使得青岛成为当时中国的文化名城。

崂山景区

拔海而立、山海相连、雄山险峡、水秀云奇、山光海色、正是崂山风景的特色。在全国的名山中，唯有崂山是在海边拔地崛起的。绕崂山的海岸线长达87千米，沿海大小岛屿18个，构成了崂山的海上奇观。当漫步在崂山的青石板小路上，一边是碧海连天，惊涛拍岸；另一边是青松怪石，郁郁葱葱，会让人感到心胸开阔、气舒神爽。因此，古时有人称崂山为“神仙之宅，灵异之府”。

青岛栈桥

栈桥是青岛的象征，位于青岛湾中，与市内最繁华的中山路成一条直线，由海岸前伸入海，素有“长虹远引”之美誉。栈桥初建于光绪十八年（公元1892年），是青岛最早的码头。经1931年改建和1985年整修，现宽8米，全长440米。桥南端筑半圆形防波堤，堤内是一座具有民族风格的两层八角亭，金瓦朱壁，盔顶飞檐，题名“回澜阁”。栈桥划波斩浪，像一条长龙横卧于碧海银波。循桥渐入，仿佛走进大海的怀抱；伫立阁旁，层层巨浪澎湃涌来，拍打堤坝，击起万千碎玉；进入阁内，沿螺旋楼梯登到楼上，四周尽是宽敞的大窗，放眼望去，又是另一番怡人风景。“飞阁回澜”因此被誉为“青岛十景”之一。

◎ 让我们一起去博寻胜迹

王蒙《苏州赋》

沈从文《桃源与沅州》

梁衡《古城平遥记》

丰子恺《旧上海》

陈建功《北京滋味》

第4章

蒌蒿满地芦芽短，正是河豚欲上时

——美食文化类

中国有句古语：民以食为天。可见“食”在人们的生活中，是多么重要的内容。但是自古至今，饮食，从来就不是单纯的充饥果腹，而是一个反映了生活水平，人文环境，地域性格，民族习俗等丰富内涵的民俗文化项目。

古代李白嗜酒成就“诗仙”美名，东坡嗜肉煨出旷达情怀；现代作家诸如梁实秋、汪曾祺、陆文夫、贾平凹等，也在各自的创作中成就了风格各异的美食作品体系，他们善于在日常饮食中挖掘饮食文化的丰富内涵，抒写内心独到的情怀：或者以美食为载体，表达对民间智慧与传统文化的热爱；或者在漂泊他乡时，依着自己的“味觉记忆”来抒写那份萦萦缠绕的乡情；或者在纷杂尘事中，以一颗恬淡自然的归隐之心，在美食中寻得一份超脱，一份本真的快乐。

捧读这些美食佳作，我们可以不仅可以品到美味的酒，醇香的茶，和一道道风味各异的佳肴，更能品到历史，品到文化，品到植于生活深处的世界和民族智慧的精髓……

吴家父子的那一桌菜，内中有一只拔丝点心，那丝拔得和真丝一样，像一团云雾笼罩在盘子上，透过纱雾可见一只雪白的蚕蛹卧在青花瓷盆里。吴师傅要我为此菜取个名字，我名之曰“春蚕”，

姑苏[①]菜艺

陆文夫[②]

我不想多说苏州菜怎么好了，因为苏州市每天都要接待几万名中外游客，来往客商，会议代表，几万张嘴巴同时评说苏州菜的是非，其中不乏吃遍中外的美食家，应该多听他们的意见。同时我也发现，全国和世界各地的人都说自己的家乡菜好，你说吃在某处，他说吃在某地，究其原因，这吃和各人的环境、习性、经历、文化水平等等都有关系。

人们评说，苏州菜有三大特点：精细、新鲜、品种随着节令的变化而改变。这三大特点是由苏州的天、地、人决定的。苏州人的性格温和，办事精细，所以他的菜也就精致，清淡中偏甜，没有强烈的刺激。听说苏州菜中有一只绿豆芽，是把鸡丝嵌在绿豆芽里，其精的程度可以和苏州的刺绣媲美。苏州是鱼米之乡，地处水网与湖泊之间，过去，在自家的水码头上可以捞鱼摸虾，不新鲜的鱼虾是无人问津的。从前，苏州市有两大蔬菜基地，南园和北园，这两个菜园子都在城里面。菜农黎明起菜，天不亮就可以挑到小菜场，挑到巷子口，那菜叶上还沾着夜来的露水。七年前，我有一位朋友千方百计地从北京调回来，我问他为什么，他说是为了回到苏州来吃苏州的青菜。这位朋友不是因莼鲈之思而归故里，竟然是为了吃青菜而回来的。虽然不是唯一的原因，但也可见苏州人对新鲜食物是嗜之如命的。头刀（或二刀）韭菜、青蚕豆、鲜笋、菜花甲鱼、太湖莼菜、马兰头……四时八节都有时菜，如果有哪种时菜没有吃上，那老太太或老先生便要叹息，好像今年的日子过得有点不舒畅，总是缺了点什么东西。

我们所说的苏州菜，通常是指菜馆里的菜，宾馆里的菜，其实，一般的苏州人并不是经常上饭店，除非是去吃喜酒，陪宾客什么的。苏州人的日常饮食和饭店里的菜有同有异，另成体系，即所谓的苏州家常菜。饭店里的菜也是千百年间在家常菜的基础上提高、发展而定型的。家常过日子没有饭店里的那种条件，也花不起那么多的钱，所以家常菜都比较简朴，可是简朴并不等于简单，经济实惠还得制作精细，精细有时并不消耗物力，消耗的是时间、智慧和耐力，这三者对苏州人来说是并不缺乏的。

吃也是一种艺术，艺术的风格有两大类。一种是华，一种是朴；华近乎雕琢，朴近乎自然，华朴相错是为妙品。人们对艺术的欣赏是华久则思朴，朴久则思华，两种风格轮流交替，互补互济，以求得某种平衡。近华还是近朴，则因时因地因人而异。吃也是同样的道理。比如说，炒头刀韭菜、炒青蚕豆、荠菜肉丝豆腐、麻酱油香干拌马兰头，这些都是苏州的家常菜，很少有人不喜欢吃的。可是日日吃家常菜的人也想到菜馆里去弄一顿，换换口味。已故的苏州老作家周瘦鹃、范烟桥、程小青先生，算得上是苏州的美食家，他们的家常菜也是不马虎的。可在当年我们常常相约去松鹤楼“尝尝味道”。如果碰上连续几天宴请，他们又要高喊吃不消，要

回家吃青菜了。前两年威尼斯的市长到苏州来访问，苏州市的市长在得月楼设宴招待贵宾。当年得月楼的经理是特级服务技师顾应根，他估计这位市长从北京等地吃过来，什么市面都见过了，便以苏州的家常菜待客，精心制作，朴素而近乎自然。威尼斯的市长大为惊异，中国菜竟有如此的美味！苏州菜中有一只松鼠桂鱼，是苏州名菜，家庭中条件有限，做不出来。可是苏州的家常菜中常用雪里蕻烧桂鱼汤，再加一点冬笋片和火腿片。如果我有机会在苏州的饭店作东或陪客的话，我常常指明要一只雪里蕻大汤桂鱼，中外宾客食之无不赞美。桂鱼雪菜汤虽然不像鲈鱼莼菜那么名贵，却也颇有田园和民间的风味。顺便说一句，名贵的菜不一定都是鲜美的，只是因其有名或价钱贵而已。烹调艺术是一种艺术，艺术切忌粗制滥造，但也反对矫揉造作，热衷于原料的高贵和形式主义。

近年来，随着人民生活水平的提高，旅游事业的发展，经济交往的增多，苏州的菜馆生意兴隆，日无虚席。苏州的各色名菜都有了恢复与发展，但也碰到了问题，这问题不是苏州所特有，而是全国性的。问题的产生也很简单：吃的人太多。俗话说人多没好食，特别是苏州菜，以精细为其长，几十桌筵席一起开，楼上楼下都坐得满满的，吃喜酒的人像赶集似的涌进店堂里。对不起，那烹饪就不得不采取工业化的方式了，来点儿流水作业。有一次，我陪几位朋友上饭馆，饭店的经理认识我，对我很客气，问我有什么要求。我说只有一个小小的要求，即要求那菜一只只地下去，一只只地上来。经理无可奈何地摇摇头："办不到。"

所谓一只只地下去，就是不要把几盆虾仁之类的菜一起下锅炒，炒好了每只盆子里分一点，使得小锅菜成了大锅菜。大锅饭好吃，大锅菜却并不鲜美，尽管你是炒的虾仁或鲜贝。

所谓一只只地上来，就是要等客人们把第一只菜吃得差不多时，再把第二菜下锅。不要一涌而上，把盆子摞在盆子上，吃到一半便汤菜冰凉，油花结成油皮。中餐和西餐不同，中餐除掉冷盆之外，都是要趁热吃的。饭店经理也知道这一点，可他又有什么办法呢，哪来那么多的人手，哪来那么大的场地？红炉上的菜单有一叠，不可能专用一只炉灶，专用一个厨师来为一桌人服务，等着你去细细地品味。如果服务员不站在桌子旁边等扫地，那就算是客气的。

有些老吃客往往叹息，说传统的烹调技术失传，菜的质量不如从前，这话也不尽然。有一次，苏州的特一级厨师吴涌根的儿子结婚，他的儿子继承父业，也是有名的厨师，父子合作了一桌菜，请几位老朋友到他家聚聚。我的吃龄不长，清末民初的苏州美食没有吃过，可我有幸参加过50年代初期苏州最盛大的宴会，当年苏州的名厨师云集，一顿饭吃了四个钟头。我觉得吴家父子的那一桌菜，比起50年代初期来毫无逊色，而且有许多创造与发展。内中有一只拔丝点心，那丝拔得和真丝一样，像一团云雾笼罩在盘子上，透过纱雾可见一只雪白的蚕蛹（小点心）卧在青花瓷盆里。吴师傅要我为此菜取个名字，我名之曰"春蚕"，苏州是丝绸之乡，蚕蛹也是可食的，吴家父子为这一桌菜准备了几天，他哪里有可能有精力每天都办它几十桌呢？

苏州菜的第二个特点便是新鲜、时鲜，各大菜系的美食无不考究这一点，可是这一点也受到了采购、贮运和冷藏的威胁。冰箱是个好东西，说是可以保鲜，这里所谓的保鲜是保其在一定的时间内不坏，而不能保住菜蔬尤其是食用动物的鲜味。得月楼的特级厨师韩云焕，常为我的客人炒一只虾仁，那些吃遍中外的美食家食之无不赞美，认为是一种特技，可是这种特技有一个先决条件，那虾仁必须是现拆的，用的是活虾或是没有经过冰冻的虾。如果没有这种条件的话，韩师傅也只好抱歉："对不起，今天只好马虎点了，那虾仁是从冰箱里拿出来的。"看来，这吃的艺术也和其他的艺术一样，也都存在着普及与提高的问题。饭店里的菜本来是一种提高，吃的人太多了以后就成了一种普及，要在这种普及的基础上再提高，那就只有在大饭店里开小灶，由著名的厨师挂牌营业，就像大医院里开设主任门诊，那挂号费当然也得相应地提高点。烹调是一种艺术，真正的艺术都有艺术家的个性和独特的风格，集体创作与流水作业会阻碍艺术的发展。根据中国烹饪的特点，饭店的规模不宜太大，应开设一些有特色的小饭店。小饭店的卫生条件很好，环境不求洋化而具有民族的特点。像过去一样，炉灶就放在店堂里，文君当炉，当众表演，老吃客可以提了要求，咸淡自便。那菜一只只地下去，一只只地上来当然就不成问题。每个人都可以拿起筷子来："请，趁热。"每个小饭店只要有一两只拿手菜，就可以做出点名声来。当今许多有名的菜馆，当初都是规模很小；当今的许多名菜，当初都是小饭馆里创造出来的。小饭馆当然不能每天办几十桌喜酒，那就让那些欢喜在大饭店里办喜酒的人去多花点儿气派钱。问题是那些开小饭店的人又不安心了，现在有不少的人都想少花力气多赚钱，不花力气赚大钱。

苏州菜有着十分悠久的传统，任何传统都不可能是一成不变的。这些年来苏州的菜也在变，偶尔发现有川菜和鲁菜的渗透。为适应外国人的习惯，还出现了所谓的宾馆菜。这些变化引起了苏州老吃客们的争议，有的赞成，有的反对。去年，坐落在察院场口的萃华园开张，这是一家苏州烹饪学校开设的大饭店，是负责培养厨师和服务员的。开张之日，苏州的美食家云集，对苏州菜未来的发展各抒己见。我说要保持苏州菜的传统特色，却遭到一位比我更精于此道的权威的反对："不对，要变，不能吃来吃去都是一样的。"我想想也对，世界上哪有不变的东西。不过，我倒是希望苏州菜在发展与变化的过程中，注意向苏州的家常菜靠拢，向苏州的小吃学习，从中吸收营养，加以提炼，开拓品种，这样才能既保持苏州菜的特色，而又不在原地踏步，更不至于变成川菜、鲁菜、粤菜等等的炒杂烩。

如果我们把烹饪当作一门艺术的话，就必须了解民间艺术是艺术的源泉，有特色的艺术都离不开这个基地，何况苏州的民间食品是那么的丰富多彩，新鲜精细，许多家庭的掌勺人都有那么几手。当然，把家常菜搬进大饭店又存在着价格问题，麻酱油香干拌马兰头，好菜，可那原料的采购、加工、切洗都很费事，却又不能把一盘拌马兰头卖它二十块钱。如果你向主持家政的苏州老太太献上这盘菜，她还会生气："什嘛，你叫我到松鹤楼来吃马兰头！"

（资料来源：陆文夫. 2007. 陆文夫文集. 北京：人民文学出版社，143.）

注 释

① 姑苏：即苏州。苏州古称平江，又称姑苏，位于江苏省东南太湖之滨，长江三角洲中部，是中国著名的历史文化名城。

② 陆文夫（1928—2005年），江苏泰兴人，曾任苏州文联副主席、中国作家协会副主席等。陆文夫于1955年开始走上文学创作之路。在50年文学生涯中，他在小说、散文、文艺评论等方面都取得了卓越成就。以《献身》、《小贩世家》、《围墙》、《清高》、《美食家》等优秀作品和《小说门外谈》等文论集饮誉文坛。以一部中篇小说《美食家》获得"美食家"的美名。

味之美

作者在文中提到，对美食的品评标准，与“各人的环境、习性、经历、文化水平等等都有关系”。那么作为大半生都生活在苏州，雅号就叫“陆苏州”的一代美食文化大家陆文夫，他笔下的姑苏菜，自然会有更加地道，更加醇厚的“美味”，值得读者细细品赏。

作者笔下的姑苏菜，具有三大突出特点，那就是：“精细、新鲜、品种随着节令的变化而改变。”

因为苏州人有足够的“时间，智慧和耐力”，将家常菜做得虽简朴却精细无比。“把鸡丝嵌在绿豆芽里，其精的程度可以和苏州的刺绣媲美。”“内中有一只拔丝点心，那丝拔得和真丝一样，像一团云雾笼罩在盘子上，透过纱雾可见一只雪白的蚕蛹（小点心）卧在青花瓷盆里。”这哪里是菜，简直就是精美绝伦的民间艺术，令人叹为观止。

鱼米之乡，天时地利的独特自然条件，和对菜品要求精益求精的苏州人，成全了苏州菜用料新鲜的特点。好的苏州菜，“虾仁必须是现拆的，用的是活虾或是没有经过冰冻的虾”，“不新鲜的鱼虾是无人问津的”。“苏州的两个菜园子都在城里面……菜农黎明起菜，天不亮就可以挑到小菜场，挑到巷子口，那菜叶上还沾着夜来的露水”，“四时八节都有时菜。”如此鲜活的时令菜蔬，怎能不令人精神一振，胃口大开呢？

每一种饮食文化，都是一张精美而生动的“名片”，那上面既记录着一个地区独特的自然环境与风俗习惯，也记录着人们的智慧、性格和人生态度。所以，文章在介绍、描写苏州菜艺的同时，还描绘了一幅生动温婉的苏州地域风情图，表现了苏州人鲜明的地域性格和生活习俗。在苏州，吃，不再是满足单一的生理需要，而是在品味生活，甚至是品味生活中的艺术。20 世纪 50 年代那次宴会，厨师云集，一顿饭吃了 4 个小时。菜要“一只只地下去，一只只地上来”，能做到这样的精细，舍苏州人还会有谁呢？至此，苏州人民热爱生活，珍惜生活，用心灵和智慧经营生活的美好精神风貌被体现得淋漓尽致。

总之，作者以苏州菜为焦点，抓住苏州菜的特点和烹饪艺术，展示出苏州传统饮食文化独具特色的风味和魅力。跟随作者，读者完成的不仅是一次美食文化之旅，更是一次异彩纷呈的地域文化，民俗风情之旅。

意之美

不管是作者对姑苏菜艺的津津乐道，还是对苏州人精致生活的啧啧赞赏，尤其是对顾应根、韩云焕和吴涌根父子等苏菜大师精湛厨艺的精彩描绘，无不体现了作者跟当地人民一样，对姑苏菜艺，乃至对博大精深的中华饮食文化的热爱。同时也表达了作者对苏州百姓精致从容，热情向上的生活态度的赞赏和肯定。

正是因为这份热爱，所以当姑苏菜的精工细作、一丝不苟与时下高效快速，利润为先的商业环境发生冲撞时，作者便无法掩饰心中对这些优秀传统前景的由衷关注和深切的忧虑。

“几十桌筵席一起开，吃饭的人像赶集似的涌进店堂里。那烹饪就不得不采取工业化的方式了，来点儿流水作业”的消费环境和“现在有不少的人都想少花力气多赚钱，不花力气赚大钱”的经营理念，冲击的不仅是姑苏菜，还有更多令人留恋的事物。现代工业文明造成的急功近利的社会心态，会不会让这些东西从我们的生活中剥离而去、渐行渐远呢？这些东西，是一种菜艺？是一种情趣？还是一种精神？这些东西，是应该积极应对社会与时代的挑战，主动适应变化，还是执著地保持传统特色，一如既往地秉持那份精工细作的“精致”呢？这是作者的深沉忧思，自然也唤起了每个人的思考。

文之美

深受苏州传统文化、历史、地理环境影响的陆文夫，形成了自已温文尔雅、淡泊随性、宽厚洒脱的个性，同时也影响到他的创作风格：清新淡雅的文风，含蓄内敛的思想，曲折迂回的结构，亲切朴实的语言，生动精美的景致等。

从语言风格上讲，陆文夫吸收了苏州评弹的艺术技巧，语言温婉平实、凝练简洁、富有节奏。例如，“像过去一样，炉灶就放在店堂里，当众表演，老吃客可以提要求，咸淡自便。那菜一只只地下去，一只只地上来当然就不成问题。每个人都可以拿起筷子来：‘请，趁热。’”这样的语言不仅能把读者带进苏州小饭店的气氛中，还能让读者触摸到苏州人的温和精细与热爱生活的品质。语言虽平易朴实，却能寥寥数语，便使人物形神兼备。苏州老太的干脆利落，厨师的温文儒雅、诚恳谦逊，经理的爽直干练，吃客的恬淡从容，无不栩栩如生，跃然纸上。

从结构上说，本文采用了脉络清晰的总分式行文结构。以苏州菜的“精细、新鲜、品种随着节令的变化而改变”三大特点组成横式结构安排行文，每个特点各成段落，每段之中详略疏密安排得当。文章中又有时间跨度组成的纵式结构穿插其间，纵横捭阖，收放自如，细致入微地描绘了一幅苏州民俗民情图。

学而有得

① 利用网络或其他途径，查阅中国菜系的相关知识，更为详细地了解我国各地的饮食文化特色。并选取一处，做较为详细的介绍。

② 通过阅读本文，概括作者是从哪几个方面表现出苏州菜艺与苏州人性格的关系的。谈谈你的家乡菜艺的主要特色是什么，并思考有没有作者所说的“天、地、人”的因素在起作用，请尝试着评说。

③ 作者写道：“这些年来苏州的菜也在变，偶尔发现有川菜和鲁菜的渗透。……这些变化引起了苏州老吃客们的争议，有的赞成，有的反对”，你是怎样看待这样的变化的？请以此为话题，写一篇500字左右的专题议论，阐述自己的见解。

行知天下

中国四大菜系

淮扬菜：淮扬菜集江南水乡扬州、镇江、淮安等地菜肴之精华，是江苏菜系的代表性风味。其主要特点是选料讲究鲜活鲜嫩；制作精细，注意刀工；调味清淡，强调本味，重视调汤，风味清鲜；色彩鲜艳，清爽悦目；造型美观，别致新颖，生动逼真。著名菜肴有叫花鸡、糖醋鳜鱼、芙蓉鸡片、盐水鸭、清炖蟹粉狮子头、清蒸鲥鱼等。

粤菜：包括广州菜、潮州菜和东江菜，以广州菜为代表。粤菜博采众长选料广博，奇而且杂。海鲜是食中珍品，鸟、鼠、蛇、虫皆为佳肴。选菜还讲究鲜爽滑嫩，夏秋清淡，冬春浓郁。除讲究原料新鲜、现宰现烹外，还讲究在火候上保持原料清鲜。粤菜调料独特，常见的有蚝油、鱼露、珠油、糖醋、西汁等。烹调方法独特，有煲、泡、焗等。粤菜的代表菜有三蛇龙虎会、龙虎凤蛇羹、油包鲜虾仁、八宝鲜莲八宝盅、蚝油鲜菇、瓦掌山瑞、脆皮乳猪等。

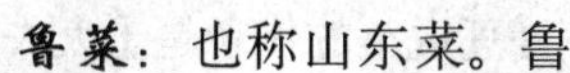

鲁菜：也称山东菜。鲁菜取材广泛，选料精细，讲究丰满实惠，烹调方法全面，精于制汤，善以葱调味。鲁菜在烹制海鲜上有独到之处，尤其对海鲜和小海味的烹制，堪称一绝。代表菜肴有葱烧海参、烩乌鱼蛋、蟹黄鱼翅、德州扒鸡、奶汤核桃肉等。

川菜：也称四川菜。以其麻辣味闻名于海外，有“食在中国，味在四川”之美誉。川菜选料认真，且配料细，烹制考究，调味多样，尤其是味别多样，有百菜百味之称。常见味型有鱼香味、五香味、怪味、麻辣味、酸辣味。著名的菜肴有鱼香肉丝、宫保鸡丁、一品熊掌、怪味鸡块、麻婆豆腐、干烧岩鲤等。

美丽的水乡，优雅的茶居，精美的茶具，精致的茶点，再有一番舒心惬意的“叹茶”功夫，这样的“草草杯盘共一欢”，便是水乡生活中的诗。

水乡茶居

杨羽仪[①]

在广东水乡，茶居是一大特色。

每个村庄，百步之内，必有一茶居。这些茶居，不像广州的大茶楼，可容数百人；每一小“居”，约莫只容七八张四方桌、二十来个茶客。倘若人来多了，茶居主人也不心慌，临河水榭处，湾泊着三两画舫，每舫四椅一茶儿，舫中品茶，也颇有兴味。

茶居的建筑古朴雅致，小巧玲珑，多是一大半临河，一小半倚着岸边。地板和河面留着一个涨落潮的落差位。近年的茶居在建筑上有较大的变化，多用混凝土水榭式结构，也有砖木结构的，而我却偏好竹寮[②]茶居。它用竹子做骨架，金字屋顶上，覆盖着蓑衣或松树皮，临河四周也是松树皮编成的女墙，可凭栏品茗，八面来风，即使三伏天，这茶居也是一片清凉的世界。

茶居的名字，旧时多用“发记茶居”、“昌源茶室”的宝号。现在，水乡人也讲斯文，常常可见“望江楼”、“临江茶室”、“清心茶座”等雅号。

旧时的水乡茶居，多备“一盅两件”。所谓“一盅”，便是一只铁嘴茶壶配一个瓦茶盅，壶里多放粗枝大叶，茶叶味涩而没有香气，仅可冲洗肠胃而已。所谓“两件”，多是粗糙的大件萩糕、芋头糕、萝卜糕之类，虽然不怎样好吃，却也可以填肚子，干粗活的水乡人颇觉实惠。现时，水乡人品茗，是越来越讲究了。茶居里再也不见粗枝大叶了，铁嘴壶也被淘汰了，换上白雪雪的瓷壶。柜台上陈列着十多种名茶，洞庭君山、云南普洱、西湖龙井、英德红茶……偶有一两种大众化的，也至少是茉莉花茶和荔枝红了。至于那“件”，也绝非粗品，而是时兴的“干蒸烧卖”、“透明鲜虾饺”、“蛋黄鱼饼”、“牛肉精丸”之类，倘要填肚子，也很少吃糕，而多取荷叶糯米鸡了。在“史无前例”的年月，糯米鸡也被什么“化”掉了，原先渗着清气的荷叶，因为《爱莲说》的作者是士大夫，这块荷叶也应该被“清队”了，“糯米鸡”变成了“裸裸鸡”。倘糯米饭中真的裹着鸡肉，虽是“赤膊上阵”，也还不失真趣。可是，不知哪个发明家，来个偷梁换柱，把鸡肉变成一块肥猪肉，这只“糯米鸡”变成了“裸裸糯米猪”。唉，那个时代酿造的虚伪，竟也渗入了“糯米鸡”的馅里！现在，水乡茶居的糯米鸡，不但恢复了传统的荷叶包裹，而且糯米饭里头的确裹着鸡肉，还拌以虾米、冬菇、云耳等珍品，色香味均属上乘，百啖不厌。

水乡人饮茶，又叫“叹”茶。那个“叹”字，是很有学问的。

我想，“吃酒图醉”，而且“一醉方休”，大概不是吃酒的宗旨，“醉翁之意不在酒”么。会吃酒的人，邀三几个情投意合者，促膝谈心，手中举着酒杯儿，美美倾谈，酒中吐真情，意真情挚，便渐渐进入古时所谓“酒三味”的境界。“叹”茶的“叹”字，我以为是享受的意思。不论“叹”早茶或晚茶，水乡人都把它作为一种享受。他们一天辛勤劳作，各自在为新生活奔忙，带着一天的劳累和溽热，有暇“叹”一盅茶，去去心火，便是紧张生活的一种缓冲。我认为“叹”茶的兴味，未必比酒淡些，它也可以达到“醺醺[③]而不醉”的境界。

“叹”茶的特点是慢饮。倘在早晨，茶客半倚栏杆欣赏着小河如何揭去雾纱露出俏美的真容，两岸的番石榴、木瓜、杨桃果实，或浓或淡的香气，渗进小河里，迷蒙、淡远的小河，便如倾翻了满河的香脂。或者，看大小船只在半醒半睡的小河中摇橹扬帆来去，看榕荫、朝日和小鸟的飞鸣。倘在傍晚，日光落尽，云影无光，两岸渐渐消失在温柔的暮色里，船上人的吆喝声渐渐远去了，河面被一片紫雾笼罩。不知不觉，皎月悄悄浸在小河里……晨昏的小河，倘遇幽人雅士，固然为之倾倒。然而，茶客当中多是农民，未必为之动情。不过，水乡人“叹”茶，却动辄也一两个小时。他们细细地品味，不仅品味着食物，而且也品味着生活。

一座水乡小茶居，便是一幅“浮世绘④”。茶被“冲”进壶里，不论同桌的是知己还是陌路人，话闸子就打开了。村里的新闻，世事的变迁，人间的悲欢，正史的还是野史的，电台播的大道新闻还是乡间小道消息，全都在“叹”茶中互相交换“版本”。说着，听着，有轻轻的叹息，有嘀嘀的笑声，也有愤世嫉俗的慨叹。无怪乎古时的柳泉居士蒲松龄先生也是在泉边开一小茶座，招呼过往客人，一边“叹”茶，一边收集可写《聊斋志异》的故事了。

在茶居里，有独自埋下头，静静地读完一张报纸的；也有读着、读着，突然拍案而起，惊动四邻的。如今农村经济政策不断放宽，水乡人的两道浓眉也越来越舒展。茶客们“叹”着茶，便心碰心儿，谁个养了多少头奶牛，年产量多少；谁个治木瓜害虫有特效药；谁个万元户联合起来给穷队投资，帮助穷队改变落后面貌……茶越“冲”越淡了，话却越说越浓。有的茶客在“斟盘⑤”商谈合资联营，把“死了火”的大队砖窑复活过来，合资购买一辆大卡车，经营长途贩运……一桩桩雄心勃勃的事儿，就在“叹”茶中经过“斟盘”而“拍板”了。这时，茶客们的兴致更浓了，他们举起茶杯“碰”起杯来，始觉浓茶已“冲”成白开水，便嘀嘀大笑，吩咐茶居主人再沏一壶香茶……

这样的“草草杯盘共一欢”，便是水乡生活中的诗。

月已阑珊，上下莹澈，茶居灯火的微茫，小河月影的皴皱⑥，水汽的飘拂，夜潮的拍岸，一座座小小茶居凝在醉乡中。一切都和心象相融合。我始觉这个“叹”字的功夫，颇如艺术的魅力，竟使人“渐醉”……

（资料来源：季羡林．2011．百年美文（青春阅读版地域卷 1999—2000）．天津：百花文艺出版社，208.）

注 释

① 杨羽仪，1939 年 11 月 18 日生于香港。曾在中学任教，1979 年调入广东省作家协会从事专业文学创作至今。1989 年起被聘为国家一级作家，主要从事散文创作，兼写儿童文学和报告文学。著有《水乡茶居》等 17 部著作。散文集《水乡茶居》曾获广东省文联主办的第二届鲁迅文学奖、并获中国作协主办的新时期全国散文（集）优秀作品奖；散文集《怪客》获广东省第三届鲁迅文学奖；散文集《又去漂泊》获广东省秦牧散文奖。其他文学单篇奖约有 30 多个。

② 寮（liáo）：小屋。

③ 醺（xūn）：酒醉。

④ 浮世绘：日本的风俗画，版画。主要描绘人们日常的生活、风景和演剧等。

⑤ 斟盘：考虑，算计。

⑥ 皴（cūn）皱：皴，国画画山石时，用淡干墨侧笔而画，以显示山石的纹理和阴阳面。皴皱，在这里是指月光照映小河形成的淡雅效果。

美点品悟

景之美

茶文化在我国有着悠久的历史，饮茶，是民间一件普遍而平常的事情。本文作者，正是以广东的水乡茶居为观照平台，通过对水乡百姓日常饮茶情景的描绘，给读者展示了水乡人民美好和谐的生活风貌，其景其情，恬淡闲适，美感层生，令人赞叹。

在作者笔下，茶居所处的环境是美的：多临水而建，或设在“画舫”中，茶客“可凭栏品茗，八面来风，即使三伏天，这茶居也是一片清凉的世界”。

茶居的建筑是美的：这里的茶居古朴雅致，小巧玲珑，“每个村庄，百步之内，必有一茶居”。尤其是砖木或竹寮茶居，比之高大的茶楼更觉温馨、清凉；茶居的名字也日渐斯文清雅；茶具和茶点日渐精致与讲究。

茶香人饮茶的情致是美的：茶客半倚栏杆看家乡的一草一木，欣赏着小河晨昏的美景，看大小船在小河中摇橹扬帆来去。

“带着一天的劳累和溽热，有暇“叹”一盅茶，去去心火，便是紧张生活的一种缓冲。谈谈“村里的新闻，世事的变迁，人间的悲欢”，说一说不断放宽的农村经济政策，交流一下农事的经验，商谈一下经济发展的项目，畅谈一下美好生活的感受，真可以达到作者所谓的“醺醺而不醉”的境界。

优美的环境，舒适的生活，惬意的心情，一幅水乡茶居图，无疑正是一幅水乡人们新生活的美好画面。

意之美

《水乡茶居》是一篇写茶的散文，也是一篇抒写人生的散文。

俗话说：开门七件事，柴、米、油、盐、酱、醋、茶。饮茶，本是日常生活中一件平常而细小的事情，作者正是以水乡茶居为观照点，以表现百姓的饮茶生活为中心，展示了广东水乡人民在新时代幸福温馨的生活和美好诗意的精神面貌，表达了作者对改革开放后新时代、新风尚的由衷喜悦和热情赞美。

作者对水乡茶居的描写，始终着眼于新旧时期的对比，不管是茶居周围优美的环境，茶居日益精致的建筑，日渐风雅的名称，还是日渐精致的茶点，水乡人民在茶居悠闲、惬意地“叹茶”的兴味与情怀，都无不体现出在改革开放的新时代，水乡人民日益富足与安逸的生活，无限快乐与满足的精神面貌。

正如作者所言：“一座水乡小茶居，便是一幅‘浮世绘’”，小小的水乡茶居，浓缩了中国新时代经济飞速发展，日常饮茶生活的画面，反映出新时代劳动人民的精神面貌。

文之美

首先，作者用以小见大，以微知著的方法，通过水乡茶居的新旧对比和水乡人民生活的巨大改变，反映了水乡人民在改革开放的形势下，生活水平不断提高，精神面貌不断改善的情况，以此很好地表达了对新时代、新生活进行讴歌和赞美的深厚主题。

其次，作者合理利用对比手法，使内容的表现和主题的表达鲜明而突出。作者将水乡的茶居与城市的茶楼对比，把茶居的名字、茶具、茶点进行新旧对比；还把饮茶与饮酒对比。通过这些对比，很好地突出了水乡茶居的特色，表现了水乡人民在新时代生活水平、生活品质和精神面貌方面发生的巨大变化。

另外，本文细腻生动，优美诗化的语言与文章内容相谐相称，相得益彰，给文章平添了许多艺术的美感。多种修辞手法运用自如，形象而贴切。例如，“大小船只在半醒半睡的小河中摇橹扬帆来去”，“皎月悄悄浸在小河里”，用拟人的手法写出了水乡的清幽、自然之态；又如，“有轻轻的叹息，有啧啧的笑声，也有愤世嫉俗的慨叹”，“茶居灯火的微茫，小河月影的皴皱，水汽的奔驰，夜潮的拍岸”，这些排比句排列整齐，节奏舒缓，让读者在文字中也能感觉到跟水乡美景一样的魅力与雅致。

行知天下

中国的茶文化与茶礼仪

中华茶文化源远流长，博大精深。唐代茶圣陆羽的《茶经》在历史上奠定了中华茶文化的地位。从此茶的精神渗入了宫廷和社会，渗入中国的诗词、绘画、书法、宗教、医学等方方面面。

中国是文明古国，礼仪之邦，很重礼节。凡来了客人，沏茶、敬茶的礼仪是必不可少的。当有客来访，可征求意见，选用最合来客口味和最佳茶具待客。以茶敬客时，对茶叶适当拼配也是

必要的。主人在陪伴客人饮茶时，要注意客人杯、壶中的茶水剩余量，一般用茶杯泡茶，如已喝一半，就要添加开水，随喝随添，使茶水浓度基本保持前后一致，水温适宜。在饮茶时也可适当佐以茶食、糖果、菜肴等，达到调节口味之功效。

学而有得

① 比较阅读周作人的散文《喝茶》，理解分析两篇文章在主题思想和写作手法上的异同。

② 作者用“草草杯盘共一欢，便是水乡生活中的诗”概括水乡生活的美好。请概括总结作者是从哪几方面描绘水乡茶居生活的美好画面的。

③ 茶文化在我国有着悠久的历史，收集有关知识，以手抄报的形式在班级展示交流。

薰衣草迎风绽放，透明的空气中交织着花草与葡萄酒的芬芳，这里的房屋、街道、酒吧，充满了浓郁的艺术气息。你很难找到什么地方能与普罗旺斯一样，将精致与随意，浪漫与悠闲，如此完美地融合。

请品味“新教皇城堡”

（英）彼得·梅尔[①]

普罗旺斯的八月天最适合躺着不动，要不就找地方乘凉。在这样的天气里，做什么事儿都慢慢的，所有旅行的行程也被尽量压缩到了最短。蜥蜴显然深得其中奥秘，而我也早该认识到这一点的。

早上接近9点半的时候，气温已达八十几华氏度，我一跨进汽车，立刻觉得自己像只即将下锅的鸡仔。我翻地图，想找条路，好远离成群结队的游客和那些已经热昏了头的卡车司机。一滴汗珠从我的鼻头上坠下，正巧落在我的目的地上，新教皇城堡（Chateauneufpape），一个生产好酒的小镇。

几个月前的冬天，我在两位朋友的订婚晚宴上认识了一位叫米奇的男士。第一瓶酒送上来，大家提议干杯，我注意到，大伙儿不过在喝酒，而米奇却在专注地进行着一场个人仪式。

他凝视酒杯，将它慢慢举起，然后用手掌握住杯子，缓缓旋转了三四次，接着把酒杯举到与眼睛同高，仔细观察酒旋转后沿杯壁缓缓流下的痕迹。鼻子靠近酒杯，鼻翼翕张，全神贯注地彻底检查了一番，然后深深吸气，最后一次转动酒杯，之后才喝下第一口酒，但仅是一小口。

显然，酒在送入喉咙之前必须还要经过好几道测试。米奇把酒含在口中漱了几秒钟，抿起嘴唇让些许空气进入嘴里，然后小心地发出漱口的怪声。他的两眼直视天空，腮帮子反复收缩、鼓起，使酒能在舌头与牙齿之间自由地来回流动。看上去他对这酒在口腔里经受住了这种种考验非常满意，终于把酒吞了下去。

他注意到我在旁边观看这场表演，冲我笑笑说，“不错，不错”。他又喝了一口，但这次的程序比较简单，最后扬起眉毛对酒致敬。“这酒有些年头了，1985年的。”

后来我在晚餐时发现，米奇是个地道的生意人，买进葡萄，酿出香醇的美酒再卖掉，同时他也是个职业水准的品酒家，对南部的酒尤其精通，从天芳玫瑰酒（Tavel rosé）——他说此酒是路易十四的最爱——到淡金色的白葡萄酒，再到烈性的吉恭达酒（Gigondas），无所不知。但是在他所有的藏品中，他的最爱，也是他最渴望畅饮的一种酒就是“新教皇城堡酒”（Chateauneuf-du-Pape）。

他说起这种酒时的样子，就像在谈论女人。双手爱抚空气，双唇轻吻指尖，嘴上则是一堆和身体、花束和力量有关的词。他说，其实人人都知道新教皇城堡酒的酒精浓度超过15%的限额。这几年来，波尔多（Bordeaux）愈来愈淡，而勃艮第（Burgundy）的价钱只有日本人才买得起，新教皇城堡酒真算得上超值，我一定得到他的酒窖里亲眼看看才能体会，他将为我安排一次品酒会。

在普罗旺斯，从计划聚会到确定行程常常需要耗费几个月、甚至好几年的时间。因此，我并不指望米奇会马上邀请我。冬去春来，春去夏来，8 月悄悄来到，在手中端杯 15 度的美酒把玩品尝，正是最佳时节，这时候米奇的电话也到了。

“明天早上 11 点整，”他说“在新教皇城镇的酒窖等你，共进早餐。”

我依照他的交代准备一切，且预先喝上一汤匙橄榄油——当地美食专家的建议。目的是在胃上镀一保护层，借以缓冲各式新出灶却力道十足的美酒的不断挑战。

行驶在弯曲且灼热的乡村道路上，我告诉自己，无论在何种情境下，都不可吞入太多的酒，我一定要遵照老手的做法：酒入口，漱个口就吐掉。

新教皇城镇已进入视线，热气难熬，时间将近 11 点。这里简直是个为酒而存在的城镇，到处充满了诱惑!

久经日晒已见剥落的告示板上，刚上漆的广告招牌、大酒瓶、手写的看板或墙壁上的标语，钉在墙上或是葡萄园内的支柱与门前车道的柱石，处处可见“欢迎品尝！品尝！”

我缓缓驶过用以阻绝外在世界与北萨克酒窖（Caves Bessac）间的高耸石墙通道，在阴凉处停下车。

下得车来，我感觉太阳就在我头顶上，像个充满热气的松紧帽罩住我整个头，眼前出现一座长形建筑物，上面布满许多小洞，外观上除了两扇门外，别无他物。

一群人在门口排排站，手握专用酒杯，酒杯在太阳底下闪闪发光。酒窖凉爽宜人，而米奇给我的酒更有一股沁心冷意。

那是我有生以来见到的最大杯子，是一个有脚的大水晶杯，圆鼓鼓的杯肚，上端缩口，有如金鱼缸般。米奇说这种杯子可容下 1/4 瓶的酒。

看过里面闪闪发光的排场，我的双眼开始朦胧起来。我相信这个酒窖一定很大，25 000 瓶酒静静地藏在阴冷的角落。

事实上，根本看不到任何酒瓶，只见一条布满酒桶的道路——难以计数的酒桶倚靠在与腰同高的平台上，酒桶堆高度大概离地 12 ~ 15 英尺[②]，每个酒桶上用粉笔标示着成分。

这也是我生平第一次有机会见这么多酒。隆阿丘酒（Cotes du RhoneVinages）、丽雷卡酒（Lirac）、维克拉斯酒（Vacqueyras）、圣约瑟酒（Saint Joseph）、海米塔奇酒（Crozes Hermitage）、天芳酒、吉恭达酒——每种都有几千升，依制造年份摆放。

“好，”米奇说：“你不可以枉走一圈，空手而回。”

“你要喝哪种酒？”

太多的选择摆在眼前，我不知道该从何处下手。不知米奇会不会指引我在令人眼花缭乱的酒桶中找到正确的选择。

我可以看别人在他们的金鱼酒杯里面装了些什么东西，也许我该依样画葫芦。

米奇点头表示同意，他说：

“这样最好，因为我们只有两个钟头的时间。”

他不愿意把我们的时间浪费在新酿成的酒上，而忽略尚有无数的好酒等着我们去品尝。我庆幸已先喝过橄榄油，任何称得上宝藏的酒是不可吐出口的。但如果在这两小时内，所有的酒都吞下，我可一定会如那些酒桶般被乖乖摆平。

所以我问是否允许将酒吐出来。

米奇挥动酒杯指着隆河岸大道入口的标语，“如果要吐出，请便，但是……”

显然地，他认为一个人拒绝享受美酒下肚的感觉及拒绝喝下算是一种艺术作品的酒时，是极其悲惨的。

一位肥肉横生的酒窖老板赫然出现，他身穿暗蓝色棉夹克，带着一个形似巨大点眼药器的容器——三英尺长玻璃管，一端有个拳头般大的塑胶球。

他用喷嘴瞄准我的酒杯，挤了点酒到我的杯里，嘴里念念有词，“1986 年的海米塔奇酒，有花的香味，味道不酸，没有甜味……”

我先来个整套的动作：用鼻子闻闻酒味，让酒在口中循环几圈后把酒整个地吞入我的肚子里去。

棒极了，米奇所言不差，把这些美酒倒进排水沟糟蹋，的确是大不敬。

稍稍放松心情后，我看看身旁有些人把他们不想喝的酒倾倒在桌旁上的大酒瓶内；而后，大酒瓶内装的酒会倒入含有酵母菌的缸中，如此可以酿造极品的醋。

我们在酒桶排列而成的道路上缓慢前进。酒窖老板在每一站都会登上他随身携带的梯子，到达顶端的酒桶，打开酒桶塞，插入他那饥渴的喷嘴，然后好似身负重型武器般谨慎地走下梯子——当品尝活动继续时，他老兄还真越来越像全身武装的超级巡警般，只是行动慢了些。

最初几站的品尝局限就白酒、玫瑰红酒及清淡的红酒。

我们走入地窖后头，那儿的酒色变得深暗而味道也渐转浓厚了。每尝一口，总是禁不住要感谢上帝赐予如此香醇的人间美味。

具有紫罗兰、覆盆子果及桑椹香味的海米塔奇，属于烈酒。隆河丘酒和葛兰德酒（Grande Cuvee）皆是细工酿造且精纯的酒。

我对这些迷人的酒和对它们的形容美辞印象深刻——果肉肥硕、兽性野狂、雄壮威武、高雅世家、挑拨神迷、强劲有力……。

注意，酒窖老板居然没有重复使用相同的形容词。我真怀疑他老兄天生具有语言修辞能力，亦或是他每晚都抱着字典共眠。

我们终于走到米奇的最爱——1981 年的新教皇城堡酒窖。虽然它尚需好几年才能成为陈年美酒，但已可称得上好酒了。

深葡萄酒色，闻起来有香料和松露的味道，温暖及柔和，展现出它是酒中名品——更别论它那接近 15%的酒精含量。

我认为米奇的头都快栽进酒杯里了！看到一个人如此欣赏佳作，实在令人雀跃欢欣。

（资料来源：彼得·梅尔著．林佳鸣译．2008．永远的普罗旺斯．西安：陕西师范大学出版社.）

注　释

① 彼得·梅尔：1939 年出生，英籍知名作家，曾任国际大广告公司的高级主管。于 1975 年开始专职写作。主要作品有旅游散文《普罗旺斯的一年》、《永远的普罗旺斯》、《重返普罗旺斯》，小说《茴香酒店》和《追踪塞尚》，时尚读物《有关品味》和美食散文集《吃懂法兰西》等。

② 英尺：1 英尺 =0.3048 米。

美点品悟

风之醇

随着《永远的普罗旺斯》的热销，位于法国南部的普罗旺斯也揭开了其神秘的面纱。甚至每年有数百万人亲临当地，以体味彼得·梅尔小说中那不可置信的浪漫和悠闲。而本文节选的部分，是作者选取了在普罗旺斯经历的一次参观酒窖，品尝葡萄酒的所见所闻，从一个别致新颖的角度，呈现了普罗旺斯地区那令人难忘的地域风情和生活风尚。

作者对盛产于普罗旺斯的葡萄酒的描写，是先从一位擅长和热爱品酒的专家——“米奇”开始的。通过对米奇品酒场景的特写似的描写，表现了这位当地的葡萄酒专业人士对葡萄酒的精通与热爱。以点带面，描绘了在普罗旺斯，由葡萄酒所“酿造”出的独特的地区性格和地域文化。

后来作者在米奇的引领下，去参观“新教皇城镇 ”的酒窖，更是集中而形象地展示了这个葡萄酒之乡的独特风貌和风情。令人耳目一新，大开眼界。

在这里，作者先后从酒窖的规模，藏酒的数量与种类，酒窖主人对酒的专业、博学与热爱，到酒的品质与口味，都予以了细致而精彩的展示，而所有这一切都无不令人感到惊叹与陶醉。例如，“根本看不到任何酒瓶，只见一条布满酒桶的道路——难以计数的酒桶倚靠在与腰同高的平台上，酒桶堆高度大概离地 12 ~ 15 英尺”，说的是酒窖令人惊叹的宏大规模；“这也是我生平第一次有机会见这么多酒。隆阿丘酒（Cotes du Rhone Vinages）、丽雷卡酒（Lirac）、维克拉斯酒（Vacqueyras）、圣约瑟酒（Saint Joseph）、海米塔奇酒（Crozes Hermitage）、天芳酒、吉恭达酒——每种都有几千公升”展示的是酒的数量和种类；“深葡萄酒色，闻起来有香料和松露的味道，温暖及柔和，展现出它是酒中名品——更别论它那接近 15%的酒精含量。”体现酒的品质和口味；“我认为米奇的头都快栽进酒杯里了！”以及“我对这些迷人的酒和它们的形容美辞印象深刻——果肉肥硕、兽性野狂、雄壮威武、高雅世家、挑拨神迷、强劲有力…… 酒窖老板居然没有重复使用相同的形容词。”体现了当地人对酒的精通与热爱。

作者就是这样，像描绘一幅充满异域风情的油画，从多个角度、多个侧面，表现了普罗旺斯地区——这个葡萄酒之乡那醇厚而富有魅力的独特风景和风情。

意之美

本文通过一次赏酒、品酒经历和见闻的记叙，展现了普罗旺斯人精致、从容的生活风尚，描绘了一种令人向往的美好生活境界。文中呈现最多的是一个“慢”字。“普罗旺斯的 8 月天最适合躺着不动”，“在这样的天气里，做什么事儿都慢慢的”——天气使人迷醉；“他凝视酒杯，将它慢慢举起，然后用手掌握住杯子，缓缓旋转了三四次，接着把酒杯举到与眼睛同高，仔细观察酒旋转后沿杯壁缓缓流下的痕迹。鼻子靠近酒杯，鼻翼翕张，全神贯注地彻底检查了一番，然后深

深吸气，最后一次转动酒杯，之后才喝下第一口酒，但仅是一小口”——全身心投入的品酒仪式如此细致、漫长；“在普罗旺斯，从计划聚会到确定行程常常需要耗费几个月、甚至好几年的时间”——当地的生活节奏是如此舒缓，从容和随意。

作者所参观的酒窖可以作为普罗旺斯生活的缩影，而品质精良名贵的葡萄酒则似乎浓缩了普罗旺斯生活的全部滋味。作者通过参观酒窖、品尝葡萄酒，带领读者们走进了普罗旺斯风景的深处，体验了普罗旺斯的生活滋味——悠闲而精致，淳朴而浪漫。

在彼得·梅尔笔下，普罗旺斯不再仅仅是一个地域的名称，而是成为了一种生活方式的象征。这里自然环境的优美与纯净，生活节奏的舒缓与随意，生活品质的精致与浪漫，对疲于现代都市的繁忙与生活的重压，厌倦了城市生活的灰暗与沉闷的人们，无疑会成为无法抗拒的吸引——摆脱紧张生活的桎梏，来到这里，沐浴着地中海明亮的阳光，呼吸着薰衣草的芳香，细细品尝一杯醇厚香冽的葡萄酒，这真是人生难得的境界。

文之美

《永远的普罗旺斯》自问世以来，就成为一部被全世界读者喜爱和追崇的畅销之作，这不单单是因为其所描绘的普罗旺斯迷人的自然风光和浪漫的异域风情，作品精巧独特的构思和优美洒脱的文字风格，也是被广大读者深深喜爱的原因。

在整部作品中，作者擅长选取某个具体的角度和侧面，以点带面，来表现整个普罗旺斯地区的生活场景和风情。本文选取的具体场景是米奇个人仪式般的品酒场景，让我们领略了当地人对酒的精通与热爱，而对新教皇城镇一处酒窖的参观，则具体而细微地展示了这里葡萄酒文化的广博与深邃。

层层铺垫，步步蓄势，也是本文独具匠心的艺术手法。文章开篇不久，就交代了米奇的最爱，也是他最渴望畅饮的一种酒——“新教皇城堡酒”。接着，作者却宕开一笔，娓娓而叙，谈起品酒的场面，参观酒窖其他品类的葡萄酒的场面，并使“我”对这里的酒赞赏不已，甚至叹为观止。直到最后，快要离开时，作者才得以“见”到了“新教皇城堡”酒。之后，虽然用墨甚少，戛然而止，但因为有前面个人品酒仪式、几种葡萄酒的比较等做间接烘托，同样给读者留下了过目不忘，余味悠长的印象。

另外，本文的叙事采用了讲故事式或者说是与老朋友聊天式的语言风格，读来亲切朴实、自然随意，与所表现的内容相契合，水乳交融，呈现出了清新、自然的艺术魅力。

学而有得

① 美丽的普罗旺斯除了是“薰衣草的故乡”，还有“浪漫之城”的美誉。查阅相关资料，感受一下这个世界级“世外桃源”的风土人情。

② 仔细品读课文，概括作者着重描写了哪几个场面，各从哪个侧面表现了普罗旺斯的地域风景和风情的，体现了当地人怎样的生活与精神风尚。

③ 茅台酒被誉为我国的国酒。它的盛名与贵州省仁怀市茅台镇得天独厚的地理环境息息相关。请查阅资料，完成一篇300字的说明文——《茅台镇与茅台古酒》。

行知天下

普罗旺斯（Provence）

普罗旺斯位于法国南部，从地中海沿岸延伸到内陆的丘陵地区，中间有大河流过，有很多历史城镇，以其热烈明亮的地中海阳光和时尚的艺术风格而闻名。

独特的地理位置和气候特点，使普罗旺斯拥有不同寻常的魅力——靓丽的阳光和蔚蓝的天空令世人惊艳。天气阴晴不定，暖风和煦，海风狂野，地势跌宕起伏，平原广阔，峰岭险峻，寂寞的峡谷、苍凉的古堡、蜿蜒的山脉和活泼的都会，全都在这片法国的大地上演绎着万种风情，使其成为闻名全世界的旅游胜地。

薰衣草之乡：从6月中旬到7月中旬进入盛开期的薰衣草，是普罗旺斯最著名的旅游资源之一，这种花语为“等待爱情”的紫色小花，在夏季的微风中迎风绽放，浓艳的色彩装饰翠绿的山谷，微微辛辣的香味混合着被晒焦的青草芬芳，交织成法国南部最令人难忘的气息。以薰衣草为原料的各种纪念品，如薰衣草香包、薰衣草香皂、薰衣草蜡烛、薰衣草香精等，都成为旅客最喜爱的产品。

香水之乡：普罗旺斯的格瑞斯城一直是法国的香水工业基地。这里的人民巧妙地利用当地资源，除了人们熟知的玫瑰花瓣、茉莉、薰衣草之外，还能利用橡木苔藓、锯木屑、海藻等，经过一些精致的工序，释放出令全世界倾倒的香味，制造出名贵的香水和各种芳香剂。

艺术之乡：普罗旺斯秀丽旖旎的自然风光和浪漫悠闲的地域风情孕育和吸引了大批艺术家。这里的建筑、街道、酒吧，到处都充满了艺术气息。这里是世界著名画家保尔·塞尚的故乡，他在此度过了一生中的大部分时光。在当地的一家咖啡馆内，至今还挂着塞尚为父亲的帽子店所绘制的广告画。

另一位世界著名画家梵高也曾在这里生活了很长时间，这里的一切，树木、草地、天空都让他着迷，包括他的代表作《向日葵》在内的大部分伟大作品都是在这里完成。

葡萄酒之乡：普罗旺斯当地出品优质葡萄美酒，其中20%为高级和顶级酒种。由于地中海阳光充足，普罗旺斯的葡萄含有较多的糖分，这些糖转变为酒精，使普罗旺斯酒的酒精度比北方的酒高出2度。略带橙黄色的干桃红酒是最具特色的。常见的红酒有Cotes de Provence，Coteaux d 'Aix en Provence，Bandol。

汪曾祺的《四方食事》系列让人毫不怀疑他是一个美食家，几乎是所有吃过的和没有吃过的，一经他说，全成了美食。

五 味

汪曾祺[①]

山西人真能吃醋！几个山西人在北京下饭馆，坐定之后，还没有点菜，先把醋瓶子拿过来，每人喝了三调羹醋。邻座的客人直瞪眼。有一年我到太原去，快过春节了。别处过春节，都供应一点好酒，太原的油盐店却都贴出一个条子："供应老陈醋，每户一斤。"这在山西人是大事。

山西人还爱吃酸菜，雁北尤甚。什么都拿来酸，除了萝卜白菜，还包括杨树叶子，榆树钱儿。有人来给姑娘说亲，当妈的先问，那家有几口酸菜缸。酸菜缸多，说明家底子厚。

辽宁人爱吃酸菜白肉火锅。

北京人吃羊肉酸菜汤下杂面。

福建人、广西人爱吃酸笋。我和贾平凹在南宁，不爱吃招待所的饭，到外面瞎吃。平凹一进门，就叫："老友面！""老友面"者，酸笋肉丝汆汤下面也，不知道为什么叫做"老友"。

傣族人也爱吃酸。酸笋炖鸡是名菜。

延庆山里夏天爱吃酸饭。把好好的饭焐酸了，用井拔凉水一和，呼呼地就下去了三碗。

都说苏州菜甜，其实苏州菜只是淡，真正甜的是无锡。无锡炒鳝糊放那么多糖！包子的肉馅里也放很多糖，没法吃！

四川夹沙肉用大片肥猪肉夹了洗沙蒸，广西芋头扣肉用大片肥猪肉夹芋泥蒸，都极甜，很好吃，但我最多只能吃两片。

广东人爱吃甜食。昆明金碧路有一家广东人开的甜品店，卖芝麻糊、绿豆沙，广东同学趋之若鹜。"番薯糖水"即用白薯切块熬的汤，这有什么好喝的呢？广东同学曰："好耶！"

北方人不是不爱吃甜，只是过去糖难得。我家曾有老保姆，正定乡下人，六十多岁了。她还有个婆婆，八十几了。她有一次要回乡探亲，临行称了两斤白糖，说她的婆婆就爱喝个白糖水。

北京人很保守，过去不知苦瓜为何物，近年有人学会吃了。菜农也有种的了。农贸市场上有很好的苦瓜卖，属于"细菜"，价颇昂。

北京人过去不吃蕹菜[②]，不吃木耳菜，近年也有人爱吃了。

北京人在口味上开放了！

北京人过去就知道吃大白菜。由此可见，大白菜主义是可以被打倒的。

北方人初春吃苣荬菜[③]。苣荬菜分甜荬、苦荬，苦荬相当的苦。

有一个贵州的年轻女演员上我们剧团学戏，她的妈妈不远迢迢给她寄来一包东西，是"择耳根"，或名"则尔根"，即鱼腥草。她让我尝了几根。这是什么东西？苦，倒不要紧，它有一股强烈的生鱼腥味，实在招架不了！

剧团有一干部，是写字幕的，有时也管杂务。此人是个吃辣的专家。他每天中午饭不吃菜，吃辣椒下饭。全国各地的，少数民族的，各种辣椒，他都千方百计地弄来吃，剧团到上海演出，他帮助搞伙食，这下好，不会缺辣椒吃。原以为上海辣椒不好买，他下车第二天就找到一家专卖各种辣椒的铺子。上海人有一些是能吃辣的。

我的吃辣是在昆明练出来的，曾跟几个贵州同学在一起用青辣椒在火上烧烧，蘸盐水下酒。平生所吃辣椒之多矣，什么朝天椒、野山椒，都不在话下。我吃过最辣的辣椒是在越南。1947年，由越南转道往上海，在海防街头吃牛肉粉，牛肉极嫩，汤极鲜，辣椒极辣，一碗汤粉，放三四丝辣椒就辣得不行。这种辣椒的颜色是橘黄色的。在川北，听说有一种辣椒本身不能吃，用一根线吊在灶上，汤做得了，把辣椒在汤里涮涮，就辣得不得了。云南佧佤族[④]有一种辣椒，叫“涮涮辣”，与川北吊在灶上的辣椒大概不相上下。

四川不能说是最能吃辣的省份，川菜的特点是辣且麻——搁很多花椒。四川的小面馆的墙壁上黑漆大书三个字：麻辣烫。麻婆豆腐、干煸牛肉丝、棒棒鸡；不放花椒不行。花椒得是川椒，捣碎，菜做好了，最后再放。

周作人说他的家乡整年吃咸极了的咸菜和咸极了的咸鱼，浙东人确实吃得很咸。有个同学，是台州人，到铺子里吃包子，掰开包子就往里倒酱油。口味的咸淡和地域是有关系的。北京人说南甜北咸东辣西酸，大体不错。河北，东北人口重，福建菜多很淡。但这与个人的性格习惯也有关。湖北菜并不咸，但闻一多先生却嫌云南蒙自的菜太淡。

中国人过去对吃盐很讲究，如桃花盐、水晶盐，“吴盐胜雪”，现在则全国都吃再制精盐。只有四川人腌咸菜还坚持用自贡产的井盐。

我不知道世界上还有什么国家的人爱吃臭。

过去上海、南京、汉口都卖油炸臭豆腐干。长沙火宫殿的臭豆腐因为一个大人物年轻时常吃而出名。这位大人物后来还去吃过，说了一句话：“火宫殿的臭豆腐还是好吃。”文化大革命中火宫殿的影壁上就出现了两行大字，“最高指示：火宫殿的臭豆腐还是好吃”。

我们一个同志到南京出差，他的爱人是南京人，嘱咐他带一点臭豆腐干回来。他千方百计，居然办到了。带到火车上，引起一车厢的人强烈抗议。

除豆腐干外，面筋、百叶（千张）皆可臭。蔬菜里的莴苣、冬瓜、豇豆皆可臭。冬笋的老根咬不动，切下来随手就扔进臭坛子里——我们那里很多人家都有个臭坛子，一坛子“臭卤”。腌芥菜挤下的汁放几天即成“臭卤”。臭物中最特殊的是臭苋菜杆。苋菜长老了，主茎可粗如拇指，高三四尺，截成二寸许小段，入臭坛。臭熟后，外皮是硬的，里面的芯成果冻状。噙住一头，一吸，芯肉即入口中。这是佐粥的无上妙品。我们那里叫做“苋菜秸子”，湖南人谓之“苋菜咕”，因为吸起来“咕”的一声。

北京人说的臭豆腐指臭豆腐乳。过去是小贩沿街叫卖的：

“臭豆腐，酱豆腐，王致和的臭豆腐。”臭豆腐就贴饼子，熬一锅虾米皮白菜汤，好饭！现在王致和的臭豆腐用很大的玻璃方瓶装，很不方便，一瓶一百块，得很长时间才能吃完，而且卖得很贵，成了奢侈品。我很希望这种包装能改进，一器装五块足矣。

我在美国吃过最臭的“气死”（干酪），洋人多闻之掩鼻，对我说起来实在没有什么，比臭豆腐差远了。

甚矣，中国人口味之杂也，敢说堪为世界之冠。

（资料来源：汪曾祺．2006．汪曾祺谈吃．哈尔滨：北方文艺出版社，88.）

注释

① 汪曾祺（1920—1997年），江苏高邮人，现代、当代作家，创作以散文、小说居多。作品被译成多种文字介绍到国外。汪先生以散文笔调写小说，写出了家乡的所见所闻和风土人情、习俗民风、富于地方特色。作品在疏放中透出凝重，于平淡中显奇崛。著有小说集《邂逅集》，小说《受戒》、《大淖记事》，散文集《蒲桥集》，大部分作品收录在《汪曾祺全集》中。

② 蕹（yōng）菜：一年生草本植物，嫩茎叶可做蔬菜，也叫空心菜。

③ 苣荬（qǔ mǎi）菜：多年生草本植物，茎叶嫩时可以吃。

④ 佧佤（kǎ wǎ）族：佤族的旧称。

美点品悟

味之美

有人说汪曾祺身兼二美：美文家、美食家。他自己也说：写字、画画、做饭是“业余爱好”。汪曾祺可说是走遍了祖国各地，新疆、内蒙古、昆明、苏杭等地都有其足迹，每到一个地方，不吃会议餐，专拣僻静小巷，去寻当地的各类吃食。有一次在长沙，他与几个朋友想尝尝毛主席在火宫殿吃过的臭豆腐，就循味跟踪，忽觉臭味渐浓，几个人格外兴奋，“快到了，闻到臭味了嘛！”到了眼前，却是一个公共厕所！汪曾祺真是个好可爱的老头儿。他写过很多谈吃的文章，其中《五味》更是显露了其美食家的才情。泱泱中华大地，如此多的各路美食，竟能信手拈来，侃侃而谈，让人不得不佩服！酸甜苦辣咸，东西南北中，凭其深厚的人生阅历，将各种各地的美食统统摆在了读者面前，令人兴致盎然，甚至垂涎欲滴。汪曾祺既不是达官贵人，也不是商贾巨富，因此他笔下的五味，也就没有什么山珍海味、饕餮大餐，大江南北的各色小吃、各地风味足矣。他谈萝卜、豆腐，讲辣椒、咸鱼，皆是娓娓道来，从容闲适；读的人则津津有味，满嘴噙香。

汪曾祺在文章的开头就以一个有趣的故事告诉了我们“山西人真能吃醋！几个山西人在北京下饭馆，坐定之后，还没有点菜，先把醋瓶子拿过来，每人喝了三调羹醋。邻座的客人直瞪眼。”并描述了计划经济期间的一个片段：“有一年我到太原去，快过春节了。别处过春节，都供应一点儿好酒，太原的油盐店却都贴出个条子：供应老陈醋，每户一斤。”颇具地方特色，足见山西人喜醋。谈及南方人爱吃甜品，作者趁机纠正了人们心目中普遍存在的误解：“都说苏州菜甜，其实苏州菜只是淡，真正甜的是无锡。无锡炒鳝糊放那么多糖！小笼包的肉馅里也放许多糖，没法吃！”这段文字，完全可以为苏州菜正名，岂不美哉！就这样酸甜苦辣咸，作者带领我们走遍了大江南北，遍尝了各地的特色美味，真是过足了瘾。

最后，作者还特写了一段中国人独爱的口味：臭。有关各种臭菜的做法与吃法，都写得妙趣横生，而最妙的就是一段有关臭豆腐的佳话：“长沙火宫殿的臭豆腐因为一个大人物年轻时常吃而出了名。这位大人物后来还去吃过，说了一句话：‘火宫殿的臭豆腐还是好吃。’文化大革命中火宫殿的影壁上就出现了两行大字：最高指示：‘火宫殿的臭豆腐还是好吃’”。数十寒暑的沧桑风雨，借助臭豆腐这个最不起眼的俗物被浓缩了，真是令人不堪唏嘘！

汪曾祺就是这样用疏朗清淡的格调，写出了各地的风物人情、习俗风气，为人们描绘出了具有浓郁地方特色的风俗画，令人神往。也为读者们提供了原汁原味的田园风光活化石，更阐释了“民以食为天”的道理。

意之美

汪曾祺长于江南，定居于京城。其作品中，不乏风和日丽、小桥流水的江南秀色和小四合院、小胡同的京城一景，极少见到雷霆怒吼、阔大无比的壮观场景。他凭着对事物的独到颖悟和审美发现，从小的视角楔人，写凡人小事，记乡情民俗，谈花鸟虫鱼，考辞章典故，即兴偶感，娓娓道来，于不经心、不刻意中设传神妙笔，成就了当代小品文的经典和高峰。在《五味》中，他用疏朗清淡的格调，按照酸甜苦辣咸五味的顺序，妙趣横生地描写了各地的饮食习惯，对食材的出处细致考证，并穿插了许多有趣的故事、见闻，富于地域特色，诸如山西人爱吃醋，四川、湖南、湖北人爱吃辣，广东人爱吃甜……“延庆山里夏天爱吃酸饭，把好好的饭焐酸了，用井拔凉水一和，呼呼地就下去了三碗”等。通过这些地域风情的描写，衬托出淳朴的民俗，读来有历史的层次感，文章于平淡中闪现奇崛，情韵灵动淡远，风致清逸秀异，表现了中国食文化的博大精深，也渗透着作者对这世界的赞美，对生活的热爱。

而唯有对生活充满爱，才能撑起内心世界，在纷繁芜杂的人世中，始终连接一份清明，一份淡定。文如其人，汪曾祺散文的平淡质朴，不事雕琢，缘于他心境的淡泊和对人情世故的达观与超脱。汪曾祺喜欢的是“浴乎沂，风乎舞雩，咏而归”的情调。曾说“我所追求的不是深刻，而是和谐。”“我写的是美，是健康的人性。美，是什么时候都需要的。”像《五味》中所有的风俗化的描写，都体现了作者的世俗理想。各地的风土人情，饮食习惯，作者娓娓道来，如数家珍，他要从内容到形式上建立一种原汁原味的“本色艺术”，创造真境界，传达真感情，引领人们到达精神世界的净土。从讲饮谈食的文字里读者们可以读到他关于饮食文化与个性化的品味，也读到他宽厚洒脱的性情及淡定从容的趣味人生。

由此看来，平静淡泊的汪曾祺在中国当代文坛上的贡献，在于他对个体生命的富有人情味的真境界的昭示和呼唤，在于他帮助人们发现了就在自己身边的“凡人小事”之美。美就在身边，就在日常宁静和谐的生活中。

文之美

汪曾祺像一阵清风在中国文坛刮过，让人眼前一亮。他承继了其师沈从文之风，而又自成一家。他的散文没有结构的苦心经营，也不追求题旨的玄奥深奇，更没有华丽的词藻、张扬的文风，有的只是清新、质朴、亲切、真情，娓娓道来，如话家常。如此平易近人的文字，让人感到了一位老人的和蔼。

王安忆说：汪曾祺的作品“可说是顶容易读的了。总是最平凡的字眼，组成最平凡的句子，说一件最平凡的事情。”汪曾祺自己也曾说过：“我是希望把散文写得平淡一点，自然一点，家常一点的。”这在《五味》中表现得非常突出。作者的语调平和，从从容容，语言如同水中磨洗过的白石子，干净圆润清爽，这种语言魅力显然得益于日常口语与文言的完美结合。汪曾祺将精练的古代语言词汇自然地消融在文本中，又从日常口语、方言、民间文学中吸取甘美的乳汁，兼收并蓄，而又融合的浓淡适度，不留痕迹，独创了一种新文体。轻盈流丽，小巧精致，如声声燕语，呖呖莺歌，令人一读之下而悠然神往。例如，文中“北京人很保守，过去不知苦瓜为何物，近年有人学会吃了。菜农也有种的了。农贸市场上有很好的苦瓜卖，属于‘细菜’，价颇昂”。“何物”、“价颇昂”，如此把文言词汇融合于日常口语中，使得语句不仅没有生涩感，反而顿觉简洁、清新。又如，“‘番薯糖水’即用白薯切块熬的汤，这有什么好喝的呢？广东同学曰：‘好耶！’”一句方言“好耶”又生动地表现了广东人喝“番薯糖水”的惬意。

另外，作者的语言还非常幽默、风趣，妙趣横生。例如，在美国最臭的一种东西叫“cheese”，汪曾祺把它译为“气死”，堪称经典。还有“北京人过去就知道吃大白菜。由此可见，大白菜主义是可以被打倒的”，也让人忍俊不禁。特别是“我们一个同志到南京出差，他的爱人是南京人，嘱咐他带一点臭豆腐干回来。他千方百计，居然办到了。带到火车上，引起一车厢的人强烈抗议。”这段描写更是使人几乎笑喷。幽默、风趣的语言，妙趣横生的事例营造了一种轻松活泼、让人赏心悦目的情感基调。读着这随和的文字令人感到他不是在写文章，而是在与人聊天、调侃。

品读汪曾祺的散文好像在聆听一位性情和蔼、见识广博的老者在讲话，虽然话语平常，但饶有趣味。

学而有得

①阅读汪曾祺的另一篇散文《胡同文化》，并结合本文，进一步体会他文白相间，幽默风趣的语言风格。

②登陆网络或查找书籍，查阅相关资料，进一步了解我国各地饮食的特点及特色小吃。并根据当地饮食习惯，写一篇介绍当地饮食特点及口味的小短文。

③在家尝试做一道当地较有特色的小菜或小吃，在课堂上与同学交流制作方法及经验。

中国饮食文化的基本特征

中国是个素来重视饮食的国度，在几千年的文明演进中，形成了丰富多彩的食文化。中国饮食以其卓越的烹调技艺、丰美的营养菜式、深蕴的文化内涵成为人类饮食文化宝库中的明珠。它如同音乐、舞蹈、书法、绘画、戏剧一样，是中国数千年灿烂的民族文化遗产的重要组成部分，是宝贵的旅游资源，具有重要的旅游开发价值。

中国食文化在漫长的历史发展过程中形成了极为鲜明的民族特色，主要表现在以下几个方面：

(1) 五味调和是中国食文化最大的特色

中国食文化在烹调上无论是对品味的追求上，还是对菜肴的制作上都以五味调和为最高原则。五味调和首先是满足人们饮食口味的需要和选择食品原料的要求。五味，是指甜、酸、苦、辣、咸；五味调和是指这五种口味既有变化，又能搭配合理；保持和发挥食物的本味或真味。五味调和还要合乎时序，对食品原料的选择，不同时令有不同侧重，《礼记·内则》中就有“凡和，春多酸、夏多苦、秋多辛、冬多咸，调以滑甘”的说法，强调既要满足人们的口感需要，又要与四时变化和人的生理需求和谐一致。五味调和也是对烹调过程的要求。《吕氏春秋·孝行览第二》曾描述过这一过程和要求：五味谁先放后放，如何掌握时机，放多放少，如何调配才能合适，都很有讲究。在烹调过程中，锅中异常微妙的变化难以用语言说明白，关键在于烹饪者把握适当的“度”，使菜肴具有“久而不弊，熟而不烂，甘而不浓，酸而不酷”的上乘特色，其宗旨是将诸味中和成一协调的有机体。

(2) 追求色、香、味、形、器、境有机统一的美食观

中国食文化具有很强的审美功能，不仅仅追求五味调和之美，还有对色、香、味、形、器、境综合之美的偏好，这是中国食文化的审美文化特性。中国烹饪素有“吃的艺术”、“吃的美学”之称。在中国饮食中把色美放在首位，可见辨色对触动食欲的重要，孔子就提出“色恶不食”，菜肴色彩搭配组合的优劣往往是筵席成功与否的关键。菜肴的香气，能引发人们品评菜点的欲望和动机，同时香的感受能够加深和促进人们对色与形的审美愉悦。饮食中的愉悦以“味”为主体，与色、香、形结合的美味是饮食审美感觉的高潮，“重味”是中国饮食文化区别于西方饮食文化的主要特征之一。形美有助于饮食审美情调与氛围的营造。美味配美食，犹如琴瑟和鸣，相得益彰，相映成趣。境美，主要是指优雅和谐的饮食空间环境和情感环境，它能使宴饮锦上添花，令人畅神悦情。

色、香、味、形、器、境诸美的和谐统一，使饮食活动不仅仅是满足生理需求的行为，而且具有明显的审美欣赏、审美体验的价值，而烹饪与宴饮的设计与安排则有着艺术创造的意义。

有人到北平吃烤鸭，归来盛道其美，我问他好在哪里，他说："有皮，有肉，没有油。"我告诉他："你还没有吃过北平烤鸭。"

烧　鸭

梁实秋[1]

北平[2]烤鸭，名闻中外。在北平不叫烤鸭，叫烧鸭，或烧鸭子，在口语中加一子字。

《北平风俗杂咏》严辰《忆京都词》十一首，第五首云：

忆京都·填鸭冠寰中

烂煮登盘肥且美，

加之炮烙制尤工。

此间亦有呼名鸭，

骨瘦如柴空打杀。

严辰是浙人，对于北平填鸭之倾倒，可谓情见乎词。

北平苦旱，不是产鸭盛地，唯近在咫尺之通州得运河之便，渠塘交错，特宜畜鸭。佳种皆纯白，野鸭花鸭则非上选。鸭自通州运到北平，仍需施以填肥手续。以高粱及其他饲料揉搓成圆条状，较一般香肠热狗为粗，长约四寸许。通州的鸭子师傅抓过一只鸭来，夹在两条腿间，使不得动，用手掰开鸭嘴，以粗长的一根根的食料蘸着水硬行塞入。鸭子要叫都叫不出声，只有眨巴眼的份儿。塞进口中之后，用手紧紧地往下捋[3]鸭的脖子，硬把那一根根的东西挤送到鸭的胃里。填进几根之后，眼看着再填就要撑破肚皮，这才松手，把鸭关进一间不见天日的小棚子里。几十百只鸭关在一起，像沙丁鱼，绝无活动余地，只是尽量给予水喝。这样关了若干天，天天扯出来填，非肥不可，故名"填鸭"。一来鸭子品种好，二来师傅手艺高，所以填鸭为北平所独有。抗战时期在后方有一家餐馆试行填鸭，三分之一死去，没死的虽非骨瘦如柴，也并不很肥，这是我亲眼看到的。鸭一定要肥，肥才嫩。

北平烧鸭，除了专门卖鸭的餐馆如全聚德之外，是由便宜坊（即酱肘子铺）发售的。在馆子里亦可吃烧鸭，例如在福全馆宴客，就可以叫右边邻近的一家便宜坊送了过来。自从宣外的老便宜坊关张以后，要以东城的金鱼胡同口的宝华春为后起之秀，楼下门市，楼上小楼一角最是吃烧鸭的好地方。在家里，打一个电话，宝华春就会派一个小利巴，用保温的铅铁桶送来一只才出炉的烧鸭，油淋淋的，烫手热的。附带着他还带来蒸荷叶饼葱酱之类。他在席旁小桌上当众片鸭，手艺不错，讲究片得薄，每一片有皮有油有肉，随后一盘瘦肉，最后是鸭头鸭尖，大功告成。主人高兴，赏钱两吊，小利巴欢天喜地称谢而去。

填鸭费工费料，后来一般餐馆几乎都卖烧鸭，叫做叉烧烤鸭，连闷炉的设备也省了，就地一堆炭火一根铁叉就能应市。同时用的是未经填肥的普通鸭子，吹凸了鸭皮晾干一烤，也能烤得焦黄迸脆。但是除了皮就是肉，没有黄油，味道当然差得多。有人到北平吃烤鸭，归来盛道其美，我问他好在哪里，他说："有皮，有肉，没有油。"我告诉他："你还没有吃过北平烤鸭。"

所谓一鸭三吃，那是广告噱头④。在北平吃烧鸭，照例有一碗滴出来的油，有一副鸭架装。鸭油可以蒸蛋羹，鸭架装可以熬白菜，也可以煮汤打卤。馆子里的鸭架装熬白菜，可能是预先煮好的大锅茶，稀汤寡水，索然寡味。会吃的人要把整个的架装带回家里去煮。这一锅汤，若是加口蘑（不是冬菇，不是香蕈）打卤，卤上再加一勺炸花椒油，吃打卤面，其味之美无与伦比。

（资料来源：梁实秋．2006．梁实秋散文．北京：人民文学出版社，126.）

注释

① 梁实秋（1903—1987年）：原籍浙江杭县，生于北京。学名梁治华，字实秋。他是20世纪华语世界的一代文学宗师，为文坛留下了两千多万字的著译。独力译成四百多万字的莎士比亚全部剧作和3卷诗歌；著成100万字的《英国文学史》，并选择了120万字的《英国文学选》；主编《远东英汉大辞典》及三十多种英文词典和教科书。他更以《雅舍小品》等十余部脍炙人口的散文作品，奠定了他在中国现代文学史上的独特地位。

② 北平：民国时期称北平，现称北京。

③ 捋（lǚ）：用手顺着抹下去，使物体顺溜或干净。

④ 噱（xué）头：花招。

美点品悟

味之美

梁实秋出身于北京一个殷实的大家族，这是一个美食世家。北京城的著名老字号餐馆，如致美斋、东兴楼、正阳楼、厚德福、全聚德等，都为他家设有固定雅座。梁实秋先后曾在北京待了长达30年之久，对北京的名吃、风味了如指掌，谙练无误。他好吃名菜，也爱研究吃的学问，有关美食的配料、做法、缘由、讲究等，他都能一五一十地说个清楚，经由他的精彩描绘，菜品之色、香、味、形顿时便跃然纸上。

本篇中北京烤鸭的美味是众所周知的，作者便不再赘述，而是把侧重点放在了“选材精、工序难、制尤工”上，探求其味美之源头。首先选材必要通州纯白鸭。之后是填鸭，这是重中之重。作者不惜笔墨，备述其详——揉、搓、夹、掰、蘸、塞、捋、挤送、填、关、给、扯，一系列动作活画出了填鸭师傅的娴熟手艺，然后是“烤鸭”、“片鸭”的环节。制作“鸭架汤”的环节，虽简洁凝练，却精彩传神。从而将烤鸭这道北京名吃严格、讲究甚至富有传奇性的制作过程介绍得精彩生动，栩栩如生。

不仅如此，作者擅长“以食入文”的同时，更擅长“以文入食”。梁实秋学贯中西，又是国学大师，他精通经史诗书，民族文化的积淀很深。在他的文章中，诗文、典故、民间俗语、文化

渊源信手拈来，旁征博引，在表现美食美味的同时，还平添了诸多雅俗共赏的文化美感。值得读者反复赏读，细细吟味。

意之美

梁实秋是位文人美食家，以其独特的恬淡闲适、高文化品位的谈吃散文为文学界增添了一道亮丽的景色。散文中谈吃谈美食只是一个表象，透过这“吃”更有一种“深味”值得我们细细品味：

《烧鸭》中，作者将北京名吃——烧鸭的制作做了精彩的介绍与描绘，从用料，到做工，到口味，一一进行了盛赞。不难看出作者对家乡这道充满传奇色彩的名菜的赞赏与热爱。尤其对“小利巴”片烧鸭场面的回忆，充满了一种怀念之情，流露出作者对故都北京的思念之情，表达了其对这里的民俗文化，风土人情和传统文化的热爱之情。

梁实秋这位饱学之士在这类谈吃散文中还善于旁征博引，由此构建了人文景观，丰富了文化情趣。他把生活当作艺术来享受，在生活中关注艺术，虽抒写日常之食，也要品出一番艺术韵味、一种清新儒雅的文化品位。读者在品味“美食”的同时，也随着作者的文字品味着传统文化的精髓。

文之美

《烧鸭》是一篇短短的千字文，简洁明快，要言不烦，却层次丰富。浙人赞北平填鸭、北平填鸭技法、北平烧鸭之普及、叉烧烤鸭之烤制、一鸭三吃之绝佳滋味尽在其中。

作者起笔开门见山，简笔点题。接着以诗词佐证，曲笔映衬。之后切入重点，填鸭技法的描绘如行云流水。北平烧鸭之普及一节，先提及吃的去处，之后突出吃烧鸭的生活情趣。且看小利巴的服务何其周到：“用保温的铅铁桶送来一只才出炉的烧鸭，油淋淋的，烫手热的”——上门及时、食品新鲜、风味独具；“带来蒸荷叶饼葱酱之类”——佐食齐备；“在席旁小桌上当众片鸭，手艺不错，讲究片得薄，每一片有皮有油有肉，随后一盘瘦肉，最后是鸭头鸭尖，大功告成”——手艺精湛，游刃有余。再看吃的兴味：“主人高兴，赏钱两吊，小利巴欢天喜地称谢而去”——主客皆欢，其乐融融，恬淡中显隽永，一片浓浓的思乡之情溢于笔端。

文章中的场景皆用白描手法刻画，但其中的深味却是隽永悠长。行文幽默，情趣高雅，语言文白相间、朴素简洁、文采斐然、文笔活泼。琐事入笔，典雅出锋，这些都是“梁文”的卓绝之处。

学而有得

①“一方水土养一方人”，饮食文化具有很强的地域特色。你的家乡盛产什么？家乡人如何炮制这一美食？请以《特色小吃——××》为题，写一篇300字的文字，向同学们推介。

②文人墨客中不乏爱吃之人，不过他们把“吃”这一俗事提升到了“雅”的境界，相传杜甫就有这样一则“巧为无米之炊”的趣事。

学而有得

相传，唐代大诗人杜甫弃官以后来到四川，在成都郊外盖了一间草堂。

一天，唐代著名边塞诗人岑参也来到成都，特地去草堂拜访杜甫。

杜甫与岑参意外相逢，很是高兴，当下取出酒来吩咐家人设宴招待。可是，杜甫的妻子翻遍了所有的柜子，仅仅找出了两个鸡蛋、一棵葱。

杜甫的妻子很为难。不料，杜甫却不以为然地说："没关系，家中有啥吃啥，咱们拿出所有的食物，以诚相待就是了。"

不一会儿，杜甫家待客的第一道菜便端上来了。原来，这道菜是两个蛋黄做成的，而蛋黄之间又极巧妙地放了一根葱叶。杜甫十分热情地举起筷子，轻声吟道："两个黄鹂鸣翠柳……"

久别重逢，岑参见杜甫仍把自己当好朋友，立刻与杜甫举杯畅饮，备觉亲切。

紧接着，第二道菜也端上来了。这道菜是用两个蛋清做成的，乍一看，让人觉得有点寒酸。但随着杜甫那"一行白鹭上青天"的诗句吟出，这道菜便别有一番情趣了。

第三道菜是杜妻用一大截葱白做的，看起来并不怎样，可在大诗人眼里却同样也有了生机。

"窗含西岭千秋雪……"

"妙啊！妙！"岑参一边品酒，一边赞不绝口。

这时候，杜甫家待客的最后一道菜端上来了。岑参见状，惊喜不已，几乎与大诗人同时吟出第四句诗："门泊东吴万里船。"

原来，这第四道菜是一大碗冒着热气的清水汤，而汤水上面居然漂荡着像船儿一样的两个鸡蛋壳。

诗成酒毕，两人同时开怀大笑。于是，两个鸡蛋一棵葱一首诗，把两位大诗人的心牵得更近了。

杜甫能够妙用相似点以诗句为菜取名，有没有给你什么启示呢？（提示：用诗句给菜起名，是因为菜的搭配与烹制方法和某些诗句有相似的地方）请你尝试着用诗句给三样家常菜起个名字。

③ 我国人民一向对吃看重。"开门七件事，柴米油盐酱醋茶"，样样没离开"吃"字。同时，我们也应看到"吃"字也贯穿在"天涯风俗自相亲"中。春节吃饺子、端午节吃粽子……不一而足。请以组为单位，谈谈"节日与美食的渊源"。

行知天下

全聚德

全聚德创建于1864年（清朝同治三年），创始人是河北冀县人杨全仁，以做北京烤鸭闻名。其首创的挂炉烤鸭外形美观，丰盈饱满，颜色鲜艳，色呈枣红，皮脆肉嫩，鲜美酥香，肥而不腻，瘦而不柴，为全聚德烤鸭赢得了"京师美馔，莫妙于鸭"的美誉。烤鸭是全聚德的主要经营品种，从选鸭、填喂、宰杀、到烧烤，道道工

序一丝不苟。选料实在，厨工手艺精，操作认真，店伙招待顾客热情，使全聚德久负盛名。

北京烤鸭

真正吃烤鸭，讲究的是春、秋、冬三季。冬、春二季，鸭肉比较肥嫩；而秋季，天高气爽，无论温度、湿度都最适宜制作烤鸭。烤好的鸭子大概在 2 斤 4 两（1 斤 =0.5 千克，1 两 =0.05 千克）左右，要求片下 80 ～ 100 片，一只烤鸭片下的肉大概在 1 斤 2 两左右。

烤鸭制作技巧一半在烤，一半在片。烤鸭烤好后，要现片现吃。片鸭的方法有两种：一种是先趁热片下鸭皮来吃，又酥又脆又香，然后再片鸭肉。另一种是片片有肉、片片带皮，均如丁香叶大小，薄而不碎，裹在荷叶饼中食之，酥香鲜嫩。

鸭肉片完装盘摆好后，厨师还要把鸭头掰下来，用刀一切两半儿，同时片两个小片儿鸭尾部的肉，对称地单放在一个 小盘儿里。同时，把两条鸭里脊肉横放在鸭头上面，与片好的鸭肉同时上桌，表示客人点的鸭子已上完，有头有尾。鸭头可以蘸花椒盐儿吃。鸭尾只是用来摆设示意的。两条鸭里脊是留给本桌尊贵的宾客或年长的客人的。

吃烤鸭的佐料一般是甜面酱加葱条，可配黄瓜条、萝卜条。用筷子挑一点甜面酱，抹在荷叶饼上，夹几片烤鸭片盖在上面，再放上几根葱条、黄瓜条或萝卜条，用荷叶饼卷起，也有用蒜泥加甜面酱。

吃烤鸭时的主食，主要是荷叶饼。这荷叶饼也是很有讲究的。首先是薄，要能透光；其次还要韧，要有弹性。除了荷叶饼之外，还有空心芝麻烧饼。将烤鸭蘸了甜面酱，同葱条等一起塞进空心芝麻饼里食之，味道也极佳。

最后还有一道鸭架子汤，用片去皮肉后的烤鸭架熬汤，加入葱丝，还可依据个人口味添加胡椒粉。汤色乳白，香浓可口。

◎　让我们一起去博寻胜迹

林语堂《论纽约的饮食起居》

叶绍钧《藕与莼菜》

俞平伯《打橘子》

汪曾祺《我家乡的野菜》

冯唐《茶与酒》

第 5 章

江上冰销岸青青，三三五五踏青行

——民俗风情类

在那遥远的地方，有个美丽的泸沽湖，像一方超然世外的净土，至今还沿袭着千百年前古老的习俗；在如诗如画的江南水乡，乘一叶乌篷小船，去看一场社戏，会心生一腔暖暖的乡情；西双版纳的泼水节，那是傣族的新年，用一场泼水的狂欢，表达虔诚、热烈的祈福；一个叫做春节的日子，是中国风俗画上一抹最富丽的色彩，几乎浓缩了中国人所有的礼仪、信仰与祈愿；而那遥远的西班牙，却世世代代上演着血腥与优雅同在的人与牛的搏斗……

百里不同风，千里不同俗。五十六个民族，五十六枝花。各地的民俗、民风构成一道道亮丽的人文风景线，等你去游弋，去领略，去品味风土人情的醇厚韵味。

中国年是什么？是红红火火的春联？是不绝于耳的爆竹声？是团团圆圆的年夜饭？还是热热闹闹的庙会？是的，都是，它是中国人世世代代的祈愿……

北京的春节

老　舍[①]

按照北京的老规矩，过农历的新年（春节），差不多在腊月的初旬就开头了。“腊七腊八，冻死寒鸦，”这是一年里最冷的时候。可是，到了严冬，不久便是春天，所以人们并不因为寒冷而减少过年与迎春的热情。在腊八那天，人家里，寺观里，都熬腊八粥。这种特制的粥是祭祖祭神的，可是细一想，它倒是农业社会的一种自傲的表现——这种粥是用所有的各种的米，各种的豆，与各种的干果（杏仁、核桃仁、瓜子、荔枝肉、莲子、花生米、葡萄干、菱角米……）熬成的。这不是粥，而是小型的农业展览会。

腊八这天还要泡腊八蒜。把蒜瓣在这天放到高醋里，封起来，为过年吃饺子用的。到年底，蒜泡得色如翡翠，而醋也有了些辣味，色味双美，使人要多吃几个饺子。在北京，过年时，家家吃饺子。

从腊八起，铺户中就加紧地上年货，街上加多了货摊子——卖春联的、卖年画的、卖蜜供的、卖水仙花的等等，都是只在这一季节才会出现的。这些赶年的摊子都教儿童们的心跳得特别快一些。在胡同里，吆喝的声音也比平时更多更复杂起来，其中也有仅在腊月才出现的，像卖宪书[②]的，松枝的、薏仁米的、年糕的，等等。

在有皇帝的时候，学童们到腊月十九日就不上学了，放年假一月。儿童们准备过年，差不多第一件事是买杂拌儿[③]。这是用各种干果（花生、胶枣、榛子、栗子等）与蜜饯掺合成的，普通的带皮，高级的没有皮——例如：普通的用带皮的榛子，高级的用榛瓤儿。儿童们喜吃这些零七八碎儿，即使没有饺子吃，也必须买杂拌儿。他们的第二件大事是买爆竹，特别是男孩子们。恐怕第三件事才是买玩艺儿——风筝、空竹、口琴等——和年画儿。

儿童们忙乱，大人们也紧张。他们须预备过年吃的使的喝的一切。他们也必须给儿童赶快做新鞋新衣，好在新年时显出万象更新的气象。

二十三日过小年，差不多就是过新年的“彩排”。在旧社会里，这天晚上家家祭灶王，从一擦黑儿鞭炮就响起来，随着炮声把灶王的纸像焚化，美其名叫送灶王上天。在前几天，街上就有卖麦芽糖与江米糖的，糖形或为长方块或为大小瓜形。按旧日的说法：用糖粘住灶王的嘴，他到了天上就不会向玉皇报告家庭中的坏事了。现在，还有卖糖的，但是只由大家享用，并不再粘灶王的嘴了。

过了二十三，大家就更忙起来，新年眨眼就到了啊。在除夕以前，家家必须把春联贴好，必须大扫除一次，名曰扫房。必须把肉、鸡、鱼、青菜、年糕什么的都预备充足，至少足够吃用一个星期的——按老习惯，铺户多数关五天门，到正月初六才开张。假若不预备下几天的吃食，临时不容易补充。还有，旧社会里的老妈妈论，讲究在除夕把一切该切出来的东西都切出来，省得在正月初一到初五再动刀，动刀剪是不吉利的。这含有迷信的意思，不过它也表现了我们确是爱和平的人，在一岁之首连切菜刀都不愿动一动。

除夕真热闹。家家赶作年菜，到处是酒肉的香味。老少男女都穿起新衣，门外贴好红红的对联，屋里贴好各色的年画，哪一家都灯火通宵，不许间断，炮声日夜不绝。在外边作事的人，除非万不得已，必定赶回家来，吃团圆饭，祭祖。这一夜，除了很小的孩子，没有什么人睡觉，而都要守岁。

元旦的光景与除夕截然不同：除夕，街上挤满了人；元旦，铺户都上着板子，门前堆着昨夜燃放的爆竹纸皮，全城都在休息。

男人们在午前就出动，到亲戚家，朋友家去拜年。女人们在家中接待客人。同时，城内城外有许多寺院开放，任人游览，小贩们在庙外摆摊，卖茶、食品和各种玩具。北城外的大钟寺、西城外的白云观，南城的火神庙（厂甸）是最有名的。可是，开庙最初的两三天，并不十分热闹，因为人们还正忙着彼此贺年，无暇及此。到了初五六，庙会开始风光起来，小孩们特别热心去逛，为的是到城外看看野景，可以骑毛驴，还能买到那些新年特有的玩具。白云观外的广场上有赛轿车赛马的；在老年间，据说还有赛骆驼的。这些比赛并不争取谁第一谁第二，而是在观众面前表演骡马与骑者的美好姿态与技能。

多数的铺户在初六开张，又放鞭炮，从天亮到清早，全城的炮声不绝。虽然开了张，可是除了卖吃食与其他重要日用品的铺子，大家并不很忙，铺中的伙计们还可以轮流着去逛庙、逛天桥和听戏。

元宵（汤圆）上市，新年的高潮到了——元宵节（从正月十三到十七）。除夕是热闹的，可是没有月光；元宵节呢，恰好是明月当空。元旦是体面的，家家门前贴着鲜红的春联，人们穿着新衣裳，可是它还不够美。元宵节，处处悬灯结彩，整条的大街像是办喜事，火炽而美丽。有名的老铺都要挂出几百盏灯来，有的一律是玻璃的，有的清一色是牛角的，有的都是纱灯；有的各形各色，有的通通彩绘全部《红楼梦》或《水浒传》故事。这，在当年，也就是一种广告；灯一悬起，任何人都可以进到铺中参观；晚间灯中都点上烛，观者就更多。这广告可不庸俗。干果店在灯节还要作一批杂拌儿生意，所以每每独出心裁的，制成各样的冰灯，或用麦苗作成一两条碧绿的长龙，把顾客招来。

除了悬灯，广场上还放花合。在城隍庙里并且燃起火判，火舌由判官的泥像的口、耳、鼻、眼中伸吐出来。公园里放起天灯，像巨星似的飞到天空。

男男女女都出来踏月、看灯、看焰火；街上的人拥挤不动。在旧社会里，女人们轻易不出门，她们可以在灯节里得到些自由。

小孩子们买各种花炮燃放，即使不跑到街上去淘气，在家中照样能有声有光地玩耍。家中也有灯：走马灯——原始的电影——宫灯、各形各色的纸灯，还有纱灯，里面有小铃，到时候就叮叮地响。大家还必须吃汤圆呀。这的确是美好快乐的日子。

一眨眼，到了残灯末庙，学生该去上学，大人又去照常作事，新年在正月十九结束了。腊月和正月，在农村社会里正是大家最闲在的时候，而猪牛羊等也正长成，所以大家要杀猪宰羊，酬劳一年的辛苦。过了灯节，天气转暖，大家就又去忙着干活了。北京虽是城市，可是它也跟着农村社会一齐过年，而且过得分外热闹。

在旧社会里，过年是与迷信分不开的。腊八粥，关东糖，除夕的饺子，都须先去供佛，而后人们再享用。除夕要接神；大年初一要祭财神，吃元宝汤（馄饨），而且有的人要到财神庙去借纸元宝，抢烧头股香。正月初八要给老人们顺星、祈寿。因此那时候最大的一笔浪费是买香蜡纸马的钱。现在，大家都不迷信了，也就省下这笔开销，用到有用的地方去。特别值得提到的是现在的儿童只快活地过年，而不受那迷信的熏染，他们只有快乐，而没有恐惧——怕神怕鬼。也许，现在过年没有以前那么热闹了，可是多么清醒健康呢。以前，人们过年是托神鬼的庇佑，现在是大家劳动终岁，大家也应当快乐地过年。

（资料来源：季羡林．2011．百年美文（青春阅读版地域卷 1900—2000）．天津：百花文艺出版社，22.）

注 释

① 老舍（1899—1966 年），现代作家，原名舒庆春，字舍予，满族，正红旗人，生于北京。先后在英国伦敦大学东方学院、齐鲁大学和山东大学任教。1966 年，在“文化大革命”中因不堪忍受屈辱投湖自尽。有“人民艺术家”的光荣称号。著有长篇小说《四世同堂》、《骆驼祥子》，中篇小说《月牙儿》、《我这一辈子》，话剧《茶馆》，《龙须沟》等。

② 宪书：也叫“时宪书”，即历书。旧时历书常把干支、月令、节气，以及各种术数，如择日、星相吉凶、卜卦等内容都印在上面。

③ 杂拌儿：老北京过大年时，家家户户守岁时必吃的小食品。由多种干鲜果品掺在一起拌和而成。

美点品悟

风之淳

1951 年 1 月春节前夕，老舍发表了一篇极短却极具趣味的散文《北京的春节》。在这篇千数字的文章里，老舍用其优美的笔调描绘了老北京春节前后的日程、节目、玩艺儿、吃食、礼仪、景观，可以说是关于北京春节的小百科全书。

北京的春节从腊月初旬就开始了。人们熬腊八粥，泡腊八蒜，铺户加紧上年货，街上加多了货摊子，儿童们也放了假，忙着买杂拌儿、买爆竹、买玩意儿，儿童们忙乱，大人们也紧张，他们需预备过年吃的使的喝的一切，给儿童赶做新鞋新衣，二十三日过了小年，大家就更忙起来：贴春联、扫房、备年货……怎一个“忙”字了得。紧接着，就迎来了灯火通宵的除夕夜：“家家赶做年菜，到处是酒肉的香味”，这是年的味道；“男女老少都穿起新衣，门外贴上了红红的对联，屋里贴好了各色的年画”，这是年的色彩；“除夕夜家家灯火通宵，不许间断，鞭炮声日夜不绝”，这是年的声音；“在外面做事的人，除非万不得已，必定赶回家吃团圆饭”，这是中国年的情味儿。到了正月十五，迎来了新年的高潮，人们观花灯，吃元宵，处处悬灯结彩，整条大街像是办喜事儿，火炽而美丽……

《北京的春节》情趣盎然，让人们看到了年的颜色、听到了年的声音、闻到了年的味道、感到了年的情味儿。这哪里是篇散文，分明就是一幅活脱脱的老北京民俗风情画卷。

情 之 浓

老舍出生于一个贫寒的旗人护军家庭，自幼生活在北京，熟悉热爱这儿的一切，爱这里的城墙巷道，爱这里的风情习俗，爱那些和他一样生活在这片土地上的老百姓们。

因为这份爱，老舍对情趣盎然的老北京春节习俗信手拈来：熬腊八粥、制腊八蒜、买杂拌儿、买花炮、祭灶、大扫除、贴对联、贴年画、吃团圆饭、守岁、歇铺、拜年、逛庙会、逛天桥、赛马、赛骆驼、踏月、观灯、看焰火……在作者如数家珍的叙谈中，我们分明看到了北京城里喜气洋洋、热闹非凡的景象以及人们无拘无束的放松和自由。这是作者对老北京人热爱生活，追求美好生活的赞颂，也是对人们幸福生活的由衷祝愿。

因为这份爱，老舍还让我们领悟到了民俗文化的丰富内涵。例如，“在腊八那天，人家里，寺观里，都熬腊八粥。这种特制的粥是祭祖祭神的，可是细一想，它倒是农业社会的一种自傲的表现——这种粥是用所有的各种的米，各种的豆，与各种的干果（杏仁、核桃仁、瓜子、荔枝肉、莲子、花生米、葡萄干、菱角米……）熬成的。这不是粥，而是小型的农业展览会”。这段文字，不仅能让人们想象北京城在腊八这一天家家户户熬制腊八粥的壮观景象，了解到老北京腊八粥成分的丰盛，而且还让人们认识到腊八粥是源于中国古代的祖先和神灵崇拜，是中国古代农业文明的典型结晶。

作者对皇城根下这块土地的热爱，不都渗透在这字里行间了吗？

文 之 美

老舍是20世纪中国文坛上屈指可数的语言大师，他善于运用并且提升了民众的口语、俗语，他笔下的文字好像一个个鲜活的细胞，组成了一篇篇充满生命力的作品。

老舍先生曾说：“我不论写什么，总希望能够信赖大白话；即使是说明比较高深一点的道理，我也不接二连三地用术语与名词，我还保持着我的‘俗’与‘白’”。《北京的春节》依旧秉承了老舍一贯的语言风格，朴素自然，不事雕琢，流畅通达，明白如话。没有难懂的字，没有拗口的句子，没有文雅的辞藻，读起来朗朗上口，犹如在听一位长者拉家常、讲故事一样亲切有味。例如，“这不是粥，而是小型的农业展览会”，“二十三日过小年，差不多就是过新年的‘彩排’”。曹禺说得好：“他作品中的语言更有特色，没有一句华丽的辞藻，但是感动人心，其深厚美妙，常常是不可言谈的。”

在中国现代文学史上，老舍是用地道的北京话从事创作的作家之一。他自幼生活在北京、熟悉北京，这为老舍运用北京语言提供了得天独厚的条件。取材于老北京人过春节的风俗的《北京的春节》，运用了很多北京腔调中的儿化音，如“杂拌儿”、“零七八碎儿”、“玩意儿”、“擦黑儿”等，读来京味儿十足，备觉亲切。

学而有得

① 品读全文，体会在对北京春节习俗娓娓叙述的字里行间，饱含着作者对故乡怎样的深厚感情。试举例简析。

② 通过本文的学习，你对北京的春节有了哪些了解？增长了哪些民俗文化知识？小组讨论交流。

③ 你家乡的春节有哪些特殊的风俗？可以咨询一下长辈，了解过去与现在过春节的变化，并选择一个方面，加以介绍和评论，写一篇关于家乡春节习俗的简要调查报告。

行知天下

春节

春节，即农历新年，俗称过年，一般指除夕和正月初一，是中华民族最隆重的传统佳节。但在民间，传统意义上的春节是指从腊月初八的腊祭或腊月二十三或二十四的祭灶，一直到正月十五，其中以除夕和正月初一为高潮。

春节历史悠久，起源于殷商时期年头岁尾的祭神祭祖活动。在春节期间，中国的汉族和很多少数民族都要举行各种活动以示庆祝。这些活动均以祭祀神佛、祭奠祖先、除旧布新、迎禧接福、祈求丰年为主要内容。活动丰富多彩，带有浓郁的民族特色。

春节的食俗

腊八粥：腊月初八这天，中国各地都有喝腊八粥的习俗。腊，在远古时代本是一种祭礼的名称，“腊”是从“猎”字演变而来，故“腊”“猎”相通。因为一岁之终，农作物已收晒完毕，农闲了，人们便到野外猎取禽兽，用来祭祖先、敬百神，以祈福求寿、避灾迎祥，称之为“腊祭”。最早的腊八粥是用红小豆煮。后经演变，其内容逐渐丰富多彩起来。腊八节后，春节将至，人们便开始购置年货，打扫卫生，布置居室，以崭新的面貌迎接“年”的到来。

年糕：春节吃年糕，“义取年胜年，籍以祈岁稔。”寓意万事如意年年高。年糕的种类有：北方的白糕饦、黄米糕；江南的水磨年糕；西南的糯粑粑；台湾的红龟糕。

饺子：北方年夜饭有吃饺子的传统，“交子”即新年与旧年相交的时刻。饺子就意味着更岁交子，过春节吃饺子被认为是大吉大利。另外饺子形状像元宝，包饺子意味着包住福运，吃饺子象征生活富裕。

元宵：元宵节吃元宵，是取“团团如月”的吉祥之意。

元宵用面除江米面外，还有黏高粱面、黄米面等。馅则有桂花白糖、山楂白糖、什锦、豆沙、枣泥等。形制上，或大若核桃，也有小如黄豆的“百子汤圆”，还有实心圆子和薄皮的“碌皮汤圆”。

春饼：立春吃春饼是中国一种古老风俗。晋代已有“五芋盘”即“春盘”，是将春饼与菜同置一盘之内。唐宋时立春吃春饼之风渐盛，皇帝并以之赐近臣百官，当时的春盘极为讲究：“翠缕红丝，金鸡玉燕，备极精巧，每盘直万钱”。

泸沽湖，因其地域的遥远而拥有了一尘不染的美丽与宁静；泸沽湖，因其风俗的古老，而固守着一份古朴与单纯。历史，似乎在这里忘记了前进，使这里像一方超然世外的净土。厌倦了都市的纷扰、不胜精神负荷的人们，来这里走一趟，或许会完成一次心灵的洗涤和本性的回归。

遥远的泸沽湖

冯剑华[①]

只一眼，你便被泸沽湖醉倒了，你便被泸沽湖攫住了整个灵魂。

醉倒你攫住你的，是泸沽湖的安详静谧，是泸沽湖的清亮洁净。未经过任何污染的泸沽湖澄澈碧透，穿过湖水，你可以历数水下十几米处悠闲来去的小鱼。洁白的雪山，苍绿的树林，摩挲村寨那童话世界般的木刻楞房屋，还有郁黑的核桃树，白色的玛尼堆和橘红杏黄色的经幡，倒映在碧蓝的湖面上，朦胧又迷离。黑色、白色、麻色的野鸭大雁，伴着摩梭人的独木舟，静静滑过……

恍惚间，你仿佛置身于如幻的梦境了。

绕过船头的玛尼堆，经过湖边那棵百年的老核桃树，你便进入了摩梭人聚居的村寨。

那整棵整棵的圆木叠成了墙，整块整块的木板搭成了顶的木刻楞房屋，便是摩梭人居住的地方了。屋顶上，在风中摆动的写满经文的红绿小旗，是在为不识字的摩梭老阿妈念经诵佛呢。院子里那棵裹着红布条的，是摩梭人家的神树，保佑着她一家平安吉祥。

走进摩梭人家去，走进去，你变成了摩梭人家的贵客。

身穿长裙，头顶布帕的摩梭老阿妈，用你听不懂的语言，用你看得懂的笑容与手势，把你让坐在屋子中央的火塘边。老阿妈扒出煨在火塘里的热腾腾香喷喷的土豆招待你，用酥油桶搅拌出浓醇甘甜的酥油茶招待你。老阿妈的儿子，为你摘下挂在屋顶，腌得红亮滴油的肥膘皮肉。老阿妈的女儿，为你用刚提上来的洁净的泸沽湖水，炖上刚从泸沽湖里捞上来的小鱼。不加酱油，不用味精，不撒一切杂七杂八的调料。原汁原味的肉，原汁原味的鲫鱼汤，还有一大碗足够三个壮汉吃饱的素炒土豆丝。没有一句虚假的客套，没有一句甜蜜的礼让，摩梭人为你摆好了如他们一般质朴本色的白木方桌。

坐在木墙木顶的木刻楞屋檐下，高原的太阳热哄哄地暖着你，摩梭人的真诚好客热烘烘地暖着你。你吃着醇厚喷香的肥膘肉，喝着鲜美无比的鲫鱼汤。一只小黑猪欢快地跑过来了；一只大麻鸭摇摇摆摆地拽过来了；一只雪白羽毛大红冠子的鸡妈妈领着它叽叽喳喳的儿女们围过来了。一头大黄牛也哞哞叫着来到你的背后，伸出它温软的舌头对你表示亲热。它们是在参观你这远方的客人，它们是在欢迎你这远方的客人。你对小黑猪笑笑，用骨头鱼刺款待它，你对麻鸭白鸡点点头，撒给它们碗中的米粒，你拍拍大黄牛的脖颈，用热情回报它的热情。正当你被这些朋友的热情弄得应接不暇时，老阿妈又为你端来自家渍的咸酸菜，端来自己酿的此里玛酒。她恨不能把家里好吃的东西都拿来让你尝尝。她抱歉家里好吃的东西太少，她抱歉让你这尊贵的客人受委屈了。好像这一切是她应该承担的过错。

在这深山之中，在这高原之上，在这远离其他人类社会的泸沽湖畔，摩梭人繁衍生息了多少年代了呢？连村中最年长的长老也说不上了。它们伐山上的松树为屋，遮挡高原的雨雪风霜；他们取松树的枝叶为薪，燃起红红的火塘，驱赶高原的寒气。山下那虽然瘠薄却还平坦的土地，供

给他们足够果腹的玉米青稞。他们并不富裕却很知足，他们感谢高山厚土使他们得以温饱。至今以松明蜡烛照明的摩梭人，保持着日出而作，日入而息的古风。男人们上山伐木，下田耕作，承担着如破木板、盖房子、砌猪圈这样的重活，女人们则洗衣、做饭、带孩子，养猪喂牛，操持屋里的一切。他们男耕女织，他们平和安静。摩梭人崇尚的品德是勤劳忠诚，他们厌恶的是懒惰欺诈。对偷窃，他们更是深恶痛绝，对于偷窃别人财务的人，抓住了是要沉湖的，村里的长者这样说。像眼睛里揉不得沙子，摩梭人容不得一切恶行。

摩梭人世代实行阿夏婚姻[②]，至今保留着母系氏族的生活习俗。他们男不娶，女不嫁。相爱的男女双方终生生活在各自的家庭里。白天，他们与家人一起生活，劳作。待到夜幕降临，男方便赶到女方家里去团聚。由于没有家务负担，没有钱财争议，没有日夜24小时厮守造成的厌倦，男女双方始终相爱如初，相敬如宾。摩梭人的爱因为没有任何附加条件而显得纯真。他们不以夫妻相呼，他们却是真正意义上的爱人。

在摩梭人家里，那身穿长裙，眉目慈祥的老阿妈是一家人的核心，具有至高的权威呢。那年长的，是她的兄她的弟。年轻的，是她的儿她的女，女儿背上背着的，是她的小外孙，一个小摩梭人。血毕竟浓于水，在这挣不断扯不破的血缘关系牢牢凝固在一起的摩梭人家里，母亲疼爱儿孙，儿孙孝敬母亲。母子之情，甥舅之情，弟兄姊妹之间的手足之情，使家庭成员之间亲密无间，温情脉脉。没有勾心斗角，没有你短我长。他们互相信任，互相呵护，互相依靠。你看老阿妈最小的儿子，那个十几岁的少年，怀抱着他的小外甥，不停地捏捏小脸，摸摸头发，拍拍小屁股蛋，一副亲不够爱不够疼不够的模样。

你住在摩梭村里，你会感到这里氤氲着母性的仁爱，氤氲着女性的柔情。他们互相关心、友爱、亲密。一户人家要盖房子，全村的男人都会赶去帮忙锯木头、破板子、上房梁。一家的孩子要过周岁了，全村的女人都会去帮忙做饭、烧水、招呼客人。你住在摩梭人专为待客的木楼，会有眉清目秀的少年为你端来洗脸的热水，会有漂亮的姑娘为你叠被铺床。而老阿妈那小外孙，会一时抱在一个小女孩怀里，一时又贴在一位老阿爸的肩上，初时你以为这都是老阿妈的家庭成员，待到该吃饭该睡觉时，你却不见了他们，原来他们只不过是来串门的，他们却像在自己家里一样，看见该干的活，随手也就干了。

如今，摩梭村寨常有山外人来。人来了，便要坐独木舟，便要游泸沽湖，便要上湖心小岛。为此，湖边一排溜停着几十只独木舟，沙滩上坐着划船的摩梭姑娘和小伙。你来了，他们只冲你热情地笑，却并不争夺生意。选哪只船，上哪只船，你尽管从从容容地挑选去。待你与划船的姑娘小伙坐好了，其他人便会过来助你一臂之力。让独木舟稳稳离岸。

船队是村里组织的人。全村40户人家，每户一人，分作两班，7天一轮。因此，大家机会完全均等，没有薄谁厚谁，没有偏谁向谁。摩梭人以他们独有的方式，公平地解决了一个山外世界的难题。

摩梭人有自己的节日，那就是每年七月底的转山节。

泸沽湖畔那端庄秀丽的女神山，是摩梭人尊崇母亲，尊崇女性的象征，是摩梭人的图腾。

转山节那天，摩梭人穿起节日盛装，来到女神山上。他们挂起彩旗，他们扬起经幡。他们把刚从田里收割来的青稞献给女神山，他们把自己酿制的此里玛酒献给女神山。他们煮起酥油茶，烤上糍米粑。在身穿紫红袈裟喇嘛的法号声里，诵经声里，他们无比虔诚地向女神山匍匐跪拜。他们边歌边舞，绕着女神山转了一圈又一圈。他们以每年一度的转山节，感谢女神山对摩梭人的佑护，邀请女神山与他们一起分享丰收的成果与欢乐。并祈求女神山保佑摩梭人永远平安吉祥。

如果你恰巧在转山节那时来到泸沽湖，那你便会溶化再在摩梭人忘情的欢乐之中。如果你不曾赶上摩梭人的节日，你也依然能够领略到摩梭人豪放乐观的天性。你须耐心等待。等待太阳从村寨西面的山顶落下，等待月亮从村寨东面的湖面升起。这时，便有悠扬的笛声响起来了，便有熊熊的篝火燃起来了。

摩梭人的篝火晚会开始了。

剽悍的摩梭小伙子穿着威武的长袍，漂亮的摩梭姑娘穿着美丽的彩裙。他们以熊熊的篝火为圆心，组成一个欢乐的花环。摩梭人个个天生一副好嗓子，男声，粗犷浑厚如高原的风，女声，清脆婉转似泸沽湖的水。当他们男女声对唱的时候，则诙谐幽默，充满了机智与智慧。歌与舞交替进行。在节奏感极强的“若若”的喊声中，在一支简单的竹笛的伴奏下，男男女女们一起，跳起欢快的踢踏舞。他们跳得脸庞通红，跳得神采飞扬。他们的歌舞具有极大的感染力，使你听得如醉如痴，使你看得血脉喷张。使你在不知不觉中卸下了都市文明人的矜持与含蓄。于不知不觉中挽起摩梭人的臂膀，成为这欢乐的一分子。你与他们一起，放开喉咙“若若”地喊，你与他们一起，舒展四肢大俯大仰地跳，你跳得满头大汗，你跳得忘掉了一切，你感到了从未有过的彻底的放松与忘我。

是夜，躺在摩梭人专为待客的木楼上，盖着摩梭姑娘用洁净无比的泸沽湖水漂洗得无比洁净，散发着高原太阳馨香的松软的棉被，在女神山慈祥的注视下，在泸沽湖温柔的喃喃细语里，你很快便沉入黑甜黑甜的睡乡。你果然有梦。你梦见自己变作一条银亮的小鱼，在纯净得不含一丝杂质的泸沽湖里，一朵云般地飘来飘去。变成了鱼的你还有思想。你想：山外的风吹来了，只愿这风不要吹皱湖水。只愿泸沽湖永远保持它一尘不染的洁净。

一九九五年五月 银川

（资料来源．季羡林．2011．百年美文（青春阅读版地域卷 1900—2000）．天津：百花文艺出版社，249.）

注释

① 冯剑华：安徽太和人。1977 年毕业于复旦大学中文系。1973 年开始发表作品。1995 年加入中国作家协会。主要散文作品有《连队生活散记》、《贺兰雄冈》、《塞上行》、《花儿为什么这样红》、《南国木棉花》、《山花朵朵》、《故乡人物》、《煤城树》、《儿子弹琴我唱歌》、《爱情故事》等。

② 阿夏婚姻：即人们通常所说的“走婚”，是摩梭人的风俗。

美点品悟

风之淳

即使是从来没有到过泸沽湖的人，仅仅读过这篇《遥远的泸沽湖》，也会爱上那里，向往那里。因为，作者笔下的泸沽湖，有无与伦比的风景、古朴独特的风俗和淳朴和谐的人情，这些无不深深地吸引着我们。

在作者笔下，这里的山水风物纯净而明丽：雪山、树木、房屋、经幡、大雁、木舟，一切都

像泸沽湖的水一样，干净澄澈，一尘不染。美丽得让人“恍如梦境”。

这里有不同于山外世界的独特的古老的风俗之美——至今还保持的男耕女织和近乎自给自足的生活方式；世代实行阿夏婚姻，保留着母系氏族的生活习俗；他们用一年一度的转山节表达着他们的虔诚而朴素的信仰。

在古风幽幽，远离嚣尘的泸沽湖，最能打动人，感染人的还是这里的淳朴和谐的人情之美——“日出而作，日入而息”和“男耕女织”的生活模式让他们勤劳而本分，生活简单而充实。保留至今的古老的阿夏婚姻制度让这里的人际关系更加单纯和谐。亲人之间，邻里之间，爱人之间，没有利益的纷争，没有利害的冲突。彼此关爱、互助、友好、亲密。尤其是爱人，“他们的爱因为没有任何附加条件而显得单纯，不以夫妻相呼，却是真正意义上的爱人”。

这里的人热情而淳朴：友好地款待每一位远方的来客，真诚厚道，不加伪饰，让你不禁会褪掉一切伪装，卸掉任何戒备，全身心地融化在这宾至如归的温暖中。

他们的信仰是单纯而虔诚的：祖祖辈辈只向他们敬爱的女神山祈求平安，表达感恩。

他们的快乐是纯粹的：热情奔放的歌舞，将他们的快乐幸福宣泄得直接而酣畅。

总之，一个“遥远”，将泸沽湖拉到了恰到好处的距离。唯其遥远，她才能远离尘俗的污染，保留那份纯净与本真；唯其遥远，她才能免受外界喧嚣的惊扰，固守那份古朴与宁谧；唯其遥远，她才能像一位遗世独立的处子，静静地散发着神秘的魅力，吸引四面八方的人们纷纷走近她、认识她、感受她、爱她……

情之深

有人说，在科技日益发达，社会不断进步的今天，人与人之间，空间距离越来越小，而心灵的距离却越来越大。往往是物质文明越发达，人与人之间关系越复杂，越微妙。心理的戒备，利益的纠缠，诚信的缺失，让现代都市人不胜厌倦与疲惫。

文章中，作者饱蘸浓情，描绘了世外桃源般的泸沽湖的风景与风情，字里行间，都饱含着对这里的一切——环境、生活、人情等的赞美与向往之情。但与其说这是对一处生活环境的向往，不如说是对一种价值理念、人际关系的向往；与其说是对遥远的泸沽湖的赞美，不如说是对现代都市文明的观照与反思。

泸沽湖地域的遥远，以及近乎原始的环境与体制，维持了这里的纯净与古朴，这里的一切——生活、劳动、信仰、人际关系，都因为简单而变得纯粹。生活在这里，远离都市的喧嚣，没有利益的纷争，没有尔虞我诈，没有懒惰偷窃；在这里，尽可以去掉客套的伪饰，放松一切的戒备，“卸下都市文明人的矜持与含蓄”，让自己“忘掉了一切”，得到“从未有过的放松与忘我”。字里行间，表达了作者对这种洁净，宁谧，纯粹，质朴，和谐的生活环境的向往。

作者在文章结尾，表达了自己更深切的愿望：“山外的风吹来了，只愿这风不要吹皱湖水。只愿泸沽湖永远保持它一尘不染的洁净”。这里的“风”和“湖水”都具有了象征意义，作者希望泸沽湖能永远是一片不被污染的净土，也希望每个人心里都能保留一块属于自己的“净土”。这是作者的愿望，又何尝不是我们每一个人的愿望呢？

文之美

以下几点显示了本文艺术上的独具匠心：

第一，对比手法的运用含蓄而有效。看似通篇都是对泸沽湖自然环境、民俗人情的真诚赞美，但所有这一切都是在与外面世界的对比中进行的。这种对比虽然大多时候是含蓄而隐晦的，但是在这时明时暗的对比中，却鲜明地突出了泸沽湖的独特风景和风情，从而更加鲜明地凸显了本文主旨及作者的情感。例如，“摩梭人以他们自己独有的方式，公平地解决了一个山外世界的难题”，将摩梭人公正公平，互尊互让的生意作风与外面普遍的社会风气作对比，体现了摩梭人淳朴、仁爱、友善的乡俗民风。再如，“你在不知不觉中卸下了都市文明人的矜持与含蓄”，“你感到了从未有过的放松与忘我”。作者始终没有忘记与自己生活的环境作对比，从而表达出比单纯对泸沽湖的赞美与向往更加丰厚的意旨。

第二，作者擅长以细致铺陈的笔法进行场面描写。本文倾力描绘的场面有摩梭人热情待客的场面，家人、邻里、乡亲和谐相处的场面，转山节虔诚祈福的场面，篝火晚会歌舞狂欢的场面等。在进行场面描写时，作者娴熟灵活地运用多种表现手法，如细节描写、动作描写、神态描写、心理描写等，极尽细致铺叙之能事，将“遥远的泸沽湖”，描绘成一幅栩栩如生的民俗风情画。

第三，本文的语言充分体现出女性作家细腻优美的风格。作者先是用画家的眼光去选景、布局和绘景，注意彩色的映衬、动静的结合、远近的搭配，使画面和谐而生动。再用诗人的笔触对画面进行描绘，语言清新洗练又富有激情。并且灵活运用多种表达方式，在娓娓的叙述之中适时地加以真诚的抒情、理性的评价与思考，使文章内涵丰厚，情感饱满且极富感染力。

学而有得

① 通过阅读本文，摩梭人的哪些生活习俗给你留下了深刻印象？

②“山外的风吹来了，只愿这风不要吹皱湖水，只愿这泸沽湖永远保持他一尘不染的纯净”，表达了作者怎样的思想感情？

③ 查阅有关材料，了解更多关于摩梭人阿夏婚姻的习俗，并谈谈你对这一风俗的优点与弊端的看法。

④ 朗读第一、第二自然段，体味作者写景手法的独特之处。

行知天下

泸沽湖

泸沽湖，俗称亮海，纳西语“山沟里的湖”的意思。位于川滇交界外的四川省盐源县泸沽湖

镇，湖边的居民主要为摩梭人，也有部分纳西族人。泸沽湖是四川省第一大淡水湖，四周崇山峻岭，一年有三个月以上的积雪期。森林资源丰富，山清水秀，空气清新，景色迷人，泸沽湖被当地摩梭人奉为“母亲湖”。也被人们誉为“蓬莱仙境”。泸沽湖风景区以其典型的高原湖泊、自然风光和独特的摩梭母系民族文化形成了特色突出的自然景观与人文景观，1993 年被列为省级风景名胜区。

摩梭人

摩梭人是宁蒗（làng）古老的民族之一，主要集中在美丽的泸沽湖畔。

摩梭人是中国唯一至今仍然存在的母系氏族社会，实行“男不娶，女不嫁”的“走婚”制度。家庭中无男子娶妻，无女子出嫁，女子终生生活在母亲身边。男子夜晚去女阿夏家，清早回自已母亲家生产生活。母系家庭中母亲主宰一切，女性在家庭中有着崇高的地位。家庭里的成员都是一个母亲或祖母的后代。这也被称为“阿夏婚姻”。

家庭由最年长或最有能力的老祖母掌握权力，居住于独立的祖母房，祖母屋中有“火塘”，火塘的火代表家族的命脉，因此不能熄灭。家中所有重要仪式和聚会都在火塘前进行。

摩梭人习惯依山傍水而居，房屋全用木材垒盖而成，当地俗称“木楞房”。传统风味食品有猪膘肉、腌酸鱼、酥里玛酒等。摩梭人传统节日有春节、端午节、朝山节、祭祖节、祭牧神节、祭土地节等，其中以春节和转山节最为隆重。每年农历 7 月 25 日，永宁的摩梭人要身着盛装步行或骑马，去朝拜泸沽湖畔的格姆女神山，这叫“转女山”。其间还要举行赛马、摔跤、对歌等活动，并在山上野餐，摩梭青年男女趁机结交阿夏。

摩梭人能歌善舞，摩梭舞蹈，多姿多彩，内容丰富，具有鲜明的摩梭舞蹈色彩和浓郁的民族特色。有句俗话说，是摩梭人就会跳七十二种舞，说明摩梭人舞蹈种类的丰富。

人类社会发展到 21 世纪的今天，泸沽湖畔仍保留着母权制家庭形式，被人们称之为“神秘的女儿国”，这是引起中外学者和游人最感神秘和最感兴趣的摩梭文化现象之一。

玛 尼 堆

玛尼堆最初称曼扎，意为曼陀罗，是由大小不等的石头集垒起来的。在藏传佛教地区，人们把石头视为有生命、有灵性的东西。具有灵气的石堆，人们在石块或卵石上刻写文字、图像，以藏传佛教的色彩和内容为其最大特征，有佛尊、动物保护神和永远念不完的六字真言，然后堆积起来成为一道长长的墙垣，每逢吉日良辰，人们一边煨桑，一边往玛尼堆上添加石子，并虔诚地用额头与其触碰，口中默诵祈祷词……天长地久，一座座玛尼堆拔地而起，愈垒愈高。每颗石子都凝结着信徒们发自内心的祈愿。

此 里 玛 酒

此里玛酒，也称酥里玛酒，也有人称其为黄酒。它是摩梭人家家户户自饮和待客的必备酒。以青稞、小麦、大麦、养皮、玉米、谷子等多种粮食为原料，混合拌匀煮熟，再拌以火草、黄苔等多种草药，装入蓖编成的发酵箩内。等到散发出淡淡的酒香时，再装进陶制的酒坛内封好，十多天后就可以启封，然后掺进泉水，再用一根打通了的竹管吸出酒汁，盛入坛内就可饮用了。这种酒，度数低、色黄，内含丰富的氨基酸、维生素等，味似啤酒却又胜似啤酒，清香、甜美爽口。

斗牛是西班牙的特色，英俊勇敢的斗牛士与彪悍勇猛的斗牛之间血腥与优雅共存的搏斗，也是人们精神和视觉狂欢的盛宴。可在人们将鲜花与欢呼献给斗牛勇士的时候，有谁听到了牛的哀泣！

激情斗牛场

陈丹燕[①]

这斗牛已有百年的历史了，它在萨拉曼卡的市外。不知道有多少头斗牛，多少个锦绣着装的斗牛士在这里死去了。斗牛开始在下午5点以后，它是西班牙人喜欢的夜生活开始时雄伟的、激动人心的、血腥的序曲。人们从城市的四面八方来，走在通往斗牛场的大道上，好像全城的人都出动，向一个目的地，去集合游行。斗牛场里，乐队在席上吹着喇叭打着鼓，煽动西班牙人激情的血加速地流动。人们彼此叫着奥拉奥拉[②]，你好你好，贴着脸亲。姑娘用手抓着巧克力吃。那天下午下着细雨。那个夏天西班牙总是在下雨。

斗牛开始了。四个人去撩拨一头孤独的大黑牛，那头牛一点儿也不想与人为敌，然后被人杀掉。所以从一开始被人赶进沙场之内，它就极力想摆脱人们的纠缠，逃回到它原来的地方，而人却以为他左奔右突，是要杀人，而飞快地跑进木头做的掩体里。后来他们意识到了牛是在想家，才又齐齐出动。牛逃啊逃啊，可是门已经关上了，背上的中枢神经也已经被标士用标枪扎断，据说这是为了让牛在被杀的时候不那么痛苦，是人道的表现。可是四个人斗一头牛，又有什么平等可言呢？

我前面坐着一个矮个子驼背斜眼的男人，挥舞着短短的多黑毛的手臂，在细雨里拼命大叫，他举手向天，让我想起歌剧来。他在大骂斗牛士没用，斗得一塌糊涂。他像弹弓上的子弹一样在最贵的看台上蹦跳着，好像立刻就要跳下去自己干一样。在休息的时候，我后面的人向在场子里穿梭的小贩买桶里的小瓶葡萄酒、葵花子和巧克力。他们吃的葵花子没有炒过，生生的，油汪汪的。

在牛已经快死掉的时候，真正的斗牛士上场了，牛的后腿一直在哆嗦，可我不知道它是因为怕穿着精美而显得威风凛凛的斗牛士，还是因为支撑不住自己将死的沉重身躯。它垂着头，望着渐渐被沙吸干的自己的鲜血，走了神，它好像是在体会死之将至在自己身体里起的反应。斗牛士把斗篷里的剑从牛脖子刺向它的心脏。可是牛就是不倒，不倒。他再刺，牛就是静静地看着他，不肯倒下。斗牛士一遍遍地刺过去，看台上人群震怒，大声呵斥："你就让他快点死掉吧。"斗牛士着了急，用食指点着牛鼻子念念有词，像是咒语。但他满目惶惑不解，牛变成了推不倒的大山。看台上的人像潮水一样从后面推着他，叫他没有后路，去指去杀。斗篷里的剑，一遍遍地，像练习似的向牛鲜血淋淋的心杀过去。最后，牛好像不愿意再争这口气似的，叹了一口气，无聊地倒下去。

看台上的人们从身上摸出白手绢来欢呼，这时看台上一片雪花似的，欢声震天。有不满的人，像刚才那个买酒喝的人，响亮地骂了一句："大便。"

斗牛士如果英勇的话，可以在死牛的头上割一个耳朵下来，就是执牛耳者[③]的意思。他骄傲地在欢呼声里致礼。我到这城市的晚上，在梅尔广场外的一家酒店外面，看到成群的西班牙女人围着。问了方才知道，那是因为有一个有名的斗牛士要住在这酒店里。他的崇拜者早早地准备了玫瑰和吻，等候杀牛者的到来。酒店的大堂里灯光灿烂，过道上排放着一些花篮，还有获准在那里等候的记者，背着灯和机器的电视记者，猫似的在明亮的大玻璃上弓着背一闪而过。我遥遥地望着那地方，以为自己是走进了一个西班牙的电影里面。

斗牛结束了，大家乒乒地拍打着租来的坐垫，有人在沙场里埋掩沙里牛的大滩鲜血。

（资料来源：陈丹燕．1999．于是有了一朵玫瑰．武汉：湖北少年儿童出版社，222.）

注 释

① 陈丹燕，1958 年 12 月 18 日生于北京，1982 年毕业于华东师范大学中文系。著有《陈丹燕青春作品集》三卷，散文集《上海的风花雪月》，长篇小说《一个女孩》、《心动如水》、《纽约假日》，欧洲游历系列散文丛书《今晚去哪里》、《咖啡苦不苦》、《木已成舟》、《偶遇》，传记小说《上海的金枝玉叶》、《上海的红颜遗事》等。

② 奥拉：西班牙语“你好”的意思。

③ 执牛耳者：是指“冠军”、“第一”的意思。据《左传》记载，当时各国诸侯订立盟约，必须举行“歃血为盟”的仪式。先将牛耳割下取血，再将牛耳放在珠盘上，由主盟者执盘，当时便称主盟者为“执牛耳”。

美点品悟

风 之 淳

《激情斗牛场》是陈丹燕散文集《于是有了一朵玫瑰》中的一篇。这部散文集是专门写给青少年的，讲述了她 1991—1996 年游历欧美各国的见闻。读者通过其细腻、敏感的内心，可以认识了解一个个遥远的、美丽的国度，感受到自由、遥远、美好和一点点感伤。

《激情斗牛场》是作者来到西班牙观看了斗牛表演后写的。斗牛是西班牙的“国技”，被视为一种高贵的艺术，这种“生与死的艺术”被认为是西班牙人热情奔放、英武精神的象征。所以，“它是西班牙人喜欢的夜生活开始时雄伟的、激动人心的、血腥的序曲。”

在文中读者们首先能够感受到西班牙人的热情奔放、无拘无束。斗牛开始前的气氛是如此浓烈：“人们从城市的四面八方来”，“好像全城的人都出动，向一个目的地，去集合游行”；“乐队在席上吹着喇叭打着鼓”；“人们彼此叫着奥拉奥拉，你好你好，贴着脸亲”。斗牛开始后，一个男人的形象深深地印在读者心底：他挥舞着手臂，“在细雨里拼命大叫”，“像弹弓上的子弹一样在最贵的看台上蹦跳着，好像立刻就要跳下去自己干一样”。斗牛结束时，“看台上的人们从身上摸出白手绢来欢呼，这时看台上一片雪花似的，欢声震天”。这浩荡的队伍，喧嚣的锣鼓，热烈的场面，着实让我们感受到了西班牙人的激情。

不仅如此，《激情斗牛场》还让我们经历了一场血腥的战斗：开始，是“四个人去撩拨一头孤独的大公牛”，它被人逼得“左突右冲”，可怎么也找不到回家的路；接着，它“背上的中枢神经也已经被标士用标枪扎断”，我们仿佛看到了血流如注的斗牛疯狂地在场中奔跑；“在牛已经快死掉的时候，真正的斗牛士上场了”，“斗牛士把斗篷里的剑从牛脖子刺向它的心脏。可是牛就是不倒，不倒”，“斗牛士一遍遍地刺过去，最后，牛好像不愿意再争这口气似的，叹了一口气，无聊地倒下去”。

观众的狂热，斗牛的惨烈，这就是充满了异国情调的、令人向往的西班牙给作者留下的最初的印象。

情之浓

海明威曾经说过：“斗牛是唯一一种使艺术家处于死亡威胁之中的艺术。”生与死的现场较量，愈发激起人们对斗牛士以及斗牛表演的热爱。在西班牙，斗牛士被视为英勇无畏的英雄，备受国人的敬仰与崇拜，通过作者文中对观众的描写，可见一斑。

但是，作为观众中的一员，本文作者却显得有些另类。文章的开头，作者通过文字让读者的眼睛、耳朵感受了西班牙人的狂热激情，而自己却游离于这热烈之外。看到斗牛场，她想到的是“不知道有多少头斗牛，多少个锦绣着装的斗牛士在这里死去了”，给这热烈的场面抹上了一层莫名的忧郁。

在这场表演中，作者的心仿佛都给了牛。在她眼里，这头大黑牛是“孤独的”，“一点也不想与人为敌”，“牛是在想家”，这头凶猛健壮的牛，是多么无助、多么无辜啊！在牛快死掉的时候，“它垂着头，望着渐渐被沙吸干的自己的鲜血，走了神，它好像是在体会死之将至在自己身体里起的反应”，斗牛士将剑一遍遍地刺向它的心脏，“可牛就是不倒，不倒”。这是牛对生的留恋吗？还是对杀害它的人的控诉？“牛就是静静地看着”斗牛士，“不肯倒下”，这静默，这执著，好像比“左突右奔”更有力。“斗牛士着了急”，“他满目惶惑不解”，哪里有一点英雄的影子？要不是“看台上的人像潮水一样从后面推着他，叫他没有后路，去指去杀”，这牛也不会“倒下去”吧。

到底是谁杀了牛？或许，这才是需要人们重新思考的问题。

文之美

陈丹燕的语言简练而灵动，既有女性的细腻与柔美，又有知性的思索，显示出女性作家文笔的独特魅力。

首先，在对场面进行描写时，她能以敏锐的目光捕捉最有力量的细节予以凸显，从而使精练的文字产生强大的震撼力。例如，写斗牛将死时，特写镜头般刻画了牛的后腿“一直在哆嗦”，牛的头“垂着”，眼睛“望着被沙吸干的自己的血”，还“走了神”，当斗牛士的剑一遍遍刺向牛的心脏时，牛就是“静静地看着他，不肯倒下”。走到生命尽头的羸弱的牛，生命如一片轻飘的落叶，但其求生的本能，作者只用看似平常的几个词、几句话进行描写，却产生了磐石般的震撼力。

其次，作者还善于在冷静客观的叙述中，透露内心强烈的感情。例如，斗牛过程中，牛背上的中枢神经被标枪扎断，作者说“据说”这是“人道的表现”；斗牛士的崇拜者准备了玫瑰和吻等候“杀牛者”的到来……这些反语和略带嘲讽的词汇，鲜明地表达了作者对斗牛活动残忍性的不以为然，从而对这一传统经典活动的合理性提出了质疑。

学而有得

① 仔细阅读第三自然段，说说作者是从哪些方面刻画看台上的观众的，对这个人物作者流露了怎样的感情。

② 文章第六自然段是否多余？它在文中起什么作用？

③ 作为旅游专业的学生，你最了解或最向往哪个国家？请查阅资料，选择这个国家最有特色的民俗风情跟同学们交流一下。

行知天下

西班牙斗牛

历史：据历史记载，曾统治西班牙的古罗马恺撒大帝热衷于骑在马上斗牛。而后，斗牛发展成站立在地上与牛搏斗。至此，现代斗牛的雏形基本形成。在这以后六百多年的时间里，这一竞技运动一直被认为是勇敢善战的象征，在西班牙的贵族中颇为流行，是西班牙的国粹。

现今，在这个伊比利亚半岛上，斗牛被视为一种高贵的艺术，从每年的3月19日圣约瑟夫日开始，到10月12日西班牙国庆节，被称为斗牛季。

公牛：西班牙斗牛一般选用的是血统纯正、生性暴烈的北非公牛。由特殊的驯养场负责牛种培育，经过4~5年即可用于比赛。斗牛选用的公牛都是色盲，无论拿什么颜色的布去静止展现，斗牛都是没有感觉的，只有摇动的物体才能激起它们的斗志。

斗牛士：在西班牙，斗牛士被视为英勇无畏的男子汉，备受国人的敬仰与崇拜。西班牙斗牛士的地位高出一般的社会名流和演艺界人士。这个独特的人群具备高雅、勇敢的灵魂，他们将技术和体力、柔美和勇猛完美地结合到了一起。

斗牛运动的流程：整个斗牛过程包括引逗、长矛穿刺、上花镖及正式斗杀四个部分。

引逗——引逗是整个表演的开锣戏。由于此时牛野性始发，所以由3个斗牛士助手负责引逗其全场飞奔，消耗其最初的锐气。

长矛穿刺——几个回合过去，骑马带甲的长矛手出场，他们用长矛头刺扎牛背颈部，将其血管刺破，进行放血，同时为主斗牛士开一个下剑的通道。长矛手所骑之马都用护甲裹住，双眼蒙上以防胆怯。受刺后的公牛，会愈发凶暴猛烈，因此长矛手稍不留神被掀翻刺伤的情况也屡见不鲜。因此需要由三位助手上前引开公牛，也便于长矛手退场。

上花镖——长矛手完成任务后，由花镖手徒步上场，手执一对木杆制、饰以花色羽毛或纸、前端带有金属利钩的花镖，孤身一人站立场中，并引逗公牛向自己发起冲击。待公牛冲上来，便迅捷地将花镖刺入牛背颈部。如果刺中，利钩会扎在牛颈背上，也起放血作用。

正式斗杀——最后，手持利剑和红布的主斗牛士上场，开始表演一些显示功力的引逗及闪躲动作，如胸部闪躲、“贝罗尼卡”、环体闪躲等不一而足。

在最后阶段，即最后刺杀阶段，是斗牛的高潮。斗牛士以一把带弯头的利剑瞄准牛的颈部，尔后即引逗公牛向自己冲来，自己也迎牛而上，将剑刺向牛的心脏。于是，牛会在很短的时间内应声倒地。刺杀是最富有技巧的，斗牛士须将剑与眼睛齐平，踮脚，手水平下压，发力，剑入牛身后须抖腕使剑稍微左弯，以冲破心脏主心室。这要求很高的速度、力量和准确性。

周作人的寥寥数笔，似乎是漫不经心地谈论乡间的风土人情，却充溢着自我的体悟，那淡泊自然的故土风情，那恬淡闲适的处世风格，给喧嚣的都市生活带来些许清爽。

乌 篷 船

周作人[①]

子荣君：

接到手书，知道你要到我的故乡去，叫我给你一点什么指导。老实说，我的故乡，真正觉得可怀恋的地方，并不是那里，但是因为在那里生长，住过十多年，究竟知道一点情形，所以写这一封信告诉你。

我所要告诉你的，并不是那里的风土人情，那是写不尽的，但是你到那里一看也就会明白的，不必啰唆地多讲。我要说的是一种很有趣的东西，这便是船。你在家乡平常总坐人力车，电车，或是汽车，但在我的故乡那里这些都没有，除了在城内或山上是用轿子以外，普通代步都是用船。船有两种，普通坐的都是"乌篷船"，白篷的大抵作航船用，坐夜航船到西陵去也有特别的风趣，但是你总不便坐，所以我也就可以不说了。乌篷船大的为"四明瓦"（Symenngoa），小的为脚划船（划读 uoa）亦称小船。但是最适用的还是在这中间的"三道"，亦即三明瓦。篷是半圆形的，用竹片编成，中夹竹箬[②]，上涂黑油；在两扇"定篷"之间放着一扇遮阳，也是半圆的，木作格子，嵌着一片片的小鱼鳞，径约一寸，颇有点透明，略似玻璃而坚韧耐用，这就称为明瓦。三明瓦者，谓其中舱有两道，后舱有一道明瓦也。船尾用橹，大抵两支，船首有竹篙，用以定船。船头着眉目，状如老虎，但似在微笑，颇滑稽而不可怕，唯白篷船则无之。三道船篷之高大约可以使你直立，舱宽可以放下一顶方桌，四个人坐着打麻将——这个恐怕你也已学会了吧？小船则真是一叶扁舟，你坐在船底席上，篷顶离你的头有两三寸，你的两手可以搁在左右的舷上，还把手都露出在外边。在这种船里仿佛是在水面上坐，靠近田岸去时泥土便和你的眼鼻接近，而且遇着风浪，或是坐得稍不小心，就会船底朝天，发生危险，但是也颇有趣味，是水乡的一种特色。不过你总可以不必去坐，最好还是坐那三道船吧。

你如坐船出去，可是不能像坐电车的那样性急，立刻盼望走到。倘若出城，走三四十里[③]路（我们那里的里程是很短，一里才及英里三分之一），来回总要预备一天。你坐在船上，应该是游山的态度，看看四周物色，随处可见的山，岸旁的乌桕[④]河边的红蓼[⑤]和白苹，渔舍，各式各样的桥，困倦的时候睡在舱中拿出随笔来看，或者冲一碗清茶喝喝。偏门外的鉴湖一带，贺家池，壶觞[⑥]左近，我都是喜欢的，或者往娄公埠骑驴去游兰亭（但我劝你还是步行，骑驴或者于你不很相宜），到得暮色苍然的时候进城上都挂着薜荔的东门来，倒是颇有趣味的事。倘若路上不平静，你往杭州去时可于下午开船，黄昏时候的景色正最好看，只可惜这一带地方的名字我都忘记了。夜间睡在舱中，听水声橹声，来往船只的招呼声，以及乡间的犬吠鸡鸣，也都很有意思。雇一只船到乡下去看庙戏，可以了解中国旧戏的真趣味，而且在船上行动自如，要看就看，要睡就睡，要喝酒就喝酒，我觉得也可以算是理想的行乐法。只可惜讲维新以来这些演剧与迎会都已禁止，

中产阶级的低能人别在“布业会馆”等处建起“海式”的戏场来，请大家买票看上海的猫儿戏。这些地方你千万不要去——你到我那故乡，恐怕没有一个人认得，我又因为在教书不能陪你去玩，坐夜船，谈闲天，实在抱歉而且惆怅。川岛君夫妇现在称山下，本来可以给你介绍，但是你到那里的时候他们恐怕已经离开故乡了。初寒，善自珍重，不尽。

1926年1月18日夜于北京

（资料来源：季羡林．2011．百年美文（青春阅读版地域卷1900—2000）．天津：百花文艺出版社，99.）

注释

①周作人（1885—1967年），浙江绍兴人，鲁迅先生的二弟，中国现代著名散文家、文学理论家。主要散文作品集有《自己的园地》、《雨天的书》、《泽泻集》、《谈龙集》、《谈虎集》、《永日集》、《看云集》、《夜读抄》、《苦茶随笔》、《风雨谈》等。

②箬（ruò）：一种竹子，叶大而宽，可编竹笠，又可用来包粽子。

③1里=500米，1英里=1609.344米。

④乌桕（jiù）：乔木，叶子略呈菱形，秋天变红。

⑤蓼（liǎo）：草本植物，花多为淡红色或白色。

⑥壶觞（shāng）：愿意是古代酒器。这里是地名。

美点品悟

风之淳

这篇《乌篷船》是作者写给朋友的一封信。在这封信中，作者将他家乡绍兴——一座悠悠古纤道上的古城，那绿水晶莹，石桥飞架，轻舟穿梭的秀丽水城的风物给予了从容亲切的介绍。看似平凡散漫，细细读来，却不难感受到洋溢于文中的浓浓乡情和意趣。

在作者的心目中，“‘船’是家乡一种很有趣的东西”，又因为“普通坐的都是乌篷船”，于是，乌篷船便成为作者向朋友介绍的重点了。他如数家珍，从乌篷船的种类、形状、材质、构造以及船头船尾的外观装饰都一一予以细致地介绍，使家乡最有特色的乌篷船细致入微地展现在读者面前，尤其是三道船的“舱宽可以放下一顶方桌，四个人坐着打麻将”，而“小船则真是一叶扁舟……你的两手可以搁在左右的舷上，还把手都露出在外边。在这种船里仿佛是在水面上坐，靠近田岸去时泥土便和你的眼鼻接近”则是关于家乡生活风情写意式的描绘。

随后，作者又像一名热心的导游，饶有兴致地向朋友推介乘乌篷船四处游览的美好情致：悠然自得地看两岸的风景——岸旁的乌桕，河边的红蓼和白苹，渔舍，各式各样的桥；细细享受乘小船游览的乐趣——看书，品茶，听水声橹声，来往船只的招呼声，以及乡间的犬吠鸡鸣，或者到乡下看庙戏。这份船上行程的从容、自由与惬意，在作者认为不失为“理想的行乐法”。

虽然作者在信的开头便说：“我所要告诉你的，并不是那里的风土人情，那是写不尽的。”但是，作者只通过对家乡的特色风物——乌篷船的介绍，以及乘乌篷船悠然行游情景的描绘，也足可以让朋友尽情领略江南水乡那淳朴亲切的风情了。

情之深

对于浮躁时代里的芸芸众生来说，品读“周文”，能唤起一种乡土情结，升出一种淡淡的心境。

周作人在文章中虽然极力淡化对故乡的眷念，说“真正觉得可怀恋的地方，并不是那里”，却常常在另一面表现出对故乡的草木、风土、物事熟悉入微的怀恋，如《乌篷船》里记叙乌篷船的用途、种类、结构、外形，几乎是絮絮地谈，状物唯恐其不细，绘貌唯恐其不周，尤其是那几句对船头的描述：“船头着眉目，状如老虎，但仍在微笑，颇滑稽而不可怕”，分明流露出了对家乡风物的亲近感情，凸现着感情的丰腴沉着，显示出一腔深情。

从表面上看，作者是在向朋友介绍家乡的乌篷船和自己喜欢的从容随性的游历方式，但从中也体现了作者的性格与处世态度。他说：“你如坐船出去，可是不能像坐电车的那样性急”，“你坐在船上，应该是游山的态度……困倦的时候睡在舱中拿出随笔来看，或者冲一碗清茶喝喝。”写到雇船看庙戏时，他更明白地说：“在船上行动自如，要看就看，要睡就睡，要喝酒就喝酒，我觉得也可以算是理想的行乐法。”原来，作者笔下的那些山、水、树、桥，都是要用这样慢悠悠的态度才能欣赏的，重要的不是田园景致，而是抱着闲适的心情亲近它们。不是匆匆忙忙，更不是步履沉重；不是愁容满面，更不是怒气冲冲；心平气和，悠闲自在，不惊不乍，随遇而安，这才是作者偏嗜的处世态度。在那“路上不平静”的年代，这种追求恬淡、安闲与自由随性的心境，在当时的知识分子当中，是颇有代表性的。

文之美

有一种散文，其自身并没有涂着鲜艳的色彩来惊撼读者，但在它那些貌似平常的词句后面，却往往流动着一种特别的情趣，周作人的《乌篷船》就属于这一类。倘在嘈杂的车厢里一目十行，你很可能觉得它淡而无味；但如果在静夜的台灯下从容品味，你或许会在掩卷之后浮出会心的一笑。

周作人的文章选材极平凡琐碎，他用一种洒脱的笔调、平淡的语言，渲染出一种物我两相会的情境。《乌篷船》在细细介绍船本身后，转而向朋友建议一种乘乌篷船的态度——“应该是游山的态度”。读者在阅读过程中，期待作者把船行水上的见闻尽情地写上几段美文，但读下去，却很平淡：四周的景物，无非是“随处可见的山，岸旁的乌桕，河边的红蓼和白苹，渔舍，各式各样的桥”，仅此而已，没有辞藻装饰；而行船夜景，也只有这么一句：“夜间睡在舱

中，听水橹声，来往船只的招呼声，以及乡间的犬吠鸡鸣，也都很有意思。”泊船看庙戏，则只说“在船上行动自如，要看就看，要睡就睡，要喝酒就酒，我觉得也可以算是理想的行乐法。”真是平淡得可以！

但，假若再细细玩味，就又会发现这种平淡是作家有意识的一种平淡。文章经过其笔墨点染，就透露出某种人生滋味，有特别的情趣，成就了一种大味至淡、大美至朴的文学美感。

学而有得

① 细读课文，总结概括作者以乌篷船为线索，主要介绍了家乡绍兴的哪些风景和风情。

② 精读第三自然段，试举例说明文章的行文特色。

③ 课外搜集周作人的散文，并认真地品读，深入体会作者的写作风格。

④ 通过学习本文和查阅相关资料，以绍兴乌篷船为介绍对象，写一篇500字左右的导游词。

行知天下

水乡扁舟——乌篷船

800年前，南宋诗人陆游在居山阴（今绍兴）时，写到自己功名不能成就，隐居家乡的闲逸生活的情怀时说：“轻舟八心，低篷三扇，占断苹洲烟雨。”这“轻舟八心，低篷三扇”指的就是乌篷船。

作为水乡绍兴独特的交通工具——乌篷船，可以说已古今闻名。这种小船因漆成黑色而得名。船体轻盈地飘逸在水面上，背景是水乡泽国的自然景色，“占断苹洲烟雨”勾勒了唯独绍兴才具有的画面。苏轼说：“驾一叶扁舟，举匏樽以相属”，这乌篷船是名副其实的“一叶扁舟”了。由于船身窄、船篷低，乘船的人坐在舱席上沿途观赏两岸风光，安稳而舒适，还可将手搁在船舷上，用手掌拍打水面，更是别有一番风味。

水乡绍兴

“粉墙黛瓦，曲水深巷”，寥寥八个字，勾画了一幅线条简洁的木刻版画。

“白玉长堤路，乌篷小画船”短短两行诗，绘出世人最惬意的景象。这里说的，就是江南水乡——绍兴。

绍兴，曾是越国古都，素称“没有围墙的博物馆”。翻开绍兴的历史，就像翻开了一部厚重的线装书，散逸出的人文气息令人流连忘返。走进绍兴，就像走进了一幅民俗风景画，乌篷船、黑瓦、白墙、老街、深深小巷——人就在片刻迷失在一段段历史的烟雨之中。似曾相识的历史扑面而来，无不让人感受到一种沧桑与历练之后厚重的人文底蕴。

绍兴名人谱

舜，古帝王部落联盟首领，是禅让制的代表。

禹，夏朝第一位天子，治水英雄。

勾践（公元前520—前465年），春秋末期越国君主。

西施，古代四大美女之首。

王充（公元27—约公元97年），杰出的唯物主义思想家和教育家。

王羲之（公元303—361年），东晋书法家，有书圣之称。

谢安（320—385年），东晋政治家，军事家。

谢灵运（385—433年），东晋中国文学史上山水诗派的开创者。

贺知章（659—744年），唐代著名诗人。

陆游（1125—1210年），南宋爱国诗人。

王冕（1287—1359年），文学家、书法家、画家。

王守仁（1472—1529年），明代思想家、哲学家、文学家和军事家。陆王心学之集大成者。

徐渭（1521—1593年），明代文学家、书画家、军事家。

蔡元培（1868—1940年），革命家、教育家、政治家，北大第一任校长。

秋瑾（1875—1907年），近代民主革命志士，中国历史上第一位资产阶级女革命家。

鲁迅（1881—1936年），无产阶级文学家、思想家、革命家，是中国文化革命的主将。

马寅初（1882—1982年），当代经济学家、教育学家、人口学家。

周作人（1885—1967年），散文家、文学理论家、评论家、诗人、翻译家、思想家，中国民俗学开拓人，新文化运动的杰出代表。

夏沔尊（1886—1946年），文学家，语文学家。

周建人（1888—1984年），中国民主促进会创始人之一，现代著名社会活动家、生物学家。

竺可桢（1890—1974年），科学家和教育家，著名地理学家和气象学家，中国近代地理学的奠基人。

金岳霖（1895—1984年），哲学家、逻辑学家。

周恩来（1898—1976年），伟大的无产阶级革命家、政治家、军事家、外交家，党和国家的主要领导人之一。

朱自清（1898—1948年），中国现代著名诗人、散文家。

俞平伯（1900—1990年），诗人、作家、红学家。

钱三强（1913—1992年），核物理学家，院士。

谢晋（1923—2008 年），电影导演。

王文娟（1926 年—　），中国戏剧家协会理事、国家一级演员。

曾培炎（1938 年—　），高级工程师，曾任中共中央政治局委员，国务院副总理。

俞正声（1945 年—　），现任中央政治局委员，上海市委书记。

陈道明（1955 年—　），著名演员。

王晶（1955 年—　）著名导演，制片人。

六小龄童（1959 年—　）著名演员。

马晓春（1964 年—　）中国第一位职业围棋世界冠军，曾任中国围棋队总教练之职。

一个拥有狂欢节的民族是一个幸运的民族。一个敢于狂欢的民族，是一个不会萎缩不会衰败，敢于肯定人生的民族。

西双版纳泼水节（节选）

筱　敏[①]

一

从昆明出发前往西双版纳，是足够长途汽车整整跑三天的路程。山路是一盘理不顺的缆绳，颠簸，寂寥，愁肠百结，险象环生。一旋一回抛入云端，一弯一环跌落深潭。疲惫自脊椎处升起，脑子里浑糊一片，尽是黄尘。突然地迎面驰来一片翠绿葱笼的平坝子，荡荡漾漾似平得没有了边缘。

允景洪[②]到了！人们欢呼着说。

淡青色的风从孔雀湖中轻飏而起，款款地摆过湖水，摆过树梢，摆过炽热的旱季太阳，把几片薄云擦成淡青。

椰林豁达地展着，阔叶相通相连，在半空中制造了另一泓浓绿的湖泊。湖泊之上耸起的不是船帆，却是金碧辉煌的宫殿似的建筑。佛塔纯白，玉雕般玲珑剔透，古寺镏金，铜塑般雄奇壮观。淡青色的风随意飘过，立时摇响了塔尖寺角的大大小小风铃，叮叮铃铃冬冬当当，一阵精致古稚的乐音流过，给人讲许多淡青色的神话故事。

允景洪是西双版纳傣族自治州的首府。允景洪是孔雀公主额际悬挂的珠子。允景洪张灯结彩迎向傣历新年。允景洪迎向泼水节。

四

澜沧江正处在平宁温文的季节。

江岸沙质松软、细柔，缓缓倾斜而上。细柔的白沙中，却不时生出礁石。或是嶙峋，或是纤巧，错落着变化，使河道忽阔忽狭，水流忽缓忽急。于平宁温文的季节中暗暗地显示出乖戾[③]和暴烈。

大片的橡胶园沿岸而生，使丘陵青苍婉丽，郁郁浓浓。长夏无冬，太平洋面的台风又鞭长莫及。这里的橡胶园是得天独厚，甚至用不着像它们海南岛的姊妹那样，为自己围上厚厚的防风林。

剑麻粗壮锋利地直立着。菠萝株植在烧过荒的山坡上一丛丛衍生。偶尔于乱草中若隐若现点着一两座茅草窝棚，那该是傣家看守庄稼的劳力的休憩之处了。

夕阳硕大而且饱满，悠闲地滑着，浴入江里。江水便温热了，绯红一圈一圈荡开。傣家女便孔雀一般落在滩上。长发随意散在肩上，长裙荡在水面，一步一片涟漪，步到江中洗浴去了。孩子们成群戏水笑闹，在沙滩上翻滚，在礁丛中追逐。静寂中敲起银质的童声，绯红的江水竟又镀出了一层浅金。

平展宽阔的卵石滩上，渐渐晾满五颜六色的衣裙。把卵石滩展成一弯虹，艳艳地升起傣家的黄昏。

依山傍水的傣家寨子里，正是点燃篝火，吹笙拉瑟，等待群蜂绕花枝的时分了。

六

允景洪流金溢彩。

槟榔树拉起了彩带，大檐屋张起了彩旗，街心喷泉闪起了彩灯。

一群群傣家女进城采买，浓妆淡抹，繁花竞放，手中转着鲜艳优雅的薄绸工艺伞，使人感到个个都是新娘子。五彩斑斓的民族包挎在肩上，饱满地鼓着，两排流苏婷婷甩动。而另一只随流苏甩动在手上，常常并不空闲。透过甩摆的半透明塑料袋，你可以看到那里装的几乎全是新买来的衣料，红红绿绿十分欢愉。

傣家小伙子们也不甘人后，自行车队叮铃铃铃在城中风一样来去。挑一把弯刀，选一只手表。喜出望外在摊子里拣出别致非常的汗衫，就当街套到身上去了。那汗衫前胸印一位漂亮的傣家女，后背就是硕大的红字——“快乐的单身汉”、“版纳女婿”。那硕大和红艳足以在人声鼎沸的丢包场上把小伙子醒目地显出来，给姑娘们那些精巧美丽的菱形彩包儿一个醒目的提示。

于是街头画家们被引发了灵感，立时在玲珑古雅的白塔之下摆开了摊子。标准化的一律簇新的白汗衫，一件一件在他们的笔下变得醒目而且别致。白塔涂上去了，八角亭画上去了，椰子树槟榔树栽上去了，红菖蒲玫瑰茄开上去了。“冲我来，鱼得水”，“再来一盆”，“请跟我来”……总之是随心所欲，应有尽有。“来一件吧！全世界独一无二！”他们叫着，朗朗的尽是自信和开心。

七

下了一场冰雹。

每年泼水节前夜都下一场雨，给旱季一个隔断，给“泼”字一个注释。天公有意，佛有意。

今年下的是一场冰雹。乒乒乓乓叮叮咚咚，小雹子乱纷纷扑下来，像珠子散了串儿，晶莹圆润，小小的很是娇憨。捡到掌心里托着，做了两分钟掌上明珠，就忙忙地化了，像是忙忙地去传那个“泼”字。

乡间的人们早早就奔到城里亲友家来了。冰雹一收，街上就熙熙攘攘尽是过节的人。寺里的小和尚也放了新年假，跟着家人进城串亲戚。父亲的自行车前载插花带彩的小女儿，后搭宽袍袈裟的儿子，其乐融融奔驰着。许多的汉族女子也抵不住美丽的诱惑，纷纷施粉插花，穿起了漂亮的筒裙，于是立时变得纤长苗条，袅娜多姿。

去澜沧江上赛龙舟。

去体育场里斗鸡。

去曼听公园赶摆④。

放焰火。放高升⑤。放孔明灯。

荡秋千的孩子在云端里。丢包场的青年在热恋里。唱赞哈的歌手在涌泉里。西双版纳的人们在节日里。

八

一个拥有狂欢节的民族是一个幸运的民族。一个敢于狂欢的民族，是一个不会萎缩不会衰败，敢于肯定人生的民族。

冲去那个丑陋凶残的魔王强抹在你身上的血污；冲去生命中难以负载之沉；冲去心灵里不能承受的屈辱。在这一刻放浪形骸[6]，释放生命，毫无顾忌舒展你自己。在这一刻大笑，大叫，把人性提升出来，扇旺生命之火，唤醒你自身。

芒锣打起来。像脚鼓敲起来。酒葫芦底朝天，狂饮一轮水酒。祝福之水漫天泼洒，尽情喊着，跳起舞来。

广场上是一泓沸泉，街市里是春潮泛滥。宣泄你自己。放任你自己。激活你自己。听狂欢之水澎湃汹涌，摄人心神，动人魂魄。

泼——

阳光烈烈的，如情感一般白炽。天宇灿灿的，如生命一般无穷。

笑着泼。哭着泼。唱着泼。舞着泼。蛮野地泼。痴迷地泼。泼苍老的寂寞。泼少女的憧憬。泼是漫漫旅途一个亲切的中继。泼是蓦然超越一种冗长的生存。泼是生命本能的骚动。泼是赤裸裸的未经雕饰的人。

把孔雀湖水端起来；把澜沧江水端起来；把今天端起来；把这一刻端起来。无需掩面，以惯常的卑怯向内塌缩自己。坦然地走到水中来吧。

西双版纳！西双版纳！

（资料来源：林非编选．2001．中华游记百年精华．北京：人民文学出版社．）

注释

① 筱敏，1955年生于广州，作家，现居住广州。1969年初中肄业当了一名工人，在一个小山坳的通讯站工作了12年。面对缄默的星空和呼啸的松涛，她开始在值班日志的背面写诗。主要作品有诗集《米色花》、《瓶中船》，散文集《喑哑群山》、《女神之名》、《理想的荒凉》、《成年礼》、《阳光碎片》、《风中行走》、《捕蝶者》、《记忆的形式》，长篇小说《幸存者手记》、《血脉的回想》等，其内容涉及自然、社会、历史、革命、自由、民主、知识分子、家庭和女性等各方面。

② 允景洪：位于云南省西双版纳傣族自治州首府景洪市。“允景洪”傣族译意为“黎明之城”。因此，人们习惯称其“黎明城”。

③ 乖戾：（性情、言语、行为）别扭，不合情理。

④ 赶摆：又称“做摆”，云南省德宏傣族、景颇族自治州傣族民间节日。傣族人“赶摆”的涵盖面，远比集市贸易要宽泛得多，它不仅仅是集祭祀、集会、百艺、商贸于一体的庙会，因为庙会只是众多节日中的一种，而傣族的节日，尽管名目繁多，却大都叫做“摆”，如摆爽南（泼水节）、摆干朵、摆帕拉、摆拉罗、摆汗尚、摆奘、摆斋等，参加这些活动，都称为赶摆。

⑤ 高升：傣族人民自制的一种烟火，将竹竿底部填以火药和其他配料，置于竹子搭成的高升架上，接上引线，常在夜晚燃放。

⑥ 放浪形骸：行为放纵，不受世俗礼法的束缚。

风之淳

20世纪70年代末、80年代初，当神州大地涌动旅游春潮的时候，一个奇特的名字脱颖而出，呼开了千百万海内外旅游者的心扉：热带雨林的奇异风光，傣家少女的婀娜舞姿，氤氲佛祖光辉的金塔，徐徐开屏的孔雀，从远古走来的象群，以及那闪现周恩来总理音容笑貌的“泼水节”……这奇特的地方，叫西双版纳。

西双版纳是云南一块发光的绿宝石。当作者险象环生地颠簸在山路上时，“突然地迎面驰来一片翠绿葱茏的平坝子，荡荡漾漾似平得没有了边缘”，允景洪到了。这里“椰林豁达地展着，阔叶相通相连，在半空中制造了另一泓浓绿的湖泊”，“淡青色的风从孔雀湖中轻飏而起，款款地摆过湖水，摆过树梢，摆过炽热的旱季太阳，把几片薄云擦成淡青”，这赏心悦目的绿呀，将人的心陶醉了！

夕阳下的澜沧江又是另一幅美景：“夕阳硕大而且饱满，悠闲地滑着，浴入江里。江水便温热了，绯红一圈一圈荡开”，不久，“绯红的江水竟又镀出了一层浅金”。在这太阳的余晖下，动人的一幕出现了：“傣家女便孔雀一般落在滩上。长发随意散在肩上，长裙荡在水面，一步一片涟漪，步到江中洗浴去了”……

西双版纳就是这样风姿绰约，韵味十足。如果你有机缘与她邂逅，一定会陶醉在如画的景色间，痴迷于淳淳的风情里。

情之浓

西双版纳的泼水节又叫佛诞节、浴佛节（即傣历新年），是傣族一年中最隆重的节日，比起汉族的春节毫不逊色。

在春光明媚的泼水时分，云之南的这块绿宝石变得更加“流金溢彩”：“槟榔树拉起了彩带，大檐屋张起了彩旗，街心喷泉闪起了彩灯”，到处呈现一派喜庆热烈的景象。

最惹眼的还是那一群群身着盛装的傣家女，她们“浓妆淡抹”地进城采买，肩上挎着“五彩斑斓的民族包”，“手中转着鲜艳优雅的薄绸工艺伞，使人感到个个都是新娘子”，买来的衣料“红红绿绿十分欢愉”；傣家小伙子也不甘人后，“挑一把弯刀，选一只手表”，“喜出望外地”在摊子上拣出“别致非常的汗衫”，这份快乐开心真是一道浓郁诱人的特色景观。

节日的街头，人群涌动，“寺里的小和尚也放了新年假”，人们奔向澜沧江边看赛龙舟，去体育场里看斗鸡，相约前往曼听公园赶摆，放焰火、放高升、放孔明灯……最令人迷醉的当然是“漫天泼洒的”祝福之水了，人们“笑着泼。哭着泼。唱着泼。舞着泼。蛮野地泼。痴迷地泼”，冲去心中难以负载的沉重，冲去心灵不能承受的屈辱，在这一刻，释放生命，宣泄自己，放任自己，激活自己。这真是一个“摄人心魂，动人魂魄”的狂欢节！

文之美

《西双版纳泼水节》原文共有8章，每一章都宛如一幅美妙的傣族风情画卷，展现了筱敏式散文理性而唯美的特征。

筱敏的笔底饱蘸着色彩。西双版纳的首府——允景洪，“一片翠绿葱茏”，那里的风是淡青色的，云也是淡青色的，椰林在空中制造出浓绿的湖泊，再点缀上纯白的佛塔，流金的古寺，金碧辉煌的宫殿式建筑，仿佛把人们带入了一个绿色的仙境。傣家的黄昏却是另一种颜色：硕大而饱满的夕阳浴入江里，绯红一圈一圈荡开，继而又镀了一层浅金，傣家女五颜六色的衣裙把卵石滩展成一弯虹，“艳艳地”就是傣家的黄昏。

筱敏的笔底充满了灵性，比喻、排比、夸张、拟人等各种修辞可信手拈来，运用得淋漓尽致。例如，将冗长、颠簸的山路比喻为“一盘理不顺的缆绳”，这山路十分险要，她只用“一旋一回抛入天际，一弯一环跌落深潭”这组对偶句就生动、贴切地将其表现了出来，运用语言的功夫真是令人叫绝。

筱敏的笔底浸润着思想。她说“一个拥有狂欢节的民族是一个幸运的民族。一个敢于狂欢的民族，是一个不会萎缩不会衰败，敢于肯定人生的民族”，她让读者体悟到在这狂欢的一刻，尽情地宣泄自己、放任自己、激活自己，在狂欢之后，似乎又诞生了一个新的自我，这应该就是西双版纳泼水节的魅力吧。

学而有得

① 本文节选自《西双版纳泼水节》的第一、四、六、七、八章，借助资料查阅原文，全方位地了解傣族的文化习俗。

② 关于西双版纳泼水节的传说有哪些？搜集资料，讲给同学们听。

③ 你知道“火把节”是我国哪个民族的节日吗？查阅资料，谈谈“火把节”的风俗习惯。

行知天下

傣族泼水节

泼水节其实是傣族的新年，是西双版纳最隆重的传统节日之一，一般在傣历四月中旬，即阳历4月13日至15日这三天举行。

泼水节又名“浴佛节”，源于印度，至今已数百年。每到泼水节，傣族男女老少就穿

上节日盛装，到附近的山上采集一些鲜花和树叶，挑着清水，先到佛寺浴佛，拿着采集的花叶蘸水，开始互相泼水，表示祝福，希望用圣洁的水冲走疾病和灾难，换来美好幸福的生活。

当泼水刚开始时，彬彬有礼的傣家姑娘一边说着祝福的话语，一边用竹叶、树枝蘸着盆里的水向对方洒去。“水花放，傣家狂”，到了高潮，人们用铜钵、脸盆，甚至水桶盛水，在大街小巷，嬉戏追逐，只觉得，迎面的水，背后的水，尽情地泼来，一个个全身湿透，但人们兴高采烈，到处充满欢声笑语。一段水的洗礼过后，人们便围成圆圈，在芝锣和象脚鼓的伴奏下，不分民族，不分年龄，不分职业，翩翩起舞。激动时，人们还爆发出“水、水、水”的欢呼声。有的男子边跳边饮酒，如醉如痴，通宵达旦。

入夜，村寨鼓乐相闻，人们纵情歌舞，热闹非凡。整个节日期间，除有赛龙船、放高升、放孔明灯、泼水、丢包等传统娱乐活动外，还有斗鸡、放气球、游园联欢、物资交流等新的活动。

关于泼水节来历的民间传说

很久以前，在傣族聚居的地区出现了一个残暴的魔王，他无恶不作，到处烧杀抢掠，弄得庄稼无收，人心不宁，民不聊生。人们受尽了他的残害，对他恨之入骨，可是谁也无法消灭他。

魔王已有6个妻子，可他仍不满足，又抢来一个美丽聪明的姑娘。这7个姑娘们看到自己的同胞过着悲惨的生活，决心找到消灭恶魔的办法。聪明的姑娘们心里恨透了魔王，可表面却不露声色，假装与魔王十分要好。一天夜里，魔王从外面抢回来许多财宝和奴仆，她们趁魔王不备时，试探得知了用魔王头发可勒死魔王的秘密。于是，夜深人静，趁魔王睡着的时候，姑娘们悄悄地拔下了魔王的一根头发，勒住魔王的脖子。顷刻间，魔王的头便滚在地下，可是头一着地，地上就燃起大火。眼看将酿成灾祸，姑娘们立即拾起头颅，大火就熄灭了。但是，魔王的头滚到哪里，哪里便发生灾难，抛到河里，河水泛滥成灾；埋在地下，到处臭气冲天，只有魔王的妻子抱着才平安无事。

为免除灾难祸害，姑娘们便轮流抱着魔王的头，一人抱一天。天上一天，等于地上一年，每年姑娘们轮换的日子，即傣族的新年，傣族人民怀着对姑娘们敬佩的心情，给抱头的姑娘泼一次清水，以便冲去身上的血污和成年的疲惫，作为洗污净身的一种祝福。

后来，傣族人民为纪念这7位机智勇敢的妇女，就在每年的这一天互相泼水。从此，便形成了傣族辞旧迎新的盛大节日——泼水节。

◎　让我们一起去博寻胜迹

梁衡《追寻那遥远的美丽》

张爱玲《到底是上海人》

废名《放猖》

贾平凹《秦腔》

刘成章《安塞腰鼓》

第6章

一花一世界，一叶一菩提

——旅游感悟类

古人说：胸藏丘壑，城市不异山林；兴寄烟霞，阎浮有如蓬岛。

大自然，是人类最为渊博的老师，最为赤诚的朋友。

古今中外的雅人智士，他们不仅善于在自然中寻找精神的愉悦和寄托，还能在大自然的山山水水，一草一木中，领悟深刻的人生道理：

静谧的草原上，一轮满月，圆润、澄澈，亦如我们生命的底色；乡间的海边，清风习习，不杂一丝烟气，漫步光洁无瑕的岸滩，又能感受到怎样诗意般的幸福？一条山路，引我们到一个怎样充满生命的纯洁与神圣的童话世界？一片森林，又让我们萌生何等虔诚与忧伤的感恩？

心境的差异，犹如不同程度的光，投在山水上，返变出千变万化的景观来。山水本无情，却能折射出每个人的胸襟、视野、智慧与追求。

这些从作者心灵中流淌出来的文字，恰如一面面镜子。透过它们，我们不仅能欣赏到自然景物的迷人风光，更能感触到涌动于作者内心的欢乐与悲怆，体会作者心灵深处的情感与智慧，感受作者所表达出的情操与人格魅力。

就让我们在这些精美的文字中去领略智慧的启迪吧。

草原上的月光，是由纯洁、希望和喜悦组成的，释放着一种特别的光明。

草原月色

舒　正[①]

黄昏时分，我独自漫步在草原上，肌肤触摸着空气的温润和花草的清香，身体被视线牵动着转了一圈儿，然后便静静地立在了那里。

此刻，周围没有一个人。任何肉眼可以捕捉到的活物都没有。目光漫向天际。天边，最后一抹玫瑰色云霞正在一点一点地淡下去，最后完全消失了。夜，刚刚抖开黑色的大幕，开始收拢天地，月亮就迫不及待地从草天连接处探出头来，像个童贞的小姑娘，越过地平线，渐渐地往上爬着，不一会儿，便明丽大方起来。一个满月，圆润、恬静。随后只见她轻轻地甩了一下衣袖，那月光便一泻千里，为草原铺上了一床银色的被子。

溶溶月色，从发梢到脚趾，柔和而均匀地抚摸着我身上的各个部位，同时也轻轻地拨动着我的心弦，带给我一种崇高而宁静的感觉。我兴奋得简直不知所措。第一次独自一个人在草原上赏月，沉浸在无边的月色里，好像是吃了一个水蜜桃，甜蜜中透着一种舒坦和惬意。

草原上的月光，是由纯洁、希望和喜悦组成的，释放着一种特别的光明。

看不到一棵树。只有洁白的蒙古包，像一朵朵白莲花似的散落在将要入睡的草原上。脚下，毛茸茸的草地，一直绵延到天际。月光无遮无拦，直射到地上，体贴而大方。不像城市。在那里，她不像路灯那么让人看重，只能穿梭于高楼大厦之间，忽隐忽现，一波三折，让人觉得恍惚。

像是被包裹在润泽里的一只茧，我在明亮中享受着温暖；又像是置身在一个偌大的密封着的光圈中，只见光明，听不到一点声音。驻守在耳边的，只是自己轻微的呼吸和坦荡的心音。心田异常平静，一如晶莹的月光。

眼前亮亮的。俯下身去摸一摸那些草尖。草齐刷刷地昂着头，挺起身子，透着一脸的光彩和兴奋，比白天里还要精神。它们簇拥在一起，成就了一块天然的大草垫子，温暖、厚实，像一张睡床。倘若有哪个疲倦的路人躺下来歇息一会儿，用不了多久，就会被它引入梦境的。

风，一改野惯了的性子，努力地克制着，缩头藏脚地躲在一边，温顺得简直像一只猫，连经过身边的美味都不去撩一下眼皮，大概就为了这皎皎月色不被暗淡和戳伤。星星好像在围着月亮打盹儿，其实，它们根本不犯困，而是在陶醉，此刻，它们正在接受月光的洗礼。要不，哪会是这么一副娇柔、体贴的样子！

草丛中，立着一株芍药，沐浴着月光，心情极好地坦露着笑脸。鹅黄色的花瓣上，像是涂了一层牛乳，抑或是罩着一层薄薄的轻纱。视线即刻被抢了过去。一股香味儿扑鼻而来，鼻翼迅即被掀得大大的，贪婪地嗅着，嗅着，一边嗅，一边张大眼睛寻找着。哦，是几棵沙葱，淡紫色的花儿，在月光下摇曳着，鼻尖挨上去，浓烈的花香即刻便舒舒地浸入了肺腑。沙葱周围，红的，黄的，白的，蓝的，紫的，各色各样的花儿，都尽情地释放着自己的芬芳。草原被放进了香笼里。

真想借着月光，采一些花儿，制作一个香袋，把群花的芬芳和馨香永远珍藏在心底，还有这皎洁的月光与这诗一般的宁静。可是几次张开的手又轻轻地缩了回去。在美好的面前，贪婪总是表现得特别小心。

忽然，草丛中响起“叽”的一声，但是很快地就又恢复了先前的寂静。大概是一只熟睡的百灵蘸着月光在做梦吧？稍后，一只硕大的山叫驴子突然从旁边蹿了过来，大摇大摆地向前走去。噢，原来是它呀！我差点叫出声来。这高傲的家伙，它怎么也跑到这儿凑热闹来了？莫非它也让月光给陶醉了？

有月光的宠爱，附近的水泡子如同一块硕大的金子，闪闪发亮，草原好像装上了一面镜子，又像是生出一只硕大的眼睛。月亮在水中端详自己，就知道了自己的美丽。而那泓水，也获得了一份特殊的景致。水色，月光，相互之间不知是谁映衬着谁，也不知道谁更美丽些。

不久，喧腾了一天的草原睡着了。当它进入梦境后，那些牛、马、羊呢？还有百灵鸟、昆虫们呢？它们上哪儿去了？给牧人圈起来了吗？被草棵绊住了吗？遥望天宇，月亮用清澈的笑靥守望着夜幕下的草原。哦，它们也都睡去了，甚至连忠实的牧羊犬，此刻也紧紧地贴在牛羊们的身旁，眯起了警惕的眼睛，只把宁静、温馨、和谐留给了草原。

不知什么时候，附近多了一对年轻的恋人，依偎在密匝匝的草丛中，卿卿我我，细语呢喃。美好的月色笼罩着他们，花香弥漫开来，在他们的周围幸福地流泻着。月下老人张开明亮的眼睛，亲历着又一枚罗曼蒂克式的人生甜果，无意中，又证实了一次伟大的人间爱情。

记忆开始活动。浮泛在它上面的许多事物，都和月光不无关系。儿时，在葡萄藤架下，听姥姥讲牛郎织女的故事，月光在头顶织成一个水帘；夏夜，隔着窗户与小伙伴儿们嬉戏，窄小的窗台上，有月光陪伴着；曾几何时，月光把故乡门前潺潺的流水送向远方，也送走了我；饥馑之年，借着月光，我从收获过的麦田里捡回了温饱；心花烂漫的岁月，在隆隆的机声中，看麦粒在月光里飞溅……如今，岁月的长河逐渐流向远方，可如水的月光依然执著地驻守在心头，怎么也理不断。

“草原夜色美……”耳边响起了著名女中音歌唱家德德玛[②]的歌声。她在唱这支歌的时候，心头一定荡漾着草原上的月光，要不，她的音域不会那么浑厚、宽广，歌喉也不会那么绵长、高亢。

月光下的草原就这般光明，这般磊落。在这里，看不到阴郁，看不到晦暗，也没有浑浊；只有透彻的干净、清澈的爽朗以及澄明。世俗的烦恼，生活的冗杂，还有虚伪、奸诈和丑恶等等，这些人世间的卑劣，都让这光明给一点不剩地融化了。

思绪第一次变得不受管束，如同一匹骏马，在静谧里驰骋。仿佛看到了远方跳动的篝火……鲜艳的蒙古族服饰……花季中的青年男女……歌声……沉雄而略带苦涩的长调[③]……鹰步……悠扬的马头琴旋律，还有欢快的舞姿。月光在琴声、篝火、舞姿里跳跃着，抖动着……

此时此刻，真想化作一棵草，一朵芍药花，一只百灵，给草原增添一抹光彩；或者化作一滴水，一缕风，一片云，与草原紧紧地融为一体……

如果我们有高远的追求，如果我们有明确的目标，如果我们有远大的理想，那就让光明——流泻在草原上的光明——去作我们生命的底色吧！

（资料来源：舒正．2009．草原月色．散文，7.）

注 释

① 舒正，原名冯素珍，内蒙古作家协会会员，当代散文作家。从20世纪90年代开始散文创作，作品大多在《人民文学》、《十月》、《散文》、《散文海外版》等国内大型文学刊物以及《内蒙古日报》、《草原》、《西部散文家》、《鹿鸣》等内蒙古自治区的各级报刊杂志发表。其中《康乃馨》收入当代精短散文选萃集《露珠里的芬芳》，《绿色情缘》获内蒙古最高文学奖第九届"索龙嘎"奖。《春归故乡》获内蒙古文学奖。主要作品有《舒正散文（一）》、《舒正散文（二）》。主编《里快文学作品评论集》。

② 德德玛（1947年— ），内蒙古额济纳旗人，中国著名蒙古族女中音歌唱家，被誉为"草原上的夜莺"。代表作品有《美丽的草原我的家》，《草原夜色美》，《草原上的风》等。

③ 蒙古族长调民歌是一种具有鲜明游牧文化和地域文化特征的独特演唱形式，以草原人特有的语言述说蒙古民族对历史文化、人文习俗、道德、哲学和艺术的感悟。

美点品悟

景 之 美

辽阔的草原永远是局促于高楼大厦间的城里人所梦想的绿色天堂，是心灵的乐园。从喧闹的都市来到苍翠而斑斓的草原，心胸会随着草原的宽阔而宽阔，心灵将获得静静地抚慰。本文中作者舒正以其独特的视角，细腻的笔触，为读者展现出月下草原的别样风姿。

月下的草原是明净的。月光"一泻千里，为草原铺上了一床银色的被子。"草丛中立着的一株芍药，"沐浴着月光"，"鹅黄色的花瓣上，像是涂了一层牛乳，抑或是罩着一层薄薄的轻纱。"

月下的草原是多彩的。"洁白的蒙古包，像一朵朵白莲花"，"毛茸茸的草地，一直绵延到天际"，"红的，黄的，白的，蓝的，紫的，各色各样的花儿"尽情开放，"水泡子如同一块硕大的金子，闪闪发亮"。

月下的草原更是温馨、和谐的。"风，一改野惯了的性子"，"温顺得简直像一只猫"，"大概就为了这皎皎月色不被暗淡和戳伤"。星星也摆出"一副娇柔、体贴的样子"，"它们正在接受月光的洗礼"。一切的生灵都陶醉于"这皎洁的月光这诗一般的宁静"，"驻守在耳边的，只是自己轻微的呼吸和坦荡的心音"。

在这里，作者紧紧把握住"草原月色"的特点，进行细致的描摹。写月、写风、写花、写草，写星星、写蒙古包，写月下的水泡子，写渐渐睡去的动物们，还有亲密的恋人。可贵的是作者始终将个人的真切感受贯穿其中，种种景物描写，信手拈来，却写得错落有致，使景物在优美纯净的文字中摇曳生辉。

意 之 美

舒正常常将自然景观、宇宙万物同生命现象巧妙地联系起来，赋予自然之物以生命的禀赋与灵性。而大凡敏感与细腻的笔触都源于心灵的宁静。当心灵的世界万籁俱寂时，方能聆听大自然的窃窃私语，感受万物的勃勃生机。

在作者心中“草原上的月光，是由纯洁、希望和喜悦组成的，释放着一种特别的光明。”在月光下，草儿“齐刷刷地昂着头，挺起身子，透着一脸的光彩和兴奋，比白天里还要精神。”“草丛中，立着一株芍药，沐浴着月光，心情极好地坦露着笑脸。”而作者的心田也“异常平静，一如晶莹的月光”。

在作者的笔下，月光如一位慈爱的母亲，温柔体贴、恬静大方。在她的怀中，你就像“吃了一个水蜜桃，甜蜜中透着一种舒坦和惬意”。她会用清澈的笑靥守望着自己的儿女们静静睡去。

在作者的笔下，月光更被赋予了深刻的意义。她是美的女神，令贪婪者望而却步；她更是纯洁与光明的化身，驱逐了“世俗的烦恼，生活的冗杂，还有虚伪、奸诈和丑恶”。

文章最后，作者由对月光的感动，转入对生命意义的诉求：“如果我们有高远的追求，如果我们有明确的目标，如果我们有远大的理想，那就让光明——流泻在草原上的光明——去作我们生命的底色吧！”于是，在苍茫时分，在劳倦的缝隙间，在机器时代的轧碾下，读者竟能从文中感到一丝清香、一抹色彩、一种生命……仿佛沐浴了月光，生命也会因此而澄亮、而宁静、而感动。

文之美

舒正是一位起步较晚的作家，但在不长的时间里，她的作品就频频见诸报端，在内蒙古乃至全国文坛上产生较大影响。作为一名女性作家，她以其特有的气质和情怀，通过一系列文字的精美组合，细致入微地将自己的真情实感，深入读者的心灵深处，以情感人，进而引起对方的强烈共鸣。这一点在本文中也有充分的体现。

本文是一篇随笔散文，不同于一般的游记以游踪为序介绍草原景色，而是以作者对“月色”的切身感悟为线索，借景抒情，情景交融，客观的景、物与作者主观的情、理有机结合，意蕴深厚。在文中，作者运用了象征手法，月光被赋予了崇高、纯洁、光明的精神内涵，从而使文章具有深远的意境。

本文在表达上的突出特点，是大量运用了比拟手法，给读者以真实生动之感。写月亮慢慢升入天际，“像个童贞的小姑娘，越过地平线，渐渐地往上爬着，不一会儿，便明丽大方起来。一个满月，圆润、恬静。随后只见她轻轻地甩了一下衣袖，那月光便一泻千里，为草原铺上了一床银色的被子”；写月光对草原的呵护，“有月光的宠爱，附近的水泡子如同一块硕大的金子”，“月亮用清澈的笑靥守望着夜幕下的草原”，“月下老人张开明亮的眼睛，亲历着又一枚罗曼蒂克式的人生甜果”；写月色的静谧、和谐，“溶溶月色，从发梢到脚趾，柔和而均匀地抚摸着我身上的各个部位，同时也轻轻地拨动着我的心弦”，“星星好像在围着月亮打盹儿，其实，它们根本不犯困，而是在陶醉”，沙葱周围，“各色各样的花儿，都尽情地释放着自己的芬芳。草原被放进了香笼里”。这些描写清新自然，率性随意，细腻中闪耀着灵动，琐碎中包含着智慧。倘若没有敏感细腻的心灵，就根本无法体察大自然的生命律动，也不会写出如此淡雅清新的文字。

另外，作者也极为重视炼字和炼句。本文在语言上具有一种音乐的美感，文中那些相对整齐、气韵贯通的排比句，那些错落有致、活泼跳荡的长短句，那些如叙家常、娓娓道来的描述语言，那些跌宕起伏、令人荡气回肠的抒情语言，读来朗朗上口，给人一种酣畅淋漓的审美快感和听觉愉悦，令人拍案叫绝。

学而有得

① 作者说“草原上的月光，是由纯洁、希望和喜悦组成的，释放着一种特别的光明。”结合文中的有关描述，谈谈你对这句话的理解。

② 找出文中运用了比拟手法的语句，体会其表达效果，并试举一两例加以分析。

③ 查阅舒正的博客（http：//blog.sina.com.cn/shuzhizheng），比较阅读《梦中有片绿草地》。体会两篇文章对草原的描写有哪些异同，试谈谈为什么。

④ 搜集蒙古草原的有关资料，为“草原旅游”撰写一篇推介词。

远离伦敦郊外的垃圾污秽、断篱残砖，取而代之以光洁无瑕的岸滩，清风习习，不杂一丝烟气，沉埋在远处地平线下的船只，桅樯矗立，历历可见……这是怎样诗意般的幸福！

假日纪游

（英）威廉·怀特[①]

某礼拜日我们决定出游。这事在我们颇是一番壮举，但是我们决心不变，那天适有游览客车通往哈斯丁斯，于是埃伦、玛丽和我自己一清早即去了伦敦桥车站。那是七月中旬的一个可爱的夏日。由于天气炎热，尘土飞扬，一路上并不舒服，但是我们对此也并不在意，一心只盼看到大海。我们抵达哈斯丁斯时为十一点左右，于是漫步向西，前去白克斯山。此行之乐，可谓妙极。散步于清浅的海滩之上——此中的快乐，除了蛰居城内的伦敦人外，又有谁知！景色之佳姑且不说，仅仅能到海边已是多么欣快！伦敦郊外的垃圾污秽、断篱残砖、破烂招贴乃至由投机营造人侵占践踏的大片草地，至此都一概抛在脑后，而代之以光滑无瑕的岸滩，步履其上，清风习习，不杂一丝烟气；这里不再是烟尘笼罩，晦冥凄其，而是天明气清，一望无际，沉埋在远处地平线下的船只，桅樯矗立，历历可见——看到这一切真是很大的幸福。也许这还够不上诗意般的幸福，然而这里的海天之清，至少也和海上的种种同样诱人一点，则也是个事实，因而可说不虚此行。一天到晚，自朝至暮，期间的递嬗[②]变化，唯有乡居才最能察觉，因此一天的时间在这里才显示出它的真正长度。

我们携带着食物，坐卧在滩边悬崖的阴影之下，一团凝重的白色阵云低垂在地平线处，迄不稍动[③]，云的顶端和露出的部分都沉浸在阳光中。坦荡乳白的水面，如若不是由于几乎难辨的喘动，简直如席地一般，在我们的脚下碎作丝丝涟漪，大海是那么沉着，海中的一切又是那么寂静无哗，拂激着海滩的细浪微波显得更加纯净潋滟，宛如出自远洋深底一般。

午后的一时许，离我们一里[④]处，一长队海豚骤浮水面，翻舞嬉戏，颇为好看，半小时后才离开费尔莱特，向深海游去。眼前不远，渔舟三五，停滞不前，樯影斜映水上，仿佛睡去，偶尔微见颤动，似又未尝熟睡，恍若惊梦。天上晴光炽烈，灼灼之下，砾岩卵石，纹理悉见，在我们伦敦人看来，几乎非尘世所有。伦敦的太阳只授予人热而不授予人光，光热分割，到了这种程度，就连玛丽都觉察到了，所以她说，这里的一切仿佛尽是“镜中窥物”。而这里的一切无不完美。这不仅见之于景物的佳妍，上自天上的丽日，下至岩上金蝇的微羽，无一不觉得和谐。万类噫气，其魂则一。

玛丽嬉游在一旁，埃伦则与我默坐其地，一事不做。此时我们于物无求，于愿无期；没有珍奇瑰丽的事物可观，没有特殊的佳胜之境可去，没有“行动计划”须待执行，而伦敦乃得暂时去怀。它坐落于我们的西北，背后有悬崖阻隔，足使我们对之屏虑[⑤]。往事未来，两不相扰；眼前之景，于我已足，其余则无暇葸葸过虑[⑥]了。

（资料来源：丁建元．2007．外国精美散文读本．济南：山东友谊出版社，59.）

注 释

① 威廉·黑尔·怀特（1831—1913 年），英国小说家、评论家。长期用“马克·拉瑟福德”的笔名发表作品。著有《马克·拉瑟福德自传》和小说《坦纳巷的革命》等作品。

② 递嬗（shàn）：逐渐变化。嬗：演变。

③ 迄不稍动：始终一动不动。

④ 里：此处指英里，1 英里＝ 1609.344 米。

⑤ 屏（bǐng）虑：除去忧虑。屏：除去，排除。

⑥ 葸葸（xī）过虑：过分思虑担忧。

景之美

这是一篇清新隽永的写景记游散文。自创作至今，一百多年以来，一直以其所描写的清新出世的风景和深邃悠远的意蕴，蜚声世界文坛。

文章记叙的是礼拜日，“我”和朋友离开伦敦城，到乡间海边出游的一次经历。本是到郊外的一次普通的短期出游，但在作者一行看来，却算得上是“一番壮举”，因为，它留给“我”的印象是“恍如惊梦”，令人沉醉不已。

在作者笔下，这个位于哈斯丁斯的菲尔莱特海滩，与伦敦相比，一切是那么的纯净：岸滩“光洁无瑕”，清风“不杂一丝烟气”；“天明气清”，“一望无际”，远处的船只，“桅樯矗立，历历可见”；海滩的细浪微波，“纯净潋滟”；晴光之下，“砾岩卵石，纹理悉见”……给人的感觉是这里的一切都像透明的。这样的所在，怎能不令人心旷神怡，沉醉不知归路呢？

然而，这里又是那么静谧：凝重的白云“迄不稍动”；坦荡乳白的水面，“如席地般，在我们脚下碎作丝丝涟漪”；“海中的一切都寂静无哗”，细浪微波宛如出自“远洋深底”，“渔舟静泊，樯影斜映，仿佛睡去”……这几乎“非尘世所有”的一切，又怎能不令人心境澄澈，清静如水呢？

当然，最让“我”动容的，还是这里处处可见的“和谐”气象：一长队的海豚就在不远处“骤浮水面，翻舞嬉戏”，丽日映照金蝇的微羽；“渔舟三五”，“樯影斜映”，“仿佛睡去”；太阳的光与热相谐相融；正可谓“万类噫气”，“其魂则一”。置身其中，怎能不令人物我两忘，超然脱俗呢？

正如作者所说：这里没有珍奇瑰丽的事物可观，没有特殊的佳胜之境可去，只因为这里有迥异于大都市纯净本真的自然和宁谧纯粹的和谐，就成了“恍若惊梦”，令人神往的“世外桃源”了。

意之美

有人说，自从亚当和夏娃被赶出了伊甸园，人与自然的对立便开始了，而且物质文明越发达，人与自然的对立便越明显。尤其是资本主义工业的飞速发展造成了人类生存环境的日益恶化，

同时也造成了人类自身“异化”的危机。本文作者通过将乡间海边的自然环境与伦敦城市生活的污浊相比照，表达了其对自然的向往与憧憬，对资本主义物质文明的憎恶。

随着物质文明的日益发展，人与自然，越来越背离原有的和谐。疏离自然，囿于日益发达的城市文明的桎梏中，饱受束缚与压抑，失却自由，失却人性的本真，成为资本主义社会中人们的共同焦虑。于是，对和谐的向往，对返璞归真、重归自然的憧憬，对物质文明、工业社会的厌恶与叛逆，是当时英国乃至欧洲资本主义思想界共有的情绪。这种情绪，在现实社会中是难以排遣的，作者便将其寄托在对自然的赞美与向往中。在这种和谐、安静、纯粹、本真的大自然环境中，让备受煎熬的精神得以放松，让压抑的心灵得以超脱。也正是这种对自然的向往与皈依，衬托出作者对城市物质文明的反抗，对污浊现实的抵触。

不仅如此，对自然生灵的关爱，把万物都提升到与人平等的地位，也是作者可贵的生命观的体现。例如，“沉浸”于阳光中的白云，“喘息”于人脚之下的大海，“翻舞嬉戏”于水面的海豚，“仿佛睡去，偶尔微见颤动，似又未尝熟睡，恍若惊梦”的渔舟，作者赋予这些景物以人的生命，人的性情，把自然与生物和谐地交融在一体，只有在这万物平等和谐的自然中，人才能有物我两忘的心境，才能远离功名、利益的纷争，回归心灵的宁静与精神的和谐。

总之，本文是对资本主义社会环境中，人与自然、人与人的关系被日益异化的背景进行的深刻反思和精神诉求，是使读者认识和了解资本主义环境下人们精神世界的经典佳作。

文之美

对比手法的巧妙运用，是本文成功表达其深刻意蕴的关键。

郊外海边的清新景色与伦敦的污浊环境相对比，贯穿文章的始终。例如，“伦敦郊外的垃圾污秽，断篱残砖”，“由投机营造人践踏侵占的大片草地，至此一概被抛在脑后”，“而代之以光洁无瑕的岸滩”；“这里不再是烟尘笼罩，晦暝凄其，而是天明气清，一望无际”；“期间的递嬗变化，唯有乡间才能觉察”；“伦敦的阳光只授予人热而不授予人光”……这些或明或暗的对比，可谓一举两得：即能更加突出海边风景的纯净与和谐，表现作者对这种环境的迷恋与憧憬，也能更加鲜明地表达作者对工业文明，对城市生活的厌倦和批判。从而更加鲜明地表达主题意蕴。

另外，纯真、朴实，清新、自然的语言风格和所描写的内容相得益彰，使读者仿佛身临其境，与作者一起置身那“梦一般”的世外桃源，感受让人物我两忘的美好境界。

学而有得

① 请细读全文后概括，作者着重描写了海边景色的哪些特点？

② 从文中划出表达作者思想感情的语句，并概括作者从哪些方面表现了对现实的叛逆情绪？

③ 诵读从“午后一时许……几乎非尘世所有”，体会作者写景状物的手法及本文语言的主要特色。

在这条小路面前，我的神态是充满浅薄的征服欲和急于占有什么的冲动呢，还是怀着登高的激情和朝圣的虔诚，而洋溢着孩子般纯真的期待和好奇呢？

被我走了一小半的那条山路

李汉荣[①]

被我走了一小半的那条山路，今生我是不可能再走了。因为它在很遥远的地方，它是很小的一条山路，但它通向远处的森林和峡谷。即使我现在去了那里，我也认不出它了，因为山上的小路是相似的，那种相似的小路在山上有无数条。即使我再次站在它的面前，我也不可能认出它了。

不知道我走了一小半的那条小路对我有记忆吗？它对我的印象如何呢？我走路的样子是稳重的呢，还是轻浮的呢？我的神态是充满浅薄的征服欲而流露出恶狠狠的凶相和急于占有什么的冲动呢，还是怀着登高的激情和朝圣的虔诚，而洋溢着孩子般纯真的期待和好奇呢？

那远处的森林里会有些什么等着我呢？鸟儿们会怎样议论我，怎样向我致欢迎词或宣读驱逐令？长着有趣胡子的山羊会用怎样单纯的眼睛向我行注目礼？它们的胡子使它们有了长者的风度，其实它们都比我年轻很多，我才是它们的长辈，它们会怎样评价我这个初来乍到的长者呢？路边草丛里的蛇会不会突然夺路而过，吓我一身冷汗？我被吓着的样子会不会吓着树上正在钻研业务的啄木鸟呢？山上的那些泉肯定会为我拍照的，那该是我有生以来最私密最逼真的写真照了，而且是绝版，一次呈现，永不再版；至于随时出现的溪流，随时溅落的露珠，打湿我的头发衣服，打湿我的裤腿鞋子，我会不会索性脱了鞋子，把那多年不见天日、不沾露水的脚丫子全部交给溪流，让溪水七嘴八舌去奚落它们，去教育它们——这，也许完全是可能的吧？

那更远处的幽谷，有兰草在风里站着吗？那练习了数千年数万年的手语，我是永远看不到了；而三叶草是随时指着三个方向的，总有一个方向是被它暗示在虚拟的地方，这太像一种神秘的占卜，我不全信，但被暗示的那个方向总会引起我的联想的，那古老的占卜师我是见不到了；会不会有石头的阵列呢，那是时间的方阵，是岁月的群雕，我会否发现有一块正是造化为我准备的墓碑？啊不，我不该虚妄地支配和拖累一块石头，在不朽的石头面前，我只是个匆匆过客；但是，幽谷是博大深邃的，它肯定等着复制、传播并收藏我的回声，可是，我与那幽谷无缘相遇，这世界就此永远少了一串动人的回声……

被我走了一小半的那条山路，它会为我遗憾吗？也许我太自恋了，一座大山少一个人影是无所谓的，一个峡谷少一点声音是无所谓的，一条山路少一双脚印是无所谓的，哪怕这条路小到不能再小，但再小的路都会自己走着自己。

你问我遗憾不遗憾？

实话告诉你，我为没有走完那条山路感到很遗憾，十分的遗憾。

我当时为什么不一直走下去，我为什么不把那条山路走完呢？

（资料来源：李汉荣．2010．被我走了一小半的那条山路．散文，5.）

注 释

①李汉荣，20世纪50年代末生于陕西勉县，中国作家协会会员，著名诗人、散文家。多年来，在《人民文学》、《人民日报》、《诗刊》、《小说月报》、《青春》、《散文》、《散文百家》、《星星》及台湾的《创世纪》、《葡萄园》、《诗世界》、《联合报》副刊等海内外100多家报刊发表诗歌、散文、随笔、杂文、小说约2000多篇(首)。先后获市、省、全国各类奖项30余次。

美点品悟

景之美

长期生活在陕南的李汉荣总有一种诗的情怀，他把目光大部分投注在自然的乡间，并且对其赋予诗性的色彩。因而，读李汉荣的文字，总能贴近真实又生发联想。在本文中，作者描述的那条没有走完的山路虽然更多的是想象与虚构，但尽管如此，其生动的景色以及作者赋予它的动人情韵，却足以牵动我们每个人的心，让我们为之心驰神往。经由作者的文字，那条山路以及山路通向的世界，会清晰地浮现在我们的眼前，也会永远留存在我们的想象与向往中。

这条山路，或许是不存在的，因为它在“我永远不可能再走的”“遥远的地方”，但或许它就是我们经常走过的任何一条山路，因为在这里，可以看到太多让我们感到熟悉与亲切的景物：“鸟”、“山羊”、“蛇“、“啄木鸟”、”泉”、“溪流”、“幽谷”，有幽谷中的”兰草“、“三叶草”、“石头”等。而恰恰是这些并不陌生，并不新奇的景物，在这条小路上，却具有了迷人的魅力，让“我”怀念不已。是因为在“我”的眼里，这里的一切都具有了一种足以打动我心扉的“人格的魅力”——有着评判和审视权利的鸟儿，眼睛单纯、胡子有趣的山羊，受了惊吓、夺路而逃的蛇，勤奋敬业的啄木鸟，擅长奚落与教育人的溪水，用手语表达情感的兰草，有几分巫性的三叶草，可能做我墓碑的石头……这一切的一切，仿佛将我们带入一个神秘诱人的童话世界，在这个世界里，我们可以跟另外一些生命，有一场亲切又真诚的心灵对话。

总之，作者在这里所展示的，是一个拥有着生命的活力，拥有着生命之间的初始平等与敬重的神奇世界。

意之美

李汉荣是当今散文文坛上一位具有独具性灵的作家。他擅长用心灵感知世界，擅长以文字抒写心灵，用心灵深处的文字表达对现实的独特观照与反思。

文章中，作者通过一条想象中的山路和这条山路所通向的森林和峡谷景色的描写，展现了一个充满了自然生机的世界，并借此表达了作者对大自然、对大自然中各种生命的探求与敬重。以及在自然与生命面前，作为“人”的“我”的内心深处深刻而真诚的自省与反思。

在各种生命面前，“我”是以一个卑微与尊重者的身份，对各种生命奉献了“我”的赞美与敬重：“山路”对“我”印象如何？“鸟儿”会欢迎“我”还是驱逐“我”？“山羊”会怎么评价“我”？它们对“我”的印象让“我”忐忑又充满期待。在“我”的眼里，这些生命有一种从容、纯真、坦荡的风度，在居高临下地审视着来到它们面前的作为人类之一的“我”。

而在这些率直，纯真的生命面前，我虔诚又卑微地反躬自省：“我的神态是充满浅薄的征服欲而流露出恶狠狠的凶相和急于占有什么的冲动呢，还是怀着登高的激情和朝圣的虔诚，而洋溢着孩子般纯真的期待和好奇呢？”“我会不会索性脱了鞋子，把那多年不见天日、不沾露水的脚丫子全部交给溪流，让溪水七嘴八舌去奚落它们，去教育它们？”“我不该虚妄地支配和拖累一块石头，在不朽的石头面前，我只是个匆匆过客”……

人与自然，永远是人类所共同面对的一个重大而严肃的话题。在人类为以往对自然的野蛮征服付出了惨重的代价之后，人们需要重新认识自然，重新审视自己在自然面前扮演的角色，甚至需要重新树立一种“大地伦理”。而本文，便是作者在自然面前的反躬自省，表达了自己对自然的深刻而真诚的理解和敬重，以及对重建人与自然和谐完美关系的期望。这对当下“人与自然”话题的重新探讨与认识有着深刻的启示意义。

文之美

李汉荣的散文是当今文坛中一朵日受瞩目与追崇的奇葩。他尤其擅长以生动细腻的语言揭示蕴含在俗常生活中的深刻哲理，抒写心灵深处对生活的独特感受。这篇《被我走了一小半的那条山路》也很好地体现了他的这种写作风格。

首先，将深刻的生活感悟寄寓在具体而生动的意象中加以体现，是本文突出的写作特点之一。本文的主题是表达作者对自然，对生命的敬重以及重拾人与自然和谐关系的希望与倡导。而作者却把这些深刻而重大的话题通过具体而生动的意象加以表现，如“一座大山少一个人影是无所谓的，一个峡谷少一点声音是无所谓的，一条山路少一双脚印是无所谓的”，作者用自己在“大山”、“峡谷”及“山路”的比照中，鲜明生动地体现出在自然面前，人的渺小与卑微，从而表达了人对自然应该奉献热爱与敬重。如此深邃的道理，读起来却毫无沉重、抽象和说教的意味，相反，却能让读者在生动，具体的形象场景中，自然地产生共鸣，对文中的思想和情感也更加容易理解和接受。

其次，丰富奇特的想象和比拟手法的巧妙运用，也是本文表现卓著的艺术特色。作者将想象中的一切景物都拟人化，人格化，赋予其以灵性、情感与思想，展开心灵对话，如“鸟儿们会怎样议论我，怎样向我致欢迎词或宣读驱逐令？”“长着有趣胡子的山羊会用怎样单纯的眼睛向我行注目礼？”“那多年不见天日、不沾露水的脚丫子全部交给溪流，让溪水七嘴八舌去奚落它们，去教育它们”。这些生动的想象和奇妙的比拟，不仅使文字读起来生动活泼，灵气飞扬，而且极有利于文章主旨的体现，将作者对自然与生命的敬重及渴望与之沟通与亲近的感情表达得真诚而自然。

学而有得

① 在本文中，作者通过哪些意象表达出“我”对自然生命的赞美与尊重？

② 品读文章的第 3 自然段，试举例分析作品清新、鲜活的语言特色。

③ 作者说“实话告诉你，我为没有走完那条山路感到很遗憾，十分的遗憾。”表达出怎样的思想感情，谈谈你的看法。

大兴安岭向整个北半拉子中国供氧，北京人是不是该给我们付些制氧费？格拉丹冬雪山，孕育了长江，应该向我们收水费。北冰洋应该向我们收制冷费。太阳应该向我们收取暖费和照明费。

触抚绿色

毕淑敏[①]

1998年夏天的许多日子，我在大兴安岭穿行。看到的绿色比有生以来见过的所有绿色，叠到一起还要厚。以前曾到过雪原，海洋，大山大川，沙漠旷野……感慨万千。在自然界的雄奇景观中，与原始森林相见如此之晚，快乐中有大遗憾。

从小在城市，水泥丛中的绿色很窄，享受绿色是很奢侈的事。后来当兵去了藏北，高寒缺氧，荒凉无比，除了冰山戈壁，什么也看不到，绿色便成了一个缥缈的梦想。在大森林里，呼吸到汲取到无边无际的绿色，从心灵到皮肤，染成薄荷。

路途艰辛坎坷，几乎是我从高原归来后，最颠簸的一次旅程。乐在思绪轻灵。面对莽莽林海，你会想到远古，祖先曾在这样的密林中生息，飞快地攀援，从猿到人。如今我们会了许多本领，可是我们砍伐森林，恩将仇报。你会想到是做一棵公路边的树？还是做林海中的树？你会想到人也许有前世和再生，也许曾是或将是某种酸甜的野果……

我最喜欢桦木。它的外衣那样洁白，身躯笔直，像一个刚从医学院毕业的实习生，羞怯可爱。后来听说桦木是很低档的材质，除了绿化作用外，早年间最主要的去处是当柈子[②]烧火用，就很难过。一种有着那么美丽身段的优雅植物，无声无息地化成烟云，真是对造物的大不敬。到了木珠厂，看到女工用桦木的下脚料制成独特的工艺品，把一种大自然的气息留住了，方转悲为喜。我向她们讨了十几枚不同颜色的桦木珠，细致地保存起来。每当手指抚摸那些珠子时，有一种白桦舍利的温润漫至血脉。

还在垃圾堆里捡了一块长约尺把的桦树板皮，想把木面磨光，写上“天道酬勤”，挂在家中电脑对面的墙上，累了的时候养养眼。不料那桦树皮随着我在林区转移，一路晓行夜宿，竟不知遗落在哪处驿站了，一想起来，好心疼。

森林中密集的红松苗，像毛茸茸的小笤帚，扫得胸中一片清凉。熙熙攘攘又恬恬静静的新生之物，充满了生命的单纯，给人以轻捷明朗的快意。

沿松花江逆水而上，面朝岸边逶迤[③]的青山，无言以对，只是呼吸和感受，兀自交融。古人说仁者爱山，智者爱水。在磅礴秀美的山水之地，触抚绿色，灵性和力量流淌人心。

在满山遍野的野花中，有人惊叫发现了野罂粟，我很快地奔过去，近了才知看差了，那不是罂粟而是芍药，若有所失。好在没过多久，善解人意的野罂粟，就很美丽很俏皮地列队倚在路边。一时大家停步伫望。有人悄声问我：这就是《红处方》中描写的罪恶之花？

我说，先澄清，我不认为罂粟有罪，尤其是野罂粟。它们只是地球上的一种普通植物，生根发芽开花结子。它们无辜，有罪的是人性中的弱点膨胀至邪恶，利用了罂粟。以前只见过人工培植的罂粟，没见过野罂粟，此刻得以亲见，它们和我想象的真是一样，杂在众多的野花中，朴素平凡，并无特别勾引人的妖娆。天地贵公平，赏罚应分明。该是人类自己的责任，就勇敢地承当，理性地解决，不要怪罪无知无觉的植物。

仰望苍莽垂直的绿色，难以抑制地想到培育的艰难。成长一棵树，相当于人的一生。对那些珍贵的树种，这时间还远远不够。在大兴安岭阴坡，一棵樟子松需 150 年才可成材。毁坏一棵树，只消片刻工夫。无论现代科学技术如何发达，比方能把活人送上火星跳舞，但你绝无妙法在 10 年之内，把一棵美人松的幼苗，催成一柱栋梁。

大兴安岭这名称，也许是“大”“兴”“安”这几个字，给人豪迈宁静之感，好似钢筋铁骨固若金汤。其实环境链相当脆弱，腐殖土④层只有半尺薄。一旦砍去林木，水土暴露在空气中，快速流失，砂石崩塌，遗下一堆堆瘌痢头样的岩块，布满苔藓，凄惶得很。看到大兴安岭植被破坏的情形，心好像被锐指掐住，一缕缕坠血。甚至比看到西北寸草不生的土岭，还要痛楚。那边好歹是旧伤痕，而大兴安岭是新鲜的刚刚骨折的胸膛。听说世代以打猎为生的鄂伦春人，已决定放下最后的猎枪。伐木工人也要渐渐地转成以种树为主了。一位林业工人说，种一棵树，要百年之后才见钱，那时我早已变成山老鸹了。在我活着的时候，靠什么过好日子呢？都说森林是城市的肺，大兴安岭向整个北半拉子中国供氧，北京人是不是该给我们付些制氧费？

于是想到格拉丹冬雪山，孕育了长江，应该向我们收水费。北冰洋应该向我们收制冷费。太阳应该向我们收取暖费和照明费。

（资料来源：毕淑敏．2007．我的行走笔记．长春：时代文艺出版社，262．）

注　释

① 毕淑敏，当代女作家。1952 年 10 月出生于新疆伊宁，曾从事医学工作，后开始专业写作，1991 年毕业于北京师范大学研究生院中文系，硕士。1987 年开始写作，共发表作品 200 余万字。1989 年加入中国作家协会，国家一级作家。曾获庄重文学奖、小说月报百花奖、当代文学奖等各种文学奖 30 余次。代表作有长篇小说《红处方》《血玲珑》，中短篇小说集《女人之约》，散文集《婚姻鞋》等，著有《毕淑敏文集》十二卷，多篇文章被选入现行新课标的中、小学课本。

② 柈子（bàn zi）：方言，大块的劈柴。

③ 逶迤（wēi yí）：形容道路、山脉、河流等弯弯曲曲延续不绝的样子。

④ 腐殖土：森林中，表土层树木的枯枝残叶经过长时期腐烂发酵后而形成的一层混合物。

美点品悟

景　之　美

大自然中有许许多多的颜色，每一种颜色都有着自己的灿烂和美丽，而“绿色”则以其勃勃的生机，成为了自然的主旋律，也给人类带来了无限的希望和快意。

1998年的夏天，在饱览过自然界的无数雄奇景观后，作者终于有机会走入大兴安岭的原始森林，“呼吸到汲取到无边无际的绿色，从心灵到皮肤，染成薄荷”，顿生相见恨晚之情。

这里有作者最爱的桦木，外衣洁白，身躯笔直，自有一种优雅的身段。抚摸着加工后的木珠，会“有一种白桦舍利的温润漫至血脉”。“森林中密集的红松苗，像毛茸茸的小笤帚，扫得胸中一片清凉。熙熙攘攘又恬恬静静的新生之物，充满了生命的单纯，给人以轻捷明朗的快意。”野生的罂粟，“美丽而俏皮地列队倚在路边”，呈现出一种朴素平凡的姿态。

正如作者所说，对于从小囿于钢筋水泥的城里人来说，“享受绿色是很奢侈的事”。长久以来，绿色也只是作者心中一个缥缈的梦想。能够穿行于大兴安岭，作者与自己的梦渐行渐近。松花江水在脚下流淌，逶迤的青山隔江相望，漫山遍野的野花尽情开放。在这磅礴秀美的山水之地去触抚绿色，“灵性和力量流淌入心”。

意之美

美景只献给热爱她的人。毕淑敏的这篇文章之所以动人，恰恰在于她对大自然的美好真正感悟过、懂得过、心疼过。

文章的开头，作者就感慨道：“在自然界的雄奇景观中，与原始森林相见如此之晚，快乐中有大遗憾。”全文也正是紧扣着“快乐”和“大遗憾”进行选材立意的。大兴安岭那毛茸茸的红松苗、漫山的野花、逶迤的青山、莽苍垂直的绿色，都令作者无比的快乐。但原始森林植被遭到破坏的惨状，却更突显出作者内心的无比遗憾。想到“一棵樟子松需150年才可成材。毁坏一棵树，只消片刻工夫”，看到大兴安岭“新鲜的刚刚骨折的胸膛”，听到林业工人的牟利之词，都使作者的心灵为之震颤、为之痛楚。

其实，天地贵公平，赏罚自分明。大自然孕育了人类的祖先，虽然现代人拥有了非凡的本领，但仍旧是自然的一部分，更须与自然和谐相处。在本文中，真正令读者震撼的，正是作者对大自然的无比热爱以及对人类自身责任的深刻反思！

文之美

本文并非单纯的写景记游散文，文辞虽质朴无华，却多了些独到的感悟、多了些理性的思索，其表现力便与众不同了。

浸润在浓密的绿色之中，作者思绪轻灵；面对莽莽林海，作者浮想联翩。“想到远古，祖先曾在这样的密林中生息，飞快地攀援”，“想到人也许有前世和再生，也许曾是或将是某种酸甜的野果……”文章以“触抚”为题，就引人注目——“抚”又岂是只能用手，重要的是用心。作者在全文中透露出一种温柔的情感，灌注了她对大自然的无比热爱。

桦树、红松、罂粟，大兴安岭，这有多美。桦树洁白、笔直、优雅，于是作者为它倾心，为

它高兴和哭泣；红松纯净、轻柔、喜人，于是作者尽情享受它带来的清凉和欢快；罂粟俏皮、美丽、剧毒，可是罂粟本无错，只是曾经有人被它迷惑，于是作者为其说明和辩解。正因为热爱，才令文章如此动人。

另外，将深刻精辟的思想以审美的方式形象化地表达，深入浅出，是本文的又一独特之处。作者借助巧妙的比拟使事物人格化，借助巧妙的比喻使道理形象化、具体化，从而把内心的体验意象化，给人以无穷的感触和联想。

作者会惋惜于桦树的命运，“一种有着那么美丽身段的优雅植物，无声无息地化成烟云，真是对造物的大不敬”；会感动于幼小的红松苗，“熙熙攘攘又恬恬静静的新生之物，充满了生命的单纯，给人以轻捷明朗的快意”；更会为无辜的罂粟真诚辩解“它们和我想象的真是一样，杂在众多的野花中，朴素平凡，并无特别勾引人的妖娆”。看到大兴安岭植被被破坏的情形，作者满目凄惶；听到有人费尽心机想靠大自然来牟利，作者更感到痛心和讽刺，“于是想到格拉丹冬雪山，孕育了长江，应该向我们收水费。北冰洋应该向我们收制冷费。太阳应该向我们收取暖费和照明费。”作品至此戛然而止，发人深省，引人深思。

学而有得

① 本文第1段的结尾，“快乐中有大遗憾”一句，在全文中是如何体现的？
② 作者“不认为罂粟有罪，尤其是野罂粟”的原因是什么？
③ 看到大兴安岭植被破坏的情形，作者为什么比“看到西北寸草不生的土岭，还要痛楚”？
④ 文章结尾诙谐幽默中包含深意，请结合本文主旨，谈谈你对这段话的理解。

山水并非布匹，可以一段一段割开来裁衣。心境的差异，犹如不同程度的光，投在山水上，返变出千变万化的景观来。

仁山智水

舒　婷[1]

承蒙山西同行盛情，我们几个写作人暑期应邀参加采风。五台山寒气砭[2]骨，应县悬空寺大雨倾盆，云岗石窟外阳光酷热，众佛居所却是一片沁凉。归途心血来潮又钻进张家界，个个鞋子都开了口，双颊贴着太阳斑回家。朋友见面寒暄：五台山好玩吗？张家界不负盛名吧？不久有人打探出舒婷根本不会玩，只会带带孩子。也不争辩。男人们去登山，衬衫鞋袜均可以漏却，唯照相机决不会忘记。而且往往交叉背数台，好像长短猎枪全副武装。进入风景区，四下里抢镜头，生怕不赶紧套住，那奇峰峻岭将一溜烟跑开去。男人一上制高点，一览群峰小，就忘形，就慷慨激昂，就不停地“挥斥方遒，指点江山”，活脱脱一副征服者嘴脸。不信你看那些篆刻碑文题字，无一不出自大男人手笔。若要说古代女辈本不入流，那么时下在古树老竹甚至残垣断堞[3]上海写 ×× 到此一游十有九个是现代男儿又怎么说？

刚上五台山，男人们立刻被它近百个寺庙所倾倒，恨不得两天内东南西北台一并揽在怀里。可惜时间太短，快快然离去，听他们满车上咂舌，眼中已无他山。等进了张家界，猛抬头，只见夜空展现一轴巨幅山水画，随着月光与云的游动而变幻不定，他们都张大了嘴，然后极力对其他名山嗤之以鼻，甚至将自家武夷山也狠贬一通以讨好新欢，真乃男人喜新厌旧之本性也。

那日在五台山，雨下一阵停一阵，山随之忽而清明忽而影绰，江雾弱岚[4]游弋其间。大家都去朝拜名胜，我怕儿子体弱，影响众人脚程，自带孩子在住所旁的小河边走走。河越走越浅越急，渐渐变成嶙峋的溪再变成水晶纹的泉。水边野生植物蔓衍丛繁，有牛蒡[5]、野菊和青紫嫣黄各色小花。儿子攀高跃低，快活疯了，大喊大叫。一驼一驼峰峦不惊不诧，却浑然拙朴，如光头和尚肩挤肩拥立四周。我慢慢踩在冒水泡的草滩上，到处都是咕噜咕噜的泉声。

下午，别着腿弯的同伴们回来，无论他们的口气多么骄傲，都不搅我心中那份宁静与恬适。好比众人都在听那长篇讲座而崇拜那人的口才，而唯有散座后偶尔相视，才能体会他内心的软弱与深沉。大自然给人的赠礼各不相同，男人们猴急，好比乘车，明知人人有座，照例先乱挤一通，把车门都挤窄了。女人在领受自己那一份时感谢地低下头。

女人与山水，少了一股追捕似的穷凶极恶状。与男人目光熠熠相比，女人多半闭着眼睛，浑身毛孔却是张开的。男人重形式，女人偏内容。比如雁荡山的风润而轻，五台山的风潮而尖，张家界的山滞而绵；还可以说武夷山的水是怎样率真，猛洞河的水是如何矜持；说庐山松与黄山松在落叶时分各有凄清与潇洒。

其实山水并非布匹，可以一段一段割开来裁衣。心境的差异，犹如不同程度的光，投在山水上，返变出千变万化的景观来。

常常想，从容对一峰夕照凝然[6]比匆匆抢占几座山包对我更具魅力。可是现代人哪来山中不知人间岁月的神仙日子，假期三五天，多走一个地方就是多了份记忆收藏。张家界旅游一周，仅路上乘汽车来回就用去四天，颠得浑身骨头支离，还要立刻去爬山。

因此离去时人人怀有诀别的味道。交通如此艰难，下次再有假期，又急急奔向另一处地方了。

说实话，最艰难的并非是交通，而是假期。还有就是银子够不够的问题了。

无论公访私出，我与丈夫常常分道扬镳，他去博览，我来精读。他往往循章直奔代表作，拿来炫耀，不外是某古塑某建筑某遗址，我均掩耳。我自己的心得只能算些夹页，描述不得。丈夫恨铁不成钢，痛斥我没文化。

有文化的男人造出“游山玩水”一词。政治玩得，战争玩得，山水自然玩得溜溜转。没有文化的女人们常常没有运气游历山水，只好以拥有一窗黛山青树为福气。两者均不具备的女人最担心的是，把丈夫（或者丈夫把他自己）当作一座巍巍高峰，隔断了她与大自然的那份默契。

男人们向山汹汹然奔去。

山随女人娓娓而来。

（资料来源：杨耀文　选编．2011．文化名家游记．北京：京华出版社．）

注 释

① 舒婷，原名龚佩瑜、龚婷婷，1952 年 6 月 6 日生于福建省泉州市，原籍厦门。当代著名女诗人，朦胧诗派重要代表。有诗集《双桅船》、《会唱歌的鸢尾花》、《祖国啊，我亲爱的祖国》等。在诗歌创作的同时，还创作散文，著有散文集《心烟》、《秋天的情绪》、《硬骨凌霄》等。现任中国作家协会主席团委员、福建省文联副主席、福建省文学院院长。

② 砭（biān）骨：刺入骨髓，形容使人感觉非常冷或疼痛非常剧烈。

③ 残垣（yuán）断堞（dié）：垣，墙，矮墙。堞，城上如齿状的矮墙。该词指残缺不全的墙壁。

④ 岚（lán）：山中的雾气。

⑤ 牛蒡（bàng）：双子叶植物，有较高的营养和保健价值。

⑥ 凝然：形容举止安详或静止不动。

美点品悟

意之深

本文是作者的一篇旅游随笔，与普通的游记不完全相同。作者的撰文之意并不在于描绘哪一个景点，哪一处名胜，而在于抒写游历山水过程中获得的体验或感悟。

文中虽也提到了许多名山秀水，如张家界，五台山等，但这只是作者思想的触发点，作者通过一次与同行者一起采风游览的经历，记叙并阐发了自己与男性同行者对风景的不同审美标准和游历同一风景时的不同观感，表达了自己对山水风景独特而细腻的内心感受。作为一名知性女作家，她的这些感悟，让人读来，细腻而深刻，颇有感染力和启发性。

在作者的叙述中，男人游山，重形式、重数量，陶醉于征服的乐趣。进入景观区，男人必会拿着相机，四处抢镜头；“一上制高点，一览群峰小，就忘形，就慷慨激昂”；男人饱览山色，只为拥有更多炫耀的资本；男人收集着一路的山色，“征服”着也在“被征服”着。而作为一名注重内心感受的女性游者，面对自然这部神奇大书，则更愿独拥“心中那份宁静与恬适”。“半闭着眼睛”，“浑身毛孔”都张开，以“拥一窗黛山青树为福气”，“从容对一峰夕照凝然”，用心灵感受与大自然的那份相知与默契。

古今中外，多少人都深深陶醉于山水之乐。山的灵性，在于仁义；水的悟性，在于智慧独白。从山水之中，不仅可以看到风景，还可以看到人的性格、经历、心境、追求。其实，每个人的山都是自己胸襟和视野折射的“自我之山”，它与自然之山构成相互见证的关系。自然之山是博大浑厚的，人之所见是从不同侧面触摸山的灵性，从不同角度靠近山的精神。

文中看似作者对男性同伴感受山水的方式，是持批评和不以为然的态度，但这其中并无褒贬之意，作者只是以男性为比照，表达自己作为女性的独特感悟，从而表达了面对同样的景观，不同人有不同的感触，同样的山水，给不同心境的人以不同启迪的一个哲理性的主题。

文之美

舒婷最初是以含蓄隽永的朦胧诗而驰名文坛的，而她的这篇散文，不管是语言还是意蕴上，也同样拥有一份诗一样的韵味。例如，“雁荡山的风润而轻，五台山的风潮而尖，张家界的山滞而绵”，“武夷山的水是怎样率真，猛洞河的水是如何矜持；说庐山松与黄山松在落叶时分各有凄清与潇洒”，“山水并非布匹，可以一段一段割开来裁衣。心境的差异，犹如不同程度的光，投在山水上，返变出千变万化的景观来”等。这样的句子，写景清新优美，抒情细腻贴切，说理则委婉含蓄，通篇读来，给人以生动摇曳，韵味悠长之感。

除此而外，本文还体现了作者散文创作上的创新与突破之处。这主要表现在文章的整体构思布局上，以及自然质朴、亲切率真的语言风格上。

作者通篇以与自己同行的男性游者为比照对象，将自己与他们游览山水景点时的情态、方式与感受进行对比。这并不是单纯记叙，也无褒贬取舍之意，只是通过双方的比照，表达了不同的人对山水、对自然有不同的观感与体悟这样的主题。比起抽象地议论与阐发，这会使文章的主题表现得更具体、更亲切、更容易引起读者的共鸣。

另外，本文在语言表达上，除了有舒婷一贯擅长的诗意的优美之外，又多了一份自然朴实、亲切率真之感。例如，“男人一上制高点，一览群峰小，就忘形，就慷慨激昂，就不停地‘挥斥方遒，指点江山’，活脱脱一副征服者嘴脸”，“然后极力对其他名山嗤之以鼻，甚至将自家武夷山也狠贬一通以讨好新欢，真乃男人喜新厌旧之本性也”等。这样的句子，让人读来很有亲切率真，朴实干练之感。

学而有得

① 孔子说："知者乐水，仁者乐山；知者动，仁者静；知者乐，仁者寿。"意思是聪明的人喜欢流动的水，仁爱的人喜欢稳重的山；聪明人性好动，仁爱者性好静，聪明人快乐，仁爱者长寿。联系孔子的观点，谈谈对本文"仁山智水"含义的理解。

② 作者在文中说"雁荡山的风润而轻，五台山的风潮而尖，张家界的山滞而绵；还可以说武夷山的水是怎样率真，猛洞河的水是如何矜持；说庐山松与黄山松在落叶时分各有凄清与潇洒。"表现出作者体悟得细致入微。通读文章，还有哪些句子，体现了作者对山水的独特感受？试列举几处加以阐述。

③ 课外阅读舒婷诗歌的代表作品，感受别样的舒婷，并通过比较，体会本文的语言特色。

◎　让我们一起去博寻胜迹

毕淑敏《旅游预习》

贾平凹《三游华山》

周涛《领略巫山》

徐志平《仰望布达拉》

铁凝《正定三日》

参 考 文 献

常江．旅游写作与历史文化雏论．中国旅游网．http：//www.china.travel.

丁建元．2007．外国精美散文．济南：山东友谊出版社．

季羡林．2008．百年美文（地域卷）．天津：百花文艺出版社．

周剑弘．现代士大夫的饮食情怀．http：//blog.sina.com.cn/zhoujianhongblog.